La última condición

LA ÚLTIMA CONDICIÓN

SERIE S.I.N. 2

K. Bromberg

TRADUCCIÓN DE
Sonia Tanco

C H I C

Primera edición: julio de 2024
Título original: *On One Condition*

© K. Bromberg, 2022
© de esta traducción, Sonia Tanco Salazar, 2024
© de esta edición, Futurbox Project S. L., 2024
Todos los derechos reservados, incluido el derecho de reproducción total o parcial.
Los derechos morales de la autora han sido reconocidos.

Diseño de cubierta: Taller de los Libros
Imagen de cubierta: Shutterstock - RenoPicasso
Corrección: Alicia Álvarez, Sofía Tros de Ilarduya

Publicado por Chic Editorial
C/ Roger de Flor n.º 49, escalera B, entresuelo, despacho 10
08013, Barcelona
chic@chiceditorial.com
www.chiceditorial.com

ISBN: 978-84-17972-98-1
THEMA: FRD
Depósito Legal: B 11865-2024
Preimpresión: Taller de los Libros
Impresión y encuadernación: Liberdúplex
Impreso en España — *Printed in Spain*

Este amor me dejó una marca permanente.
Este amor brilla en la oscuridad.
Estas manos tuvieron que dejarlo marchar.
Pero este amor regresó a mí…

«This Love», de Taylor Swift

Prólogo

Asher

Quince años antes

Ledger apaga el motor delante de la verja de la granja. Las luces de la casa siguen encendidas, así que lo más seguro es que la abuela esté asomada a la ventana para cerciorarse de que llego antes del toque de queda.

Me remuevo en el asiento para mirarlo.

Tiene las manos apoyadas en el volante y el ruido del motor enfriándose se cuela por las ventanillas abiertas. Me mira y esboza una sonrisa torcida antes de dejar escapar una risita nerviosa.

Es como si todo hubiera cambiado entre nosotros durante las últimas horas, pero, en realidad, nada lo ha hecho.

Él sigue siendo él.

Y yo sigo siendo yo.

Y, aun así… Ahora siento que estamos conectados de un modo especial que no imaginaba.

—¿Estás bien? —me pregunta con suavidad, examinándome el rostro.

Asiento, sorprendida por la vergüenza repentina que sentimos después de lo que acabamos de hacer.

—¿Y tú?

—Sí. —Endereza la sonrisa torcida y entrelaza los dedos con los míos—. Te prometo que la próxima vez lo haré mejor.

—¿Y cómo piensas practicar, exactamente? —le pregunto.

Levanta la cabeza de golpe, me mira a los ojos y suaviza el gesto

cuando se da cuenta de que solo me estoy quedando con él—.
¿Ledge?

—¿Qué?

—Ha sido perfecto —susurro.

La nuez se le mueve de arriba abajo cuando asiente.

—Sí, ¿verdad?

Le aprieto la mano y miro la casa justo a tiempo de ver que
una de las cortinas se mueve.

—Tengo que irme.

—Lo sé, aunque ojalá no tuvieras que hacerlo. —Me mira
durante un segundo antes de salir y rodear el capó para abrirme la puerta. Algo en cómo me mira me hace desear que pudiéramos subirnos a la camioneta y largarnos de aquí.

Lejos del pueblo.

Lejos de sus opiniones.

Lejos de sus rechazos.

Ledger debe de notármelo en la mirada, porque me rodea con
los brazos y me atrae hacia él. Tiene la piel caliente por la calidez
de la noche de verano, y huele a una mezcla de crema solar y sol.

—Solo vamos a estar separados unas horas —murmura
contra mi coronilla—. Mi padre estará ocupado con Barbie
o Bunny, o comoquiera que se llame, y tus abuelos estarán
dormidos.

Asiento, me muerdo el labio inferior y levanto la cabeza
para mirarlo.

—Quedamos en el sauce, ¿no?

—Sí, en nuestro sitio.

—¿A las once y media?

—Ajá. —Se inclina hacia mí y posa sus labios sobre los
míos. Sus besos siempre me hacen sentir acogida. Deseada.
Querida. Es la mejor sensación del mundo.

Y, a decir verdad, del puñado de chicos a los que he besado,
Ledger es, sin duda, al que mejor se le da.

Escucho el crujido de la mosquitera segundos antes de oír:

—Asher, ¿cielo?

—Ya voy, abuela —respondo. Pongo los ojos en blanco mientras avanzo hacia la casa y mantengo las manos entrelazadas con las de Ledger todo lo posible hasta que tengo que soltárselas—. ¿Me prometes que irás al árbol?

—Con una condición.

—¿Cuál?

Levanta las manos hacia los lados.

—Que me querrás siempre —responde en un susurro antes de esbozar una sonrisa que podría iluminar el cielo oscuro.

Riendo, con la sensación de que nada puede arruinar cómo me siento, troto hacia donde se encuentra y lo beso de nuevo.

—Lo prometo.

Me vuelvo y suelto un grito de alegría al echar a correr a través de los campos hacia la casa. Cuando llego a los escalones del porche, sin aliento, pero todavía emocionada, me giro a mirarlo por última vez. Un rayo de luna lo golpea de lleno. Tiene las manos metidas en los bolsillos, está apoyado en la caja de la camioneta y me mira fijamente, todavía con la misma sonrisa en los labios.

Lanzo un beso en su dirección y sé que siempre lo recordaré así. Mi Chico de Luz de Luna que me dijo que siempre me querría.

Capítulo 1

Ledger

Estimados Sharpe International Network:

Los miembros del Ayuntamiento de Cedar Falls nos dirigimos a ustedes para oponernos a ciertos aspectos de su reciente compra y actual reforma de El Refugio. Aunque valoramos la libre empresa, también nos importan los habitantes de nuestra ciudad y sus sustentos. En su misión de comercializar, corromper y convertir nuestra ciudad en un resort, muchos pequeños negocios que han sido esenciales para nuestra comunidad durante generaciones temen desaparecer por su mentalidad de negocio a gran escala.

En la solicitud de permiso de uso condicional original, presentada al Ayuntamiento el 13 de febrero, Sharpe International Network (S.I.N.) sugería que su resort generaría nuevos puestos de trabajo y ayudaría a estimular la economía de la zona. A fecha del envío de esta carta, todavía deben cumplir sus promesas. Hasta el momento, todos los contratos que S.I.N. ha firmado han sido con empresas de Billings y otras poblaciones. Ninguna era de Cedar Falls.

Aunque entendemos que su negocio debe resultar rentable, nuestra obligación es proteger tanto a los habitantes de esta ciudad como su modo de vida. El Ayuntamiento ha decidido que solo emitirá una licencia de ocupación cuando se haya cumplido la siguiente condición: uno de los socios fundadores de la empresa debe permanecer en Cedar Falls durante dos meses completos para supervisar el proyecto. Creemos que, al estar sobre el terreno, comprenderán la importancia de cumplir sus promesas y, así, garantizaremos que el Ayuntamiento de Cedar Falls pueda comunicarse de inmediato con dicho socio cuando sea oportuno.

Hasta que no se cumpla tal condición, no se permitirá una inspección final ni se emitirá el permiso de ocupación.

Quedamos a la espera de su respuesta,

Ayuntamiento de Cedar Falls

—Están de broma, ¿no? —exclamo con una carcajada, aparto la mirada del portátil y miro a mis hermanos—. ¿Corromper su ciudad? Menuda gilipollez. Cuando El Refugio esté acabado, atraerá más turismo a Cedar Falls. Más negocios. Más de lo que necesitan para estimular la economía.

Sabía que comprar la propiedad en esa ubicación era una mala decisión.

Sin embargo, el pasado es el pasado, ¿no? Mis hermanos ni siquiera saben lo que ocurrió allí hace años. «Y mi intención es que siga siendo así».

—Al parecer, ellos no opinan lo mismo —afirma Ford desde su asiento, al otro lado de la mesa de reuniones. Tiene los pies apoyados sobre esta, los dedos entrelazados detrás de la cabeza y los ojos entrecerrados mientras relee el mismo correo en su portátil—. ¿Y por qué no estamos contratando a gente local?

—¿Porque las empresas locales no son lo bastante grandes para un proyecto así? ¿Porque no son del calibre que necesitamos? —supongo—. Pregúntale a Hillary. —Es la jefa de proyecto *in situ*—. Ella lo sabrá.

—Podemos preguntarle las veces que queramos —responde Ford—, pero eso no va a solucionar el problema.

—Ni impedir que utilicen los permisos que necesitamos como moneda de cambio —añade Callahan.

Miro a Ford y, después, a Callahan, nuestro hermano. Está frente a los ventanales que rodean la sala de conferencias y me observa con la misma expresión que Ford.

Somos tres, de apariencia idéntica, y muy diferentes en todos los demás aspectos.

—¿Me explicáis otra vez por qué decidimos comprar ese sitio? —gruño y me pellizco el puente de la nariz. Es un dolor de cabeza detrás de otro—. Se suponía que los nuevos proyectos debían ser emocionantes y excitantes.

—Nada es emocionante y excitante cuando se es tan estirado como tú, Ledge —responde Callahan y me sonríe como solo lo hacen los hermanos pequeños.

Le hago una peineta al muy capullo.

—Por papá. Lo hacemos por papá. —Ford interviene para que volvamos a centrarnos, ya que sabe muy bien lo fácil que es para Callahan y para mí distraernos con nuestras discusiones—. Intentábamos hacer algo en su honor, ¿recordáis?

Y tiene razón. Compramos el viejo hotel para convertirlo en una propiedad de S.I.N. en honor a papá. En un lugar al que pudiéramos llevar a nuestras familias algún día para que gozaran de la misma experiencia que nosotros tuvimos de pequeños. Naturaleza. Una perspectiva diferente. Tiempo para desconectar. «¿Desconectar? Dios, la idea de estar más de una hora sin el móvil me pone histérico». Un sitio en el que mis hermanos y yo pudiéramos ser una familia en lugar de socios de trabajo y recordar lo que era ser niños.

Pero ¿quién nos iba a decir que el pueblo en el que pasábamos unos meses cada verano iba a ponérnoslo tan difícil?

—¿Y no puede alguien decirles que cumpliremos nuestras promesas? —les pregunto—. ¿No sería suficiente con eso? Dos meses en ese pueblucho de mala muerte bastarían para volver loco a cualquiera.

—Sí, nos habíamos olvidado de que tú eras el único a quien no le entusiasmaba la idea —dice Callahan con los ojos en blanco—. Ahora el guapetón de Ledger es demasiado bueno para el campo.

—Demasiado bueno no, pero, joder, ¿no podríamos haber elegido una ubicación más moderna? ¿Una con más lugares de interés que la calle principal?

—La propiedad en Montana está en auge ahora mismo —dice Ford mientras se encoge de hombros.

—Sí, sí. —Hago un gesto con la mano en su dirección, sé que tiene razón—. Pero... —¿No es Nueva York? ¿Está muy lejos de todo? ¿La última vez que estuve allí fue una experiencia que me gustaría olvidar?

—Tío, cuando éramos adolescentes te encantaba ese pueblo —dice Ford.

Tiene razón.

Me encantaba.

«Hasta que dejó de hacerlo».

—Era el único sitio en el que papá nos dejaba ser adolescentes en lugar de sus protegidos Sharpe. —Callahan se cruza de brazos y se aclara la garganta. Todos seguimos sintiendo la punzada de dolor. La ausencia de nuestro padre aún nos resulta insoportable.

Sonrío al recordar Cedar Falls. Los días largos al aire libre y las noches en las que nos enrollábamos con chicas en el bosque. Cómo nuestro padre, Maxton Sharpe, nos soltaba las riendas a los tres, porque era un pueblo pequeño y pensaba que no nos meteríamos en problemas. «Aunque siempre acabábamos en alguno». La libertad que nos daba no se podía comparar con el rigor de los colegios privados y la reputación impoluta que debíamos tener en casa.

Una reputación que nos hizo salir pitando de allí hace quince años para no mirar atrás.

Aunque no es que mis hermanos lo supieran.

—Pescábamos, íbamos de excursión y bebíamos cerveza…

—Mucha cerveza —interviene Ford y sé que todos pensamos en cómo sobornábamos al personal de mi padre para que la comprara por nosotros.

—Y quién podría olvidarse de las pueblerinas —añade Callahan con una sonrisa orgullosa—. Estaban desesperadas por conocer a chicos de cualquier parte menos de allí y nos veían mucho más sofisticados de lo que en realidad éramos.

—Ah, qué tiempos aquellos —murmuro.

—Estaba aquella chica —dice Ford—. ¿Cómo se llamaba? ¿Ashlyn? ¿Ashley?

—Asher —murmuro y me paso una mano por el pelo. «Asher Wells». Siento otra punzada, pero por motivos muy distintos—. Madre mía, no había oído ese nombre en años.

Pero es mentira.

¿No es ella la primera persona en quien pensé cuando mis hermanos me sugirieron la idea de comprar el hotel? Asher, la chica que me rompió el corazón por primera vez. La primera vez que tuve miedo de verdad. Y, hasta hoy, el único secreto que he ocultado a mis hermanos.

Un secreto tan antiguo y enterrado que sacarlo a la luz no supondría nada bueno.

Joder.

Asher. Mi Chica de la Lavanda.

Todavía la veo, sentada bajo el sauce con hojas enredadas en el pelo y un fuego que le bailaba en los ojos.

—Asher, eso —Ford chasquea los dedos—. La única mujer que recuerdo que te diera un poco de tu propia medicina y te rompiera el corazón antes de que tú pudieras hacérselo a ella —añade Ford—. O, a lo mejor, lo aprendiste de ella. El arte de no encariñarse demasiado.

—Lo que tú digas. —Pongo cara de exasperación—. Solo porque decida salir con gente y no comprometerme como tú —le digo a Callahan—, no quiere decir que sea un capullo.

—Un capullo no... Solo... eres Ledger —ríe Callahan—. ¿Por qué rompió contigo? ¿La tienes pequeña?

Ford y Callahan se echan a reír. Sacudo la cabeza y resuello las palabras:

—Que os den.

«Cambio de tema, por favor».

—¿Creéis que seguirá en Cedar Falls? —pregunta Ford de manera distraída.

—Lo dudo. Estaba deseando salir de esa mierda de pueblo. —«Y espero que lo hiciera».

—Vale, ya basta de recordar los dos minutos que tardaste en perder la virginidad y a esa pobre chica que tuvo que soportar ese momento tan corto y fugaz —interviene Callahan y se gana otro gesto de mi dedo corazón—. ¿Cómo vamos a solucionar lo de esa gilipollez de petición?

—Nos han puesto en una posición difícil, no nos queda otra que aceptar —responde Ford.

—¿Lo has hablado con los abogados? ¿Pueden añadir una cláusula así? —pregunto.

—Pueden hacer lo que quieran —comenta Callahan—. En el proyecto de Santa Fe, nos hicieron peticiones muy estrictas y, aun después de derrochar dinero al enfrentarnos a la ciudad en aquel juicio, tuvimos que acatarlas todas.

—Joder —farfullo mientras repaso en mi mente el programa de construcción y los planes de la gran apertura. Tener que esperar dos meses para obtener los permisos de ocupación nos va a retrasar—. Nos va a salir caro. Tendremos que posponer la gran apertura, habrá que dejar un margen por si las moscas.

—Solo es una piedra en el camino —comenta Ford, siempre tan pragmático—. Ocurre en todos los proyectos.

—Es una petición ridícula.

—Ya lo has dicho. Por muy ridícula que sea, ya hemos comprado la propiedad. Con tantos millones de dólares en juego, no tenemos otra opción, ¿no? —pregunta Callahan.

—Estamos demasiado ocupados. Ninguno puede permitirse el lujo de perder dos meses ahora mismo. —Me paso una mano por el pelo—. Para eso contratamos jefes de proyecto y directores de construcción. Tenemos que encontrar una solución alternativa, eso es todo.

Callahan me mira como si estuviera siendo poco razonable.

—¿Y qué sugieres que hagamos exactamente? Porque sobornarles, que es lo que vas a proponer como solución, solo nos hará parecer más corporativos todavía.

—O culpables de lo que ya nos acusan. —Ford termina por él.

—Y entonces, ¿cuál es la solución? ¿Contratar a todo el pueblo? Vale, lo haremos —replico—. ¿No llevar a la quiebra a todas las tiendas de Main Street? Si pasa eso, no es culpa nuestra, joder. Trabajamos en hostelería, ¿cómo vamos a hacer que quiebren una ferretería o una panadería? Esta carta es una gilipollez.

—Es lo que hay —murmura Ford.

—¿Qué nos decía siempre papá? —les pregunto—. Que negociemos desde una posición de poder. ¿Y cómo lo hacemos? ¿Cómo conseguimos ventaja?

—Yendo a Cedar Hills durante dos meses —comenta Ford.

—Falls —le corrijo y vuelvo a echar un vistazo al correo antes de cerrar el portátil—. Es Cedar Falls. Y dado que vas a vivir ahí en un futuro próximo hasta que todo esto se arregle, será mejor que te aprendas bien el nombre del pueblo.

—¿Yo? —escupe Ford y levanta las manos en un gesto de derrota—. Va a ser que no. El viaje recae de lleno sobre ti, Ledger.

—Y una mierda. —Miro a uno de mis hermanos y después, al otro, y veo que empiezan a sonreír—. No iré. —Me levanto de la silla de un empujón y me dirijo a los ventanales que Callahan acaba de desocupar, antes de girarme hacia ellos—. Ni de broma —replico cuando empieza a invadirme la incredulidad.

Conozco sus horarios.

Los proyectos a los que están atados.

Las obligaciones que no pueden dejar a medias.

No obstante, juré que nunca volvería a pisar ese pueblo, lo juré.

Callahan suelta una risotada en cuanto ve mi gesto de comprensión. «Tengo que hacerlo yo».

—¿Qué ha sido eso? —se burla de mí.

—Mirad, aprecio todo tipo de lugares: urbanos, tropicales, rurales…, pero no tendría más sentido que fuera…

—¿Desde cuándo te gusta lo rural? —interviene Ford.

—Me gustaba de adolescente.

—Ya, y ahora, con el Rolex y los zapatos de marca, ¿eres demasiado bueno para lo rural?

—¿No tendría más sentido que os encarguéis alguno de los dos de este proyecto, que conocéis mejor las áreas… menos urbanas? —Madre mía. Por favor, salvadme de esta miseria. Vale, sí, el pasado es pasado, pero no es un sitio que quiera volver a visitar. ¿Que era genial de adolescente? Sí. ¿Que será bueno para la clientela que busque ese tipo de retiro? Claro que sí, por eso compramos la propiedad.

Pero ni de broma es lo que me gusta ahora.

No quiero tener que desenterrar el pasado, tanto si Asher Wells sigue allí como si no.

—¿Qué problema hay? —pregunta Callahan y se mete una uva del plato de fruta del centro de la mesa en la boca—. ¿Pasar dos meses en Montana no forma parte del «plan de diez años aprobado por Ledger»?

Ford ahoga una risita al mirarlo y comenta:

—Seguro que podemos hacerle sitio entre los puntos «no me voy a casar hasta los cuarenta» y «quiero que escriban un artículo solo sobre mí en la revista *Forbes*».

—Y pensar que no quiere que salgamos en él… —Callahan suspira y sacude la cabeza, fingiendo tristeza, claramente disfrutando a mi costa—. ¿Sigues teniendo un plan decenal, verdad?

—Pues claro que sí —interviene Ford.

—Solo lo comprobaba. No sabía si se había pasado a los *collages* o a comoquiera que se llame a esas cosas hoy en día.

—Son *vision boards*, Callahan. Ponte al día —ríe Ford.

—Sois unos gilipollas —murmuro, pero, en realidad, me gustan sus bromas. Hace menos de quince meses no nos llevábamos bien, opinábamos diferente; Ford y yo estábamos en completo desacuerdo con Callahan. Decepción. Ira. Rencor. Sentimientos sin resolver que surgieron después de que la muerte de nuestro padre amenazara con destrozarnos.

Pero míranos ahora. Ahora, podemos llamarnos «gilipollas» y «cabrones», y reírnos mientras lo hacemos, porque sabemos que nuestro vínculo es más fuerte que nunca.

—Sí, vale, somos gilipollas. —Callahan se burla y se gira hacia mí, con el humor reflejado en las arrugas de la cara—. ¿Has pasado de las listas a hacer *collages*?

—Que os den a los dos —le replico conteniendo la sonrisa.

—No lo ha negado —dice Ford.

—Ni una vez —continúa Callahan.

—No hay ningún *collage* —afirmo.

—Pero sigues teniendo un plan de diez años, ¿verdad? Con sus objetivos y sueños espectaculares, o algo por el estilo —pregunta Ford—. ¿Lo has hecho en forma de lista o has dibujado un diagrama? ¿O has hecho pósteres de cada objetivo y los has colgado en la pared del despacho?

—Voto por los pósteres. Laminados, brillantes y…

—Si es lo único que se os ocurre para tomarme el pelo, pues vale —les digo y les hago otra peineta.

—No hemos terminado —responde Callahan—. Nos lo vamos a pasar todavía mejor al ver cómo intentas acostumbrarte a la tranquila vida rural de Montana.

—Sesenta días. —Ford alarga las palabras—. Es mucho tiempo lejos de la jungla de asfalto y de tu plan perfectamente estructurado.

Sesenta días.

Joder.

Para mí, es toda una vida.

Capítulo 2

Asher

Me llama la atención en cuanto entra en el bar de Hank.

¿Llamar?

Más bien, la exige.

A través de la luz tenue de la barra, entreveo una melena oscura, hombros anchos y ropa cara. Tiene una presencia descarada que dice que le importa una mierda quién se quede mirándolo, porque le gusta la atención.

Y los lugareños que hay en el establecimiento están haciendo justo eso. Lo están evaluando. Preguntándose qué diablos hace en un bar de Junction City cuando los hay más sofisticados, según los estándares de un pueblo pequeño, bajando la autopista hacia Cedar Falls.

Lo observo desde detrás de la barra, esperando que se dé la vuelta y salga, y, en el fondo, deseo que lo haga. Tiene algo —un aire de autoridad, una confianza, una familiaridad que no consigo ubicar— que hace que centre toda mi atención en él.

Ya he tenido bastantes problemas en mi vida con hombres como él.

«Solo es un cliente, Ash. Le estás alimentando el ego. Uno que, seguramente, disfruta del estímulo que le das. Así que deja de mirarlo fijamente».

Por una vez, hago caso de mi propia advertencia (no pasa muy a menudo) y le doy la espalda para secar los vasos que acabo de sacar del lavavajillas.

Sin embargo, siento su presencia cuando se sienta a la barra. Noto el peso de su mirada y huelo el suave, pero costoso, perfume que lleva.

Y sí, sé que es caro. Después de cubrir de vez en cuando a Nita, mi mejor amiga, sé apreciar la diferencia entre una colonia barata y una cara. Junction City está a las afueras de Cedar Falls, que es la entrada a las zonas de ocio de las personas ricas. Hay pistas de esquí a un lado del pueblo, y en el otro, ríos, lagos y un montón de lugares pintorescos en los que hacer fotos para subirlas a las redes sociales. Los turistas paran en el bar de Hank para tomar algo rápido y experimentar el ambiente de un pueblo pequeño y, al mismo tiempo, protestar por la falta de champán Cristal u otras porquerías de lujo.

Así que sí, puede que el hombre que tengo a mis espaldas sea guapo y lo más seguro es que sea superencantador, pero eso ya lo he vivido. El coqueteo, el número de móvil en una servilleta y la promesa de hacerme pasar un buen rato mientras él esté en la ciudad.

A veces, acepto la oferta, porque las opciones son contadas cuando has vivido en el mismo sitio toda la vida. Otras, solo sonrío y aguanto el coqueteo, puesto que sé que un fin de semana apasionado de sexo increíble (a veces) y fingir que soy como ellos no siempre merece el vacío que siento cuando se van.

Porque, a pesar de las promesas, nunca llaman.

Nunca.

—Creo que el pueblo que buscas está a unos treinta kilómetros hacia allá —le digo y señalo en dirección a Cedar Falls sin girarme a mirarlo.

—¿Y cómo sabes lo que busco? —Hay diversión en el tono de tenor de su voz. Y también algo que me hace pararme en seco.

—Bueno, porque nadie para en Junction City, a menos que seas de aquí o estés completamente desesperado —le respondo mientras seco otro vaso.

—Quizá es que no soy como los demás.

—Eso está por ver —murmuro y me seco las manos con un paño.

—Igual que mi habilidad para conseguir que me pongan una copa en este sitio.

Río con sarcasmo y me giro para mirar al listillo, impresionada por su agudeza. Pero, cuando por fin lo veo, me quedo sin palabras.

Estoy detrás de la barra, pestañeando, con la cabeza dándome vueltas, y miro al hombre que, tiempo atrás, fue el chico que me robó el corazón.

Y, después, lo rompió en un millón de pedazos.

«Mi Chico de Luz de Luna que me dijo que siempre me querría».

Sin embargo, la persona que tengo delante ya no es un adolescente. No. Sin duda, es todo un hombre y solo se ha vuelto más atractivo con la edad. Tiene el pelo oscuro, ondulado y bien peinado. Su mirada es astuta y distante. Y la sonrisa que me dedica casi me hace caer de espaldas, pero, en lugar de eso, me quedo congelada en el sitio cuando un destello de reconocimiento le cruza los ojos de color ámbar.

«Ledger Sharpe».

Un nombre que nunca he olvidado..., aunque desearía haberlo hecho.

—¿Asher? —Su voz suena tan estupefacta como yo me siento. Mira a la derecha y a la izquierda rápidamente, como si esperara que hubiera alguien más aquí, antes de volver su mirada hacia mí—. ¿Qué... qué narices haces aquí?

—Ledger —digo en dos sílabas entrecortadas mientras trato de recobrar la compostura—. Qué... quiero decir...
—«¿Por qué?».

«¿Qué haces aquí?».

«¿Por qué verte de nuevo me hace sentir un millón de emociones —euforia, ira, sorpresa, vergüenza, nostalgia— a pesar del paso del tiempo?».

«¿Por qué eres incluso más atractivo ahora?».

«¿Por qué te fuiste sin decir nada?».

«¿Por qué te di tanto poder como para que me rompieras el corazón?».

—Dios. —Se pasa una mano por el pelo, que vuelve a recolocarse en su sitio mientras me mira, sacudiendo la cabeza ligeramente y con la boca algo abierta—. Ni en un millón de años habría imaginado que todavía...

—¿Qué? ¿Que todavía estaría aquí? —le pregunto. La risa con la que acompaño la frase es autocrítica. Y, así sin más, regreso a aquella noche. Los sucesos que me cambiaron la vida y las cicatrices que dejaron a su paso. A la destrucción de mi corazón. Subo la guardia—. Sí, ya sabes cómo somos la gente sencilla. Nunca nos vamos. —Fuerzo una sonrisa a pesar de lo acelerado que tengo el corazón. Después de tantos años, mientras trato de procesar el hecho de que tengo a Ledger Sharpe justo delante, sigo sintiendo la misma humillación y vergüenza.

Es por lo que recé todas las noches..., porque regresara, pero eso fue hace quince años.

La vida ha cambiado.

«Yo he cambiado».

—¿Sabes qué? Me voy a ir. —Se levanta de golpe de la silla en la que acaba de sentarse y el chirrido del taburete hace que más miradas se posen sobre nosotros. «¿Está enfadado? ¿Qué cojones...?». Y, aun así, por algún extraño motivo, me invade un pánico que no debería sentir.

—Ledger, espera. No te vayas... —Odio oír la inapropiada desesperación de mi voz.

Y odio todavía más sentirla.

Arruga el ceño como si le confundiera mi petición, igual que a mí, pero, con la mirada posada en la mía, retoma despacio su asiento en el taburete. El murmullo suave del parloteo vuelve a resonar por el bar cuando los clientes retoman sus asuntos, aburridos de lo que sea que ocurre entre nosotros.

Pero yo no me aburro.

No puedo dejar de prestarle atención, me cuesta hacerme a la idea de volver a verlo después de todo este tiempo y, a la vez, intentar procesar el conflicto de emociones que me invade. Nos miramos el uno al otro sin decir nada durante unos segundos y solo puedo suponer que él también está recordando todo sobre nuestro pasado.

Comienza a suavizar la expresión a pesar de la tensión que sigue teniendo en los hombros.

—Cuánto tiempo, ¿no? —dice al final, pero hay crispación en su tono, una inquietud en él. Es casi como si no supiera cómo actuar cuando sé que estaba muy seguro de sí mismo hace unos segundos, al entrar al bar.

—Pues sí —murmuro.

Me vienen varios recuerdos a la mente. Primeros besos. Primeros amores. Todas las primeras veces ese último verano, lleno de risas y vida, cargado de promesas y predicciones sobre nuestro futuro. Un verano en el que sentí que lo era todo para alguien por primera vez en mi vida.

Hay un silencio inquieto entre nosotros, de los que provocan los años separados y las vidas vividas: cuando sabes cómo era la persona en el pasado, pero no la que tienes ahora delante.

Esos ojos ambarinos siempre me conquistaban. Los mismos que, ahora, me miran fijamente y me hacen preguntas para las que no creo tener respuestas ni aunque fuera capaz de articularlas.

Me aclaro la garganta.

—¿Qué te pongo? —le pregunto igual que si fuera un cliente cualquiera. Tengo que impedir que mis pensamientos ahonden demasiado en un pasado que no podemos cambiar. Uno que me dolió durante demasiado tiempo.

—¿Qué cervezas artesanales de barril tenéis? —pregunta.

—Solo tenemos de marca. Seguro que no está a tu altura…

—¿Qué quieres decir con eso? —Frunce el ceño.

—Que los tipos como tú, los de pedigrí, sois más de lo caro —digo con amargura. Tendré esa palabra grabada a fuego en la memoria para siempre.

—¿Pedigrí?

Agarro un vaso y lo vuelvo a secar, necesito algo, cualquier cosa que hacer con las manos temblorosas. La ira que me invade me quema hasta doler.

—Sí. Lo común y corriente no te serviría.

La risa que suelta es grave, pero tiene la mirada llena de curiosidad cuando se reclina, ladea la cabeza y se cruza de brazos. Puedo suponer que es un hombre inteligente. ¿De verdad pensaba que el tiempo iba a curar todo el dolor después de lo que pasó? ¿Después de lo que se dijo y de las inseguridades y la humillación que me causaron?

Puede que él no fuera quien dijera esas palabras, pero estuvo de acuerdo con ellas.

Aunque ¿acaso importa? Han pasado, qué, ¿quince años? «A lo hecho, pecho, Asher. Déjalo».

Nos miramos durante un momento hasta que me hace un gesto sutil con la cabeza que parece decirme que va a responderme con la misma actitud que yo a él.

—Insinúas que me creo demasiado bueno como para tomarme una Coors Light y, por lo tanto, demasiado bueno para este lugar en general. —Es una afirmación, no una pregunta. Y la mirada que me dirige me dice que está de acuerdo con nuestra inevitable discusión—. Antes no era así, ¿no? Y estoy segurísimo de que, ahora, tampoco.

«Mentiroso» es lo primero que pienso.

«Deja el pasado atrás» es lo segundo.

Respiro profundamente, dispuesta a cumplir con lo segundo, pero la tarea me resulta difícil. Puede que las cicatrices desaparezcan, pero son muy profundas.

—No insinúo nada. He aprendido por las malas cómo sois los hombres como tú.

—¿Los hombres como yo? —Arquea una ceja y la confusión se le dibuja en las líneas del bonito rostro—. No te recordaba tan crítica.

—Vaya, y yo que pensaba que ni siquiera te acordabas de mí.

Se sobresalta.

—¿Que no me acordaba de ti? —pronuncia las palabras con incredulidad y entrecierra los ojos—. ¿Despúes de todo lo que pasamos? ¿Después del infierno que pasé? ¿Cómo puedes…?

—¿El infierno que pasaste? —Casi chillo—. ¿Y qué hay de…?

Estalla el alboroto en la parte posterior del bar y se oyen gritos y el ruido de botellas de cristal que golpean el suelo. Me acerco para calmar la situación, pero Hank ya está allí e interrumpe la pelea entre dos de nuestros clientes habituales, a los que ya conocemos por sus nombres, porque no es la primera vez que las cosas se ponen tensas entre ellos.

Aprovecho el breve momento y la distancia con Ledger para intentar pensar con claridad y ordenar los pensamientos.

«¿El infierno que yo le hice pasar?».

La última vez que vi a Ledger Sharpe fue la noche en la que perdí la virginidad. También fue la noche en la que mi ingenuidad se hizo añicos y dejé de pensar que todas las personas son iguales.

Cierro los ojos y respiro hondo.

La ira y el sarcasmo para esconder el dolor —vaya, la dirección que ha tomado nuestra conversación— no nos llevarán a ninguna parte. Y no es que quiera llegar a ningún lado, pero, al mismo tiempo, no puedo negar las emociones que han salido a la luz al verlo de nuevo.

«Ve. Sé amable y educada. Habla de cosas sin importancia. Y sírvele la cerveza para que desaparezca rápidamente de tu vida».

«Otra vez».

Me sigue con la mirada mientras vuelvo hacia él.

—Mira, todo está perfecto. Es obvio que tenemos un pasado, es mejor que lo dejemos como está. —Consigo ofrecerle una sonrisa forzada que dudo que se crea—. ¿Te parece bien?

El resoplido con el que responde no es muy convincente, y todavía menos el desagrado en su mirada.

—Claro, vale. —Se encoge de hombros con indiferencia—. Después de que me expliques a qué te refieres con lo de «hombres como yo»… porque, la última vez que te vi, parecían gustarte los hombres como yo.

Touché.

Me gustaban.

Todavía me gustan.

Me estaría mintiendo a mí misma si dijera lo contrario y, sin embargo, los hombres como él son el motivo por el que he vivido toda mi vida adulta intentando demostrar que soy más que suficiente. Que soy más que una chica sin madre ni futuro. Fueron los hombres como él los que me desecharon porque no cumplía con los estándares de los Sharpe.

Los recuerdos me avivan la ira. «No te cabrees». Ignora el dolor. Fue hace años. Ahora bien, es mucho más sencillo esconderme detrás de ella y usarla como mecanismo de defensa que admitir el hecho de que verlo de nuevo ha abierto heridas que pensaba que ya se habían curado y desaparecido.

Me aclaro la garganta.

—Hombres como tú —afirmo y encuentro el punto de apoyo que su mirada firme me hace perder constantemente—. Está claro que piensan que son demasiado buenos para este establecimiento, este pueblo, la gente que hay en él…, puede que incluso para este estado, pero, por algún motivo, qué sorpresa, tú estás sentado en este bar.

—No por elección propia.

—Claro que no. Acabas de demostrar que tengo razón. Con respecto a esto último… —Levanto la barbilla en dirección a la puerta y me apoyo en el mostrador que tengo justo detrás—, ya sabes dónde está la puerta.

—¿Ahora Asher Wells dice lo que piensa? Eso es nuevo —suelta con fingida sorpresa y, por primera vez, veo un resquicio de la personalidad de la que mi corazón adolescente solía estar locamente enamorado.

—Ya no soy la persona que conocías. Han cambiado muchas cosas, Ledger.

—Es evidente. —Un amago de sonrisa le cruza los labios. Es engreída y arrogante y, madre mía, le pega a la perfección. Y ahora va respaldada por una confianza en sí mismo, un reconocimiento de que es quien es sin disculparse por ello—. Me gusta el cambio. Te favorece…

—No, no te gusta. —Resoplo y me cruzo de brazos, un gesto que ya de por sí es una forma de defenderme—. Te parece que estoy siendo desagradable y, que conste, lo soy. Y creo que tengo un buen motivo. Igual que estoy segura de que has seguido los pasos de tu padre y optas por ser un capullo cuando te apetece, simplemente porque puedes. ¿O sigues acatando las normas, haciendo siempre lo que te dicen? ¿Sigues necesitando los elogios de papá para ser el mejor de los mejores? ¿O sigue considerando que no eres lo bastante bueno?

No puedo evitar que me venza el genio en mi discurso incoherente. Es hacer daño o que te lo hagan. Sacar todo lo que siempre has querido decir, pues esta puede ser tu única oportunidad.

No obstante, estoy tan absorta en mis sentimientos que no le doy importancia a la mueca que ha hecho.

—Oye, Ash. ¿Me pones otra, encanto? —me pregunta un cliente habitual desde el otro lado del bar.

—Ahora mismo voy, Larry. —Me alejo para servirle otra cerveza, agradecida por el momento de respiro. A lo mejor, Ledger se rendirá y, mientras estoy distraída, volverá al lugar del que sea que haya venido.

—¿Por qué me da la sensación de que, en cierto modo, me he perdido parte de esta conversación?

«O a lo mejor no». Hay frialdad en su voz y rigidez en su postura.

Lo he cabreado.

Me alegro.

Solo es una pizca de lo que se merece.

Lo miro con la mandíbula y los puños apretados. ¿Por qué dejo que todavía me afecte el recuerdo de lo que ocurrió? Ha pasado mucho tiempo. Se acabó.

—¿Sabes qué? Tienes razón. No eres digno de mi enfado —le respondo al final. Y odio que, al mismo tiempo que le digo eso, sigo queriendo hacerle un millón de preguntas.

«¿Por qué te fuiste para no volver nunca?».

«¿Por qué no llamaste?».

«¿Fue mentira todo lo que me dijiste?».

«¿Por qué dejaste que él te destruyera de esa manera?».

«Ya basta, Ash». Basta de preguntarte. Basta de enfado. Basta de olvidarte de lo que te has prometido a ti misma hace unos minutos: que el pasado es pasado.

¿Es esta la primera impresión que le vas a dar de quién eres y de lo que has hecho con tu vida? Lo único que estás consiguiendo es parecer inestable.

Aunque te fastidie, céntrate.

—Tienes razón. No soy digno de tu enfado. —Me mira a los ojos y algo se ablanda en mi interior con ese comentario. Me está dando una excusa para, de algún modo, justificar las palabras rencorosas que le acabo de soltar—. Pero, oye, si llego a saber que pedirte una Coors Light iba a disgustarte tanto, habría elegido otra cosa. Una Heineken. Una Coronita. ¿Cuál va mejor con la tapa de hostilidad que servís?

—Deja de reírte de mí.

Esboza una sonrisa torcida y traviesa que hace que, a regañadientes, se me crispen las comisuras de la boca. Me transporta a cucuruchos de helado en el muelle y a los besos que me dejaban sin respiración.

«Hay algo en ti que, hasta este momento, hasta verte aquí de pie, no sabía que todavía atraía a partes de mí».

—¿Todo bien por aquí? —pregunta Hank al entrar detrás de la barra, y me mira con curiosidad antes de dirigirse a Ledger—. ¿Se está encargando Asher bien de ti?

—Sí. Estaba a punto de servirme una Coors Light, pero, antes, tenía que cantarme las cuarenta sobre lo mal que le caigo.

Joder. Estoy cubriendo a Nita. Lo último que necesito es que los clientes se quejen y meterla en problemas con el jefe.

—No te lo tomes como algo personal —responde Hank, seguido de su particular risa de barítono y un guiño en mi dirección—. Por si te sirve de algo, no le cae bien nadie.

Miro a Hank con el ceño fruncido mientras suelta una gran carcajada antes de dirigirse al otro extremo de la barra a hablar con algunos clientes habituales.

—¿Asher? —Ledger pronuncia mi nombre en tono de pregunta, pero, cuando lo miro, hay un cambio repentino en su expresión. Es como si acabara de tener una revelación o hubiera descubierto la respuesta a una pregunta que nunca había hecho—. Hace un minuto has dicho una cosa. Sobre lo que te hice pasar... —Sacude la cabeza rápidamente y, tan pronto como aparece la expresión, desaparece—. Creo que te equivocas. Tenemos que hablar de lo que pasó...

—Decirme que me equivoco no es la mejor manera de hacer que me caigas bien de nuevo.

—No me había dado cuenta de que tuviera que intentarlo. Nunca me había hecho falta contigo. —La seguridad en su tono, unida a la mirada agridulce de sus ojos, me dificulta pensar una respuesta.

¿Cómo es posible pasar de la ira a la incertidumbre en un período de tiempo tan corto?

Confusa e intranquila por el sentimiento repentino, me doy la vuelta para coger un vaso limpio del mostrador que tengo detrás a pesar de que tengo una pila de ellos justo delante.

Soy una mujer adulta, por el amor de Dios.

Éramos adolescentes.

Fue hace un siglo.

He seguido con mi vida, y él, con la suya.

Organizo más vasos antes de coger uno y dirigirme a los grifos.

—¿Qué haces aquí? ¿Has venido de viaje con tu familia? ¿Es la primera vez que vuelves desde... esa última? —divago, concentrada en la cerveza y en la espuma en lugar de en Ledger—. El pueblo ha cambiado. Han comprado el viejo hotel y lo van a convertir en un resort. Todo el mundo está en contra.

—Vierto un poco de espuma—. La estación de esquí es aún más sofisticada que antes si te lo puedes creer. Y las ricas llevan unos modelitos todavía más atroces que de los que solíamos reírnos.

Ledger se queda sentado en silencio mientras recito comentarios de un tirón y evito el contacto visual con él. Sin embargo, cuando le dejo el vaso justo delante, me pone la mano en la muñeca.

«Sus caricias».

Hubo un tiempo en el que eran lo único que anhelaba mi corazón adolescente.

Lo miro a los ojos, pero no aparto la mano. Estoy segura de que puede ver un matiz de nostalgia, un poco de lo que podría haber sido, en mi mirada, aunque no dice ni una palabra. En lugar de eso, asiente ligeramente como si lo entendiera y me ofrece una sonrisa suave.

—Te veo bien, Asher. Más que bien —murmura—. Espero que hayas sido feliz.

La amabilidad de sus palabras casi hace que me desmorone. Una vulnerabilidad que no quiero sentir se abre camino en mi interior y las lágrimas amenazan con escapar, pero las contengo con éxito. Han sido unos meses duros. Llevar a la abuela a una residencia asistida. Perder al abuelo de manera tan inesperada. Y, después, tener que aprender a cargar con la responsabilidad de mantener Los Campos a flote cuando él se encargaba de todo. La combinación ha sido demasiado. Ha pasado tanto en tan poco tiempo que su simpatía, su sinceridad, me llegan al alma.

—Voy tirando —le digo y aparto la mano de la suya—. ¿Y tú? ¿Estás bien?

Vuelve a asentir mientras me observa con esa mirada suya tan silenciosa y encantadora.

—¿Todavía sigues dibujando esos paisajes tan bonitos? Siempre supuse que me toparía con alguno en alguna parte y sabría de inmediato que era tuyo.

—No, ya no.

—Pensaba que estudiarías Bellas Artes. Que irías a…

—Los planes cambian.

—Pero era tu sueño.

—Los sueños cambian. —Miro hacia la puerta cuando entra otro cliente y agradezco la distracción—. No has respondido a mis preguntas.

—Porque me interesa más saber de ti. —Le da un trago a la cerveza y sus ojos no se apartan de los míos hasta que los pone en blanco—. Vale. ¿Qué quieres saber, Ash?

Utiliza mi apodo como si no hubiera pasado el tiempo y siguiéramos familiarizados el uno con el otro. No me veo capaz de corregirle.

A lo mejor no quiero hacerlo.

—¿Qué haces aquí?

—Iba de camino a Cedar Falls desde el aeropuerto. Después de un día entero de retrasos en el viaje, he pensado que necesitaba una cerveza. He visto el cartel de Hank, el aparcamiento de delante lleno y… aquí estoy.

Me cruzo de brazos y resoplo al oír su respuesta. Sonríe.

—No me refería a qué haces en el bar de Hank y lo sabes. Deja de burlarte de mí y contéstame.

—Siempre eras una mandona —murmura y me demuestra que sí me recuerda. Por lo menos, a mi antigua yo—. ¿Ese resort del que todo el mundo está en contra? —Levanta la mano—. Es mío.

Caigo en la cuenta de golpe.

—¿Eres de S.I.N.?

—Culpable. —Mira a su alrededor como si esperara que alguien reaccionase con hostilidad si le oye—. Sharpe International Network, también conocido como «S.I.N.».

Menuda sorpresa. Sabía que su padre era importante en la industria hotelera y superrico. Eso me quedó claro por el lugar en el que se hospedaban, lo escandalosamente caro que era todo lo que tenían tanto Ledger como sus hermanos y por los coches que conducían cuando estaban aquí. Pero no tenía ni idea de que S.I.N. fuera su empresa.

—¿Por qué no sabía yo esto?

Se encoge de hombros.

—Nos relanzamos hace unos años y, como hemos agregado tantas propiedades internacionales en la última década, nos convertimos en S.I.N.

—¿Nos?

—Sí, «nos». —La pena que cruza su mirada es fugaz, pero, aun así, la veo—. Mi padre falleció hace dos años.

—Lo siento mucho. —Las palabras son solo un acto reflejo respetuoso para un hombre al que he vilipendiado en mis recuerdos.

Asiente en agradecimiento.

—Ahora llevamos la empresa mis hermanos y yo.

—Por el bien de la empresa, espero que no discutáis tanto como antes.

—A veces.

Río. Es la primera vez que lo hago y, de algún modo, alivia la tensión entre nosotros.

—Así que estás en Cedar Falls para hacer qué exactamente con el hotel, ¿calmar a las multitudes que odian su mera existencia?

—Algo así. El alcalde Grossman considera necesario que me quede aquí durante los próximos dos meses para que esté a su entera disposición o, si no, nos negará los permisos de ocupación y evitará la apertura.

—Podría mentir y decirte que me sorprende... pero, por desgracia, no es el caso. Es un hombre avaricioso que se tiene en tan alta estima que debería ser ilegal, y con las elecciones a la vuelta de la esquina...

—Genial. Estoy deseando conocerlo. —Pone los ojos en blanco.

—¿Estás seguro de que no quieres volver al aeropuerto y escapar mientras puedas?

—¿Tan malo es?

—Depende de qué lado estés.

—¿Y de cuál estás tú, Asher? —pregunta, pero, por algún motivo, me da la sensación de que significa mucho más que si estoy de acuerdo con el nuevo resort del pueblo o no.

Antes de que pueda responder, aparece Nita igual que un torbellino de energía y caos, tal como es propio de ella.

—Dios mío —exclama, se ata apresuradamente un delantal a la cintura y se mete detrás de la barra—. Gracias. Gracias, gracias, gracias. —Se inclina para besarme en la mejilla y me proporciona la distracción que no sabía que necesitaba—. Eres mi salvadora. Te lo digo en serio, Ash.

En ese momento, debe notar la conexión entre Ledger y yo, porque sus movimientos vacilan cuando pasa la mirada de él hacia mí y al revés.

—Vaya, hola, guapo —murmura de un modo que solo Nita puede usar sin parecer descarada o desesperada—. Te ofrecería algo un poco más dulce para abrirte el apetito, pero me parece que Asher ya estaba cuidando bien de ti. Iré a… eh… limpiar algunas mesas para que podáis, ya sabéis, terminar lo que sea que tengáis que terminar. —Repasa a Ledger y el codazo que me da es de todo menos sutil.

Si ella supiera…

—No tienes que irte a limpiar nada —le digo mientras me desabrocho el delantal y lo arrugo en una bola hacer algo con las manos. Es como si los sucesos de los últimos quince minutos se me hubieran derrumbado encima y, de repente, necesitara un minuto a solas para pensar y procesarlo, y… respirar—. Ya está todo listo. —Nita me mira con cautela, sin duda preguntándose por qué actúo de forma tan extraña—. Tengo que irme.

—¿Te vas? —Ledger se levanta de golpe y el taburete hace un estruendo muy fuerte al arañar el suelo.

—Sí. Solo estaba ayudando a Nita mientras iba a una función del cole de su hijo. —Le ofrezco una sonrisa cansada a la vez que el corazón se me acelera en el pecho—. Este no es mi… Normalmente, no trabajo aquí.

«¿Cómo acaba esto?».

«¿Me voy sin más? ¿Me desahogo ahora que tengo la oportunidad? ¿Quiero hacerlo? ¿O con esto ya ha sido suficiente? ¿Podré pasar, por fin, la página que no sabía que no había pasado solo por hablar con él?».

—Entonces, eso significa que puedes quedarte a hablar.

—No puedo. Tengo… cosas que hacer —le digo y le doy un beso a Nita sin tocarle la mejilla antes de dirigirme al almacén trasero a coger mis cosas.

De repente, siento la necesidad de salir huyendo. Necesito estar sola y algo de silencio. Dos cosas que son imposibles de conseguir cuando su presencia nubla cada uno de mis pensamientos, como hace ahora mismo.

He llegado al final de la barra y a la puerta del almacén cuando Ledger me agarra por el codo.

—Asher, espera. ¿Te vas a ir sin más? ¿Sin decir nada?

«Es una sensación horrible, ¿verdad?».

Sin embargo, no le digo lo que pienso. No puedo. Lo mejor es que lo deje tal como está. Mejor que antes. Más estable. Así está bien.

—Tengo que irme —le respondo para salvar las apariencias, pero, cuando me doy la vuelta y le miro a los ojos, mis pies se niegan a moverse.

—¿Estás segura? —Agacha la cabeza para estar a mi altura y poder escrutarme los ojos.

—Segurísima.

Se balancea sobre los talones, es evidente que no se cree mi mentira, pero finge que sí. Y le estoy muy agradecida.

—Me alegro mucho de haberte visto, Ash. —Ahí está otra vez la sonrisa torcida. Es sincera y real, y odio que, a pesar de nuestro pasado, una parte de mí flaquee al verla—. En realidad, me alegro muchísimo.

—Me ha gustado ponernos al día. Mucha suerte con todo.

—No, espera. —Suspira y echa un vistazo al bar antes de volver a mirarme a los ojos—. Escucha…, éramos niños, éramos ingenuos y no estábamos preparados para lo que nos iba a deparar la vida. Pasaron cosas que… pasaron. Cosas que sigo sin entender y que empiezo a pensar que ninguno de los dos podíamos controlar. Podríamos hablar del pasado y obsesionarnos con lo que podría haber sido, pero sería inútil.

—Estoy de acuerdo. —Asiento, aunque, en realidad, me gustaría diseccionar cada palabra que me ha dicho—. Me alegro de haberte visto, Ledger. —Empiezo a darme la vuelta, pero sus palabras me detienen.

—Voy a estar en el pueblo durante un par de meses. Me gustaría que nos viéramos algún día… Que tomásemos algo y nos pusiéramos al día. —Baja la mirada durante un instante antes de volver a mirarme—. Que fuéramos amigos.

La emoción me forma un nudo en la garganta y me trabo al intentar responderle, aunque no sé muy bien qué quiero decirle.

—Puede. —Empujo la puerta y le miro por encima del hombro—. Ya veremos.

Cuando cruzo la puerta y la cierro, apoyo la cabeza contra ella y dejo escapar un suspiro interminable.

No puedo volver a verlo.

No quiero.

Sí que quiero.

«Mierda».

Ledger Sharpe tiene algo.

Sí, tiempo atrás fue el dueño de mi corazón, aunque tiene razón. Ya no soy una adolescente ingenua.

Han cambiado muchas cosas de la chica que él conocía.

Soy más fuerte.

Soy independiente.

Por fin, he encontrado mi propósito.

Y, esta vez, no pienso dejar que su cara bonita y un puñado de recuerdos nostálgicos me marquen lo suficiente como para cambiarme.

Capítulo 3

Ledger

Aparto la silla del escritorio improvisado (la mesa de la cocina de mi casa de alquiler) de un empujón, me paso la mano por la cara y suspiro de frustración.

Nada consigue captar mi atención. Absolutamente nada. Ni los correos que tengo que contestar ni los tertulianos de la televisión, que parlotean sobre las previsiones de turismo de récord para este año, ni mucho menos el total silencio en el interior y en el exterior de esta casa humilde a las afueras de Cedar Falls.

Porque lo único en lo que puedo pensar es en Asher Wells.

En lo que pasó.

En todo el sufrimiento.

«En el miedo».

En mirar por encima del hombro constantemente cada vez que recibía un correo o mensaje suyo, que dejaba sin contestar.

Pero, para confundirme todavía más, esta noche he sentido su ira y he percibido el dolor que sentía bajo la superficie. La he visto luchar contra ambas cosas y no me he dado cuenta hasta casi la mitad de nuestra conversación: no lo sabe. No sabe de qué se me acusó. Ni por qué la familia Sharpe se fue de manera inesperada.

Por qué no volví a hablar con ella.

Por eso estaba tan enfadada. Y con razón. Aunque yo también lo estaba. ¿No era yo el que tenía las de perder?

Es la única explicación que se me ocurre para que estuviese tan disgustada de verme otra vez. «Tiene que serlo».

Joder.

Sacudo la cabeza para despejarla.

No funciona.

Sigue ahí.

Sigue siendo dueña de todos mis pensamientos.

¿Cómo puedo ser tan arrogante como para suponer que sigo teniendo algún efecto sobre ella? Puede que estuviera alterada por un montón de motivos y que ninguno tuviera que ver conmigo. ¿No?

Igual que yo debería tener un montón de motivos para estar trabajando, y no obsesionado con su enfado inmerecido y un pasado que creía muerto y enterrado.

«Joder, Ledger. Supéralo».

Con un suspiro y la determinación renovada, vuelvo a leer el correo electrónico que tengo delante, pero no consigo pasar de la segunda frase. Me resulta imposible concentrarme.

Ella hace que me resulte imposible.

Asher Wells sigue aquí.

Sigue aquí de verdad.

Eso sí que no me lo esperaba. Estaba seguro de que se habría marchado del pueblo hace mucho tiempo. Supuse que las únicas personas que quedarían de aquel verano serían sus abuelos. Me había puesto histérico solo de pensarlo, y, después, me sentí culpable de que el adolescente que había en mí se sintiera aliviado en el momento en el que busqué a su abuelo y descubrí que había fallecido. Suena horrible si tengo en cuenta que él ya no suponía una amenaza para mí..., pero me preocupaba que siguiese por aquí. Que se acordara.

Sin embargo, estaba equivocado con respecto a Asher. Está aquí. Y, cuando se ha vuelto a mirarme desde detrás de la barra y esos ojos del color de los nubarrones se han encontrado con los míos, me he sentido transportado a hace quince años. A esa última noche, ese último beso, cuando estábamos a la luz de la luna junto a mi furgoneta, y esos mismos ojos me miraban y me prometían que volvería y se encontraría conmigo más tarde.

Y la incredulidad y la angustia que llegaron después.

—*No volverás a verla.*

    —*Papá…, ¿de qué estás hablando?*

    —*No me gusta decir las cosas dos veces, ya me has oído.*

    —*La quiero* —*le suelto.*

    —*Estás pensando con la polla, Ledger. A todo buen hombre le ocurre alguna vez, pero es un mal momento y la persona equivocada.*

    Me levanto de la silla de golpe.

    —*¡No me digas lo que tengo que hacer!* —*le grito.*

    En un instante, me tiene cogido por la camisa y tengo su cara a centímetros de la mía. Cuando me habla, lo hace con un tono calmado e indiferente.

    —*Harás lo que yo te diga. No vas a desobedecerme. Finge que nunca ha existido y que este verano nunca ha pasado.*

Nada puede apagar el recuerdo o la montaña rusa de emociones que viví aquella noche. El dolor, la ira, la confusión, la… agonía.

Yo no hice nada malo… Lo sé.

Ahora sí.

Y, sin embargo, Dios, estoy en esta casa tranquila, recordándolo todo cuando había quedado olvidado durante mucho tiempo, ¿no?

Es una gilipollez. Joder, ha pasado más de una década. He tenido muchas parejas desde entonces, mujeres que han ocupado mi cama y mi tiempo; Asher y mi amor adolescente no eran más que algo del pasado… Y, aun así, verla esta noche…, joder, verla esta noche me ha dado que pensar.

Nostalgia. ¿No es eso? ¿Un inesperado paseo por el pasado?

Es más que eso y es lo que me está volviendo loco.

Ha hecho que desee conocerla ahora. Ha despertado una atracción que no puedo negar. Me siento tan mal y tan bien a la vez. No soy un mujeriego, ni mucho menos, pero tampoco soy de los que persiguen a sus exnovias cuando ya nos hemos separado. Cuando paso página, no hay vuelta atrás. Pese a ello, Asher tiene algo que me ha hecho perseguirla esta noche. Y eso hace que quiera verla otra vez.

—Es una puta locura, eso es lo que es —murmuro a la casa vacía.

La adolescente me tenía solo para ella por aquel entonces, y al parecer, la mujer en la que se ha convertido hace que todavía siga interesado.

Le doy un trago a la cerveza y salgo al jardín trasero. De todas maneras, no es que esté trabajando mucho. Contemplo la silueta de las montañas contra el cielo nocturno y las brillantes estrellas que las luces de mi ciudad normalmente me impiden ver.

Asher es tan preciosa como la recordaba. Incluso más. Lleva la melena castaña rojiza más larga. Esos grandes ojos grises siguen siendo demasiado expresivos. Y las curvas de su cuerpo son más pronunciadas y femeninas de lo que eran.

Está claro que, físicamente, los años la han tratado bien, pero, aun así, presiento que han endurecido esa inocencia que solía tener. Supongo que nos ha pasado a los dos. A mí me arrebataron la ingenuidad esa última noche que estuvimos juntos. Me pregunto qué le quitó la suya.

No obstante, la experiencia te la dan los años. La sabiduría. Tal vez, la adversidad. La adolescente tímida e inocente que conocí ha cambiado. Dice lo que piensa y es evidente que no le importa quién pueda sentirse ofendido. Ese gesto desafiante que hace con la barbilla es nuevo. Me encanta verlo y, al mismo tiempo, tengo curiosidad por saber qué ha hecho que cambie.

«Los planes cambian».

«Los sueños cambian».

¿No ha dicho eso esta noche?

No debería seguir en Cedar Falls. Tenía grandes sueños de dejar el pueblo y un talento enorme para conseguirlo. Una escuela de arte prestigiosa. Un apartamento en la gran ciudad. La oportunidad de experimentar la vida de verdad, lo bueno y lo malo, por sí sola. ¿No era eso lo que quería? ¿Lo que aspiraba a hacer?

Me llevo la cerveza a los labios. ¿Qué narices fue tan importante como para que abandonara sus sueños y se quedara aquí?

«Los planes cambian».

Y tanto. Lo sé mejor que nadie.

Capítulo 4

Ledger

Diecisiete años antes

—Contrólate, Callahan. —Echo un vistazo a mi hermano, que acaba de beberse de un trago la tercera cerveza en menos de veinte minutos. Me fulmina con la mirada, aplasta la lata con la mano antes de lanzarla por encima del hombro y me saca el dedo.

—Vale, papá. —Pone los ojos en blanco y, después, señala a una de las chicas que tiene al lado—. ¿Por qué no me traes otra?

Aprieto los dientes. Está fuera de control, como de costumbre. A papá le parece bien que hagamos lo que queramos aquí, más de lo que le ha parecido nunca en nuestras vidas. Lo último que quiero es que Callahan la cague por ponerse tan pedo que papá se dé cuenta y nos acorte las riendas.

Por otra parte, es Callahan. Cuando eres él, tienes permitido cagarla.

Pero si soy yo, no.

Miro la cerveza que tengo en la mano y deseo con todas mis fuerzas poder mandar todo a la mierda y ser más como él. ¿El problema? Que estoy seguro de que, si lo hiciera, nuestros castigos seguirían siendo diferentes.

«Eres mi primogénito, Ledger. El más parecido a mí. Espero más de ti que de los demás».

Es fantástico. Perfecto. Me bebo la cerveza e intento olvidarme de quién soy. Intento disfrutar de nuestra nueva libertad

42

en Montana, porque en casa cada segundo está dedicado a lo académico, a los deportes y a prepararme para un futuro predestinado.

Al lanzar la lata a un lado, la veo en una esquina de la fiesta. Tiene las piernas largas y la piel morena. Lleva una camiseta de tirantes roja y, debajo de la tela, le asoman los tirantes de un sujetador blanco de encaje. El cabello castaño rojizo le cae por la espalda. Y... el hecho de que esté a un lado, observando como si no encajara allí, me llena de curiosidad.

Eso, y que parezca salida de uno de mis sueños eróticos.

No puedo evitar mirarla fijamente.

—Ledger, tío, ¿puedo coger otra? —me pregunta el lugareño con el que nos juntamos. Bueno, en realidad, todo el mundo se junta con nosotros, porque tenemos cerveza, pero él es uno del que nos hemos hecho amigos en las dos semanas que llevamos aquí.

—Sí, claro. Eh... ¿Quién es esa?

—¿Quién? —me pregunta y se acerca más para mirar en la dirección que le señalo con la barbilla.

—Esa.

—¿La Chica de la Lavanda? —resopla.

—¿La Chica de la Lavanda? ¿De qué estás hablando? —le pregunto, desesperado por volver a mirarla, pero temeroso de parecer demasiado interesado.

—Así es como la llamamos por aquí.

—¿Por qué?

Sin embargo, se dirige a la nevera portátil antes de darme tiempo a pronunciar la segunda palabra.

Me arriesgo a echar otro vistazo. Y, esta vez, cuando lo hago, me topo con un par de ojos grises que no me apartan la mirada.

Con los nervios entumecidos por la cerveza, me acerco a ella. Al verme, abre mucho los ojos, casi con temor. Asustadiza. Por algún motivo, me da la impresión de que, por lo general, no se junta con esta gente. De que no encaja con ellos.

A lo mejor yo siento lo mismo, pero de forma diferente.

Es más guapa de cerca. Está fuera de mi alcance.

Se le corta la respiración en el momento en el que me detengo delante de ella.

—Chica de la Lavanda, por favor, dime que no vas a salir huyendo. Solo quiero saludarte. —Levanto las manos hacia los lados, con la confianza en mí mismo reafirmada por el alcohol—. Soy Ledger.

Pestañea antes de levantar la cabeza para mirarme.

Boom.

—Hola.

Entonces, sonríe… y estoy perdido.

Capítulo 5

Asher

Me siento tras el volante con la puerta abierta, una pierna plantada firmemente en el suelo, la otra, en el coche, y lo asimilo todo.

La casa. Tiene la pintura descolorida y los escalones están desgastados, pero hay una presencia que hace que la sombra de una sonrisa me cruce los labios. De pequeña, pasaba horas y horas en el columpio del porche, absorta en las páginas de un libro mientras el abuelo ayudaba a cuidar los campos de atrás.

Me golpean los recuerdos.

La sombra de la abuela al pasar por delante de la ventana cuando iba de un lado al otro con su perpetua necesidad de recoger, limpiar el polvo y estar ocupada. Cualquier cosa que la hiciera sentir medianamente normal a pesar de la parálisis parcial y los achaques que le había causado el ictus. Y cómo yo lo repasaba todo mientras ella dormía, porque sus intentos eran, en el mejor de los casos, inútiles.

Los tonos azulados de las paredes cuando la televisión iluminaba la habitación. Al zumbido de la tele solo lo superaba la risa estridente del abuelo, que se escapaba por las ventanas, que le gustaba dejar abiertas para que entrara la brisa nocturna y cálida del verano.

El leve olor a salvia o canela que flotaba en el aire. El crujido de la madera del suelo al pisarla para besar a mis abuelos en las mejillas. La pared llena de fotografías enmarcadas que documentaban cada bochornosa etapa de mi vida.

Nunca pensaba en lo que me faltaba. Un padre al que nunca conocí. Una madre que apreciaba más la libertad que a mí.

Solo sentía un amor puro e incondicional.

Me abruma un dolor crudo y real. Es asombroso todo lo que puede cambiar en tres meses. Cómo la vida continúa y, aun así, tú sigues sintiéndote igual que si estuvieras muy quieta. Cómo la vida de los demás vuelve a la normalidad, mientras que a ti te cuesta respirar por culpa de la tristeza, que te consume sin previo aviso.

Pensé que ya estaba familiarizada con este sentimiento, considerando que nunca había tenido una madre o un padre, pero, ahora, me doy cuenta de que no lo entendí de verdad hasta que perdí al abuelo. Mi pilar.

Por eso, he agradecido la distracción de ayudar a Nita esta noche. Es una oportunidad para salir y alejarme del consuelo tranquilo, y en cierto modo ensordecedor, que supone pasar las noches aquí.

Y otras veces es asfixiante.

A mi izquierda, los insectos trinan y hacen que centre la atención en la tierra que ha sido parte de mi familia durante décadas. Cada año, cuando replantábamos los campos, enterrábamos las manos en la tierra y mezclábamos nuestro sudor con ella. La tierra fértil del valle está cubierta de filas perfectas de lavanda, situadas una junto a la otra. Año tras año, sobreviven a los temporales más duros y florecen en los veranos más templados.

Aquí pasé mi infancia, aprendiendo el significado del trabajo duro, la disciplina y, a veces, la derrota, todo suavizado por los abrazos agradables de la abuela o el amor silencioso del abuelo.

Los tallos susurran con la brisa que baja en picado de las montañas.

«Mi hogar».

El lugar que no pude abandonar lo bastante rápido. El lugar al que tuve que volver por desesperación y deber. El lugar que es una parte de todo lo que soy: de lo bueno y lo malo.

Y un lugar que me protegió de la crueldad del mundo. Crueldad que no había sufrido hasta que Maxton Sharpe, el padre de Ledger, se presentó en este mismo porche aquella noche.

Ledger.

Una persona en la que no había pensado en años. Y digo «persona» y no «hombre» porque, para mí, se había congelado en el tiempo... Seguía siendo un adolescente de pelo sedoso, con el torso desnudo la mayoría de los días y una sonrisa que me decía que yo era su mundo.

Pero ya no es un recuerdo. Está aquí, en Cedar Falls. Y, según él, aquí seguirá durante un tiempo.

Y quiere que nos pongamos al día.

La clásica excusa. ¿No es ese el motivo por el que he conducido sin parar esta noche? Carretera tras carretera para evitar llegar a la tranquilidad de la granja y los pensamientos interminables que estar aquí me suele provocar. Conducir con las ventanillas bajadas y la música a todo volumen es mucho más fácil que intentar averiguar cómo me he sentido al verle de nuevo.

Sacudo la cabeza al salir del coche. Ha sido un día muy largo; una copa de vino y un *reality show* pueden ser la forma perfecta de relajarme. De distraerme.

Sin embargo, cuando rodeo el coche, el columpio del porche cruje y, por un segundo, a pesar de que el sonido me sobresalta, casi creo ver a la abuela, que espera a que llegue a casa.

—Dios. —Doy un salto cuando veo a Nita con una botella de vino en la mano y una sonrisa leve en los labios—. ¿Qué haces aquí? ¿Por qué no estás en el bar de Hank? ¿Va todo bien? —le digo de un tirón.

—Relájate, doña histérica —me responde y, cuando ya he subido los peldaños, me ofrece un vaso de plástico lleno de vino—. Son más de las dos, así que imagina el rato que llevas conduciendo en círculos y sentada en el coche. Estabas tan absorta que ni siquiera has visto mi coche. —Señala el lugar donde está aparcado, en un lateral de la casa.

—Tienes razón. —No tengo problema en admitirlo—. Lo siento. —Tomo el vaso que me ofrece y me dejo caer en el columpio junto a ella. El movimiento hace que se balancee.

Los grillos cantan a nuestro alrededor y agradezco el silencio que me concede Nita mientras dejo que se asiente el primer sorbo de vino.

—¿Quieres hablar del tema? —me pregunta al final—. ¿De él?

—¿De él? —Finjo no saber de qué habla.

—Venga ya. —Me golpea el muslo en broma—. Ambas sabemos que ese tío buenorro del bar es quien ha hecho que le des vueltas a la cabeza, que conduzcas sin rumbo y que, probablemente, hayas cantado *Total eclipse of the heart* a pleno pulmón.

Me encojo de hombros —odio que tenga razón— antes de levantar el vaso de plástico rojo para evitar la pregunta.

—Qué elegante.

—Ya sabes cómo nos las gastamos. —Ríe y choca el borde de su vaso con el mío—. Bueno…, ¿quieres explicarme por qué el señor *Sexy* te ha dejado esto de propina?

Nita me enseña un billete de cien dólares arrugado. Hay un número de teléfono escrito en el anverso con rotulador.

—Vaya. —Me gustaría decir que siento indiferencia, pero es de todo menos eso.

—¿Vaya? ¿Es un «vaya» bueno, un «vaya» malo o, simplemente, un «vaya, cállate, Nita»?

Le quito el billete y juego con las esquinas hasta que los diez números negros que estropean el anverso se nublan.

—Es un vaya de los de «parece que a Ledger Sharpe le gusta intentar comprar el perdón de su exnovia».

—Espera, ¿cómo dices? —chilla—. ¿Salías con ese hombre? ¿Ese espécimen tan atractivo con el que he flirteado inocentemente? —Abre los ojos con expresión de sorpresa.

—Sí, pero fue hace mucho tiempo.

—¿Cuánto? —Se gira para mirarme de frente: su predilección por cotillear no tiene rival.

—De los quince a los diecisiete.

—Oh, cielo. —Me hace un gesto con la mano—. Erais unos bebés. —Da un trago al vino y hace un sonido de aprobación—. Si quieres mi opinión, creo que tienes que comprobar cómo ha mejorado al convertirse en un hombre.

—Jesús —murmuro y le doy otro sorbo a la bebida—. Gracias, pero no he preguntado.

—Ese número de teléfono —afirma señalando el billete de cien que tengo en la mano— dice que él quiere hacer lo mismo.

Le respondo solo con un suspiro profundo e inclino la cabeza hacia atrás para mirar las estrellas y empujar el columpio.

—¿Qué es lo que no me estás contando? —me pregunta.

—Su familia solía venir aquí todos los veranos. Sus hermanos y él. Son trillizos idénticos...

—Espera un momento. ¿Hay tres hombres en el mundo con ese aspecto? —Se lleva una mano al pecho en un gesto dramático—. Todavía tengo esperanzas.

—Siento decírtelo, pero no hay esperanza que valga. —En especial, si todos ellos resultan ser como su padre, dispuestos a estar en esta ciudad siempre y cuando puedan conseguirlo todo con dinero, y marcharse cuando quieran—. Son de esos —le digo, y sabe muy bien a quién me refiero. Los ricos. Gente que ve a los de pueblo como sus sirvientes, guías o camareros, pero no como sus iguales.

Me da un empujón en el hombro.

—Déjame soñar, ¿no? Las fantasías no tienen límites. —Cierra los ojos y una sonrisa de gozo le cruza los labios como si se imaginara lo bueno que podría scr. Se le escapa un murmullo suave, igual que si estuviera satisfecha—. Vale, fantasía realizada. Ya puedes seguir.

—Me preocupa lo que has dicho por muchos motivos.

—Lo sé, pero nunca he afirmado ser una persona íntegra. —Me dedica una sonrisa—. Me has ocultado muchas cosas. Ahora, cuéntamelas. Háblame de él.

—Su padre y los tres chicos, Ledger, Callahan y Ford, pasaban los tres meses de verano en Cedar Falls. El padre siempre estaba trabajando, así que no había nadie que los supervisara.

—¿Tres chicos así en un pueblecito como Cedar Falls? —Silba—. Las chicas debían de salivar.

—Sí. Nos pasaba a todas, pero… una noche… —Recuerdo la explosión de los fuegos artificiales sobre el lago y la manera en la que el estruendo resonaba por el valle. Cómo, tras el espectáculo, me quedé en una esquina de una fiesta junto a la orilla del lago, con ganas de unirme a mis compañeros de clase, pero sintiéndome fuera de lugar, siempre aparte. Estaba a punto de irme, pero, entonces, lo vi, a Ledger, y fui incapaz de moverme. Estaba bronceado y tenía una sonrisa torcida monísima, y, cuando le volví a mirar, estaba justo delante de mí.

«Chica de la Lavanda, por favor, dime que no vas a salir huyendo».

Lo recuerdo todo con una sonrisa agridulce.

—Nos conocimos una noche y, desde ese momento, fuimos inseparables.

—¿Inseparables durante tres meses?

—Fue más que eso. Fueron tres meses durante tres veranos. Hablábamos el resto del año y, cuando regresaba en junio, lo retomábamos donde lo habíamos dejado. Era como si los dos supiéramos que flirteábamos y tonteábamos con otras personas el tiempo que estábamos separados, pero, cuando empezaba el verano, solo teníamos ojos para el otro.

—¿Durante tres años? ¿Qué pasó?

Asiento. Tengo muchos recuerdos buenos.

—Hicimos planes juntos ese último verano. Planes de futuro que nos incluían a los dos. —Sonrío con melancolía—. Si lo pienso ahora, sé que nunca habría salido bien. Veníamos de dos mundos completamente diferentes, pero pensábamos que funcionaría y, por aquel entonces, era lo único que veíamos. Lo único que importaba.

—Él fue tu primera vez, ¿verdad? —pregunta con suavidad.

—Lo fuimos el uno del otro…, por lo menos, eso es lo que me dijo, y yo le creí. Habíamos tonteado antes, mucho, pero la noche en la que, por fin, dimos el paso terminó siendo la última que nos vimos. Hasta hoy.

—¿Qué quieres decir con que fue la «última noche»? ¿Cómo es posible que no supiera nada de todo esto? He sido tu mejor amiga durante casi trece años. Al parecer, me has estado ocultando información.

El corazón me martillea en el pecho cuando me miro en el espejo. Tengo las mejillas sonrosadas y una sonrisa enorme.

Lo hemos hecho.

Lo hemos hecho y… madre mía, ha estado… ¿bien? Suelto una risita, incapaz de apartar la mirada de mi reflejo.

¿Parezco más mayor?

¿Cambiada?

¿Una mujer?

Sé que se supone que la primera vez no es una pasada. Bueno, por lo menos, según las chicas del instituto, pero él no ha dejado de preguntarme si estaba bien. Y ha sido muy delicado a pesar de que sabía que se estaba esforzando mucho por ir despacio. Y, luego, me ha abrazado y susurrado lo mucho que me quería.

No habría querido que fuera de otra manera.

La gravilla de la entrada cruje bajo el peso de unos neumáticos, pero yo solo puedo centrarme en arreglarme. Cuando los abuelos estén dormidos, me escabulliré para volver a ver a Ledger.

Llaman a la puerta principal.

No quiero que esta noche acabe nunca.

Unas voces apagadas se cuelan por el pasillo y a través de la puerta cerrada de mi habitación.

Le doy vueltas a todas las posibilidades. Reencontrarnos en la universidad. Prometernos. Casarnos. Tener la vida que siempre soñé, lejos de aquí.

Levanto la mano y la miro como si tuviera un anillo de casada en el dedo. Asher Julia Sharpe.

Suena bien. Vuelvo a sonreír, incapaz de apartar la vista de mi reflejo en el espejo. Me alegro mucho de que haya sido el primero. Suerte que pronto iremos a la universidad y podremos estar juntos todo el tiempo.

Dijo que encontraríamos la manera de hacerlo posible y le creo. Nunca he creído más a nadie en toda mi vida.

Las voces suben de tono. ¿El abuelo está molesto? Eso sí que es raro.

Me paro en seco y, entonces, oigo la siguientes palabras alto y claro:

—*Lo último que necesita es que alguien como ella lo eche todo por tierra* —*afirma una voz masculina. Aunque, sin duda, no es la voz del abuelo. Recorro el pasillo sin pensarlo, llevada por la curiosidad y por el temor al mismo tiempo*—. *Tiene un futuro brillante por delante, un imperio que manejar, y no voy a dejar que se desvíe de su camino por culpa de una niña sin madre, sin pedigrí y sin futuro. No es negociable. ¿Lo entiende?*

—*No tiene derecho a venir aquí a darnos órdenes. No somos sus...*

—*Es mi hijo, tengo derecho a velar por sus intereses. Y ella no lo es.*

De forma subconsciente, rechazo la idea de que estén hablando de mí. ¿Por qué iba alguien a decir algo así? Sin embargo, al doblar la esquina y ver al hombre que está de pie frente al abuelo, sé que me he equivocado. Maxton Sharpe. El padre de Ledger. Tienen rasgos bastante similares, pero es la forma en la que se mueve, con idénticos gestos a los de su hijo, lo que confirma mis suposiciones.

—*¿Qué quiere decir con que no soy de su interés?* —*Entro en la habitación con las lágrimas quemándome la garganta*—. *Cree que lo voy a desviar de su camino porque no soy rica o...*

—*Asher, ve a tu habitación, ahora mismo* —*exige el abuelo con mirada de acero y la voz severa. No recuerdo que me haya hablado así en ningún otro momento.*

—*Abuelo...*

—¡Vete! —grita sin mirarme.

—No, quédate —me dice Maxton antes de volverse hacia el abuelo—. Tiene que oírlo. —Maxton da un paso hacia mí y suaviza la mirada, pero no me lo trago—. Siento que hayas oído lo que he dicho, he sido duro. —Agacha la cabeza como si estuviera arrepentido, aunque es todo puro teatro. Hasta yo lo sé—. Solo intentaba hacerte a un lado para protegerte de la verdad.

—¿A qué se refiere con la verdad? —le pregunto.

—Me da vergüenza admitirlo, pero mi hijo te ha utilizado. Ya ha conseguido lo que quería de ti, Asher —responde Maxton y me atraviesa con la mirada mientras me invade la vergüenza.

Ahora, los abuelos saben lo que ha pasado esta noche.

Él lo sabe.

La habitación me da vueltas. Nuestro momento privado y significativo ahora es de dominio público.

—¿De qué está hablando? No me ha utilizado. Él...

—No va a quedar contigo más tarde como habéis planeado. —No, no, no—. Yo tenía su teléfono, he leído sus mensajes. Si te sirve de algo, no eres la única. —Quiero taparme las orejas y bloquear su voz—. De hecho, ha estado viendo a un par de chicas más este verano y, ahora mismo, está con una de ellas. Está...

Mentiroso.

—No es cierto —susurro y sacudo la cabeza, sin creérmelo.

—Sí lo es, está con alguien. Está en el sauce ahora mismo. —Hago una mueca—. Oh no, no te habrá hecho creer que era vuestro sitio especial, ¿verdad? —Suspira muy fuerte y sacude la cabeza con el rostro cubierto por la decepción.

Las lágrimas me nublan la vista mientras miro al hombre al que nunca he conocido, pero al que odio con todas mis fuerzas.

—No le creo. Tengo que hablar con él. Ha de haber una explicación.

—¿Acaso un adolescente necesita una aparte de las hormonas?

Miro fijamente y pestañeando al hombre que acaba de poner mi mundo patas arriba. Solo puedo pensar en el carácter de trato fácil y ligón de Ledger. En la forma en la que encaja con todo el mundo de aquí. Todas las chicas lo desean, hasta bromeamos sobre ello. ¿Soy una idiota por creer en él? Quiero decir, sería muy fácil para él estar con alguna de ellas durante las horas en las que estoy trabajando en la granja.

La abuela me aprieta la mano y las piezas de mí que lucho por mantener unidas terminan por romperse.

Está equivocado.

Tiene que estarlo.

Cedar Falls es un pueblo pequeño. Lo normal es cotillear. Los rumores son la moneda de cambio de los adolescentes. Lo habría sabido. Lo habría oído.

—Nos vamos de Cedar Falls esta noche. Creo que es la mejor medida dadas… las circunstancias. Lo siento. Nunca he enseñado a mi hijo a tratar así a las chicas.

—Creo que debería marcharse —dice el abuelo, abriendo la puerta.

—He bloqueado tu número en su teléfono y he borrado tu información de sus contactos, así no podrá volver a hacerte daño. Creo que es lo mejor para todos en todos los aspectos. Una ruptura limpia. No me gustaría que las cosas se… complicaran, no sé si me entiendes. —Maxton le lanza una mirada de advertencia al abuelo que yo no entiendo.

—Está mintiendo, no puede ser cierto —le grito y, aunque no había notado que lloraba, las lágrimas me llegan a los labios.

—Lo siento, de verdad.

—No, no es… él no…

—Yo también pensé que era mejor. —Inclina la cabeza ligeramente.

Un sollozo se me aloja en la garganta.

—Abuela. —La miro y ella me aprieta la mano—. Él no…

—Vamos, Ash. —Cuando me rodea con el brazo, me apoyo en ella—. Vamos a tu habitación.

Me resisto para intentar oír el resto de la conversación, necesito hacerlo, pero el abuelo empuja a Maxton hacia la entrada y cierra la puerta detrás de ellos.

Se dicen más cosas. Discuten más. Hay más... no sé el qué.

Solo que, cuando huyo corriendo por la puerta principal más tarde, en contra de la voluntad de mis abuelos, y voy al sauce tal como habíamos planeado, Ledger no está.

—Vaya, qué mal. Cuando me equivoco, lo admito, y sí, no he estado acertada con el hombre. Joder. Por lo general, se me da bien leer a las personas. Es evidente que es un cretino de dimensiones épicas —dice Nita, que nos sirve más vino en los vasos.

Sus palabras me hacen sonreír.

—Si te digo la verdad, no sé qué pensar. —Me encojo de hombros y pienso en la mirada que me ha lanzado Ledger después de que Hank nos interrumpiera. La revelación que parece que ha tenido—. Durante mucho tiempo, creí que me había utilizado. Que se enorgullecía de haberme quitado la virginidad antes de largarse. Me sentía humillada y desconsolada, y odiaba a Ledger tanto como lo amaba.

—Intuyo que hay un «pero».

Asiento.

—Pero yo sabía cómo era Ledger. No te equivocas así cuando hace tres años que conoces a una persona.

—¿Crees que su padre te mintió?

—Todo se reducía al pedigrí. Algo que yo no tenía, que no tengo. Me veía como una chica de barrio obrero. Piénsalo. No tengo padres que se preocupen por mí. Vivo en un pueblo pequeño que no es más que un punto diminuto en el mapa. Nunca iba a ser lo bastante buena para el chico de oro al que preparaba para que tomara las riendas de su imperio. —Incluso el hecho de pronunciar las palabras ahora me causa una mezcla de incredulidad y disgusto.

—Me parece que tiene sentido, pero de la peor forma posible.

—Sé a lo que te refieres... y estoy de acuerdo.

—¿Qué dijeron tus abuelos sobre el tema?

—Lo que fuera que habló mi abuelo con él esa noche en el porche sigue siendo un misterio. El abuelo se quejaba de los capullos y evitaba hablar de los Sharpe, mientras que la abuela nos mimó a mi corazón roto y a mí durante meses. Me dijo que eso era lo que hacía el tipo de chicos que no queríamos en nuestra vida y se alegraba de que se hubiera marchado. —Le doy un trago al vino y saboreo la acidez en la lengua—. Creo que, para ellos, fue más fácil dejar que estuviera desconsolada que creer que no era lo bastante buena.

—Así que, su padre te mintió. No le importaba ser directo y honesto sobre sus motivos hasta que se vio contigo cara a cara. ¿Y qué pasó entonces? ¿Por algún motivo, se apiadó de ti y decidió culpar a su hijo por romperte el corazón en lugar de que lo hiciera Ledger?

—Es lo que creo —murmuro.

—¿Alguna vez probaste a llamarlo? ¿A Ledger? ¿Intentaste ponerte en contacto con él o él intentó llamarte? Estamos en el siglo XXI, hay muchas formas de comunicarse.

—Sí que lo hice. Nunca le llegaron mis mensajes o mis llamadas, así que supongo que su padre bloqueó mi número de verdad. O eso, o Ledger se cambió de teléfono. Le mandé mensajes por redes sociales y por correo electrónico. Nada. Por eso, al principio, me resultó tan fácil creer que me había utilizado. Si no fuera así y me hubiera seguido queriendo como yo a él, habría intentado ponerse en contacto conmigo, ¿no?

—Cierto, pero su padre era un hombre muy poderoso que...

—¿Qué lo controlaba? No sé, Nita. Era un adulto que iba a ir a la universidad al mes siguiente. Seguramente, podría haberme contactado cuando ya viviera en el campus. Nunca..., nunca le encontré el sentido. —Empujo el columpio—. Y, entonces, me di cuenta de que, aunque reconectáramos, no importaría. Su padre no iba a darnos su aprobación ni, de repente, pensar que era lo bastante buena para él. No quería volver a abrirme a ese tipo de humillación de nuevo.

—Así que ¿pasaste página?

—Pues sí, tuve que hacerlo. Además, un tío como Ledger era un partidazo. Resultaba más fácil pensar que ya había encontrado otra chica de apellido importante y con una cuenta bancaria abultada.

—¿Y si te equivocaste? —pregunta con suavidad.

—No puedo vivir la vida a base de suposiciones.

—Lo entiendo.

—¿Sabes lo que más me dolió? —«Lo que me dejó claro que lo que tuvimos no fue real…».

—Que nunca se puso en contacto contigo.

—Eso es. —Asiento con decisión—. Sabía dónde vivía y podría haberme escrito. Sabía mi número de teléfono, porque yo no lo cambié. Si quieres algo de verdad, luchas por ello.

—Y él no lo hizo por ti —murmura.

Y sí, es ridículo esperar algo así de un adolescente a punto de comenzar su vida bajo la protección de su padre, pero lo que tuvimos fue especial. Único. Nuestro.

—El abuelo habría luchado por la abuela. —Sonrío con tristeza al pensar en su amor—. Es la única relación de verdad que he conocido y con la que puedo compararla.

Nita inclina la cabeza hacia atrás, cierra los ojos y empuja el columpio con el pie.

—Eso fue hace quince años. En todo este tiempo, has cambiado para mejor. Y seguro que él también. Quizá lo de esta noche ha sido el destino, que intenta arreglar los errores del pasado.

—Eso es absurdo.

—No lo creo. —Coloca la mano sobre la mía—. Si crees que fue cosa de su padre, entonces, a lo mejor hay algo más. Quizá no se puso en contacto contigo por algún motivo. Tal vez esta sea tu segunda oportunidad.

—Son muchas suposiciones.

—A lo mejor sí —bromea ella.

Sonrío y recuerdo la forma en la que Ledger me ha mirado esta noche antes de que me fuera. Como si hubiera algo que estuviera listo para contarme. Una historia que no sé si importará que oiga ahora.

—Cuando me ha parado al final de la barra, me ha preguntado si podíamos ponernos al día en algún momento.

—¿Y?

—No sé.

—No tienes que saberlo. Lo único que tienes que saber es que verle esta noche te ha afectado lo suficiente como para que tomes el camino largo a casa. Solo lo haces cuando algo te afecta. Y él lo ha hecho.

—Puede.

—Dejando a un lado el pasado, cuando he entrado en el bar de Hank y te he visto, tenías una cara…, no es una que pongas muy a menudo. Parecías…, no sé. No sé cómo explicarlo, pero, ahora, no tengo claro si me gusta que haya sido él el responsable.

Otro búho ulula y, después, se oye el sonido distintivo de su aleteo. Observamos que uno sale de los árboles y baja hasta el suelo para coger algo junto a las hileras de lavanda.

—¿Te haces idea de lo que me afectaron las palabras de su padre? ¿Cuántos escenarios ridículos imaginé durante los siguientes meses, tal vez incluso uno o dos años después de que se fuera? Me imaginaba que me convertiría en una artista famosa y que Maxton iría a alguna de mis muestras de arte, completamente enamorado de mi trabajo. Intentaría comprar una de las piezas de mi colección y yo rechazaría su dinero. Le diría que no estaban a la venta para hombres como él. Que no era lo bastante bueno como para comprarlas. Y, entonces, le recordaría quién era, de dónde provenía y le diría lo equivocado que estaba. —Meneo la cabeza con suavidad, con la vista fija en la noche, recordando cómo visualizaba la escena una y otra vez en mi cabeza—. Supongo que eso ya no va a pasar, ¿no?

—¿Qué quieres decir?

Río por la nariz.

—Mira a tu alrededor, Nita. Ahora mismo, estoy aguantando a duras penas. Entre las deudas médicas de la abuela, que casi acabaron con nuestros ahorros, y el incendio de hace unos años, que quemó prácticamente todo, excepto la casa, no diría que Asher Wells tenga mucho éxito precisamente. Por no mencionar que el abuelo se llevó con él todos sus conocimientos sobre este lugar. No tengo ni idea de qué estoy haciendo.

—No quiero oírte decir esas tonterías. Sigues luchando, sigues resistiendo. Muchas personas en este mundo aspiran a tener su propio negocio. Mírate. Tú tienes uno.

Aprecio su discurso de motivación, pero es lo que es. Una forma de hacerme sentir mejor. Y, aunque sé que, en lo que se refiere a la estima y a la liquidez, está la escala de Ledger y la escala de Asher, creo que el principal problema es que el hecho de ver a Ledger me ha recordado un tiempo en el que mis abuelos eran mi mundo entero. Seguían aquí. Podía acudir a ellos para que me limpiaran las lágrimas, me dieran un abrazo rápido y me prometieran que todo iba a salir bien.

—Estoy siendo ridícula. Lo siento. Solo es que echo muchísimo de menos al abuelo y la presencia de la abuela a mi alrededor —susurro con un sollozo.

—Oh, cariño, ya lo sé.

Arrugo la nariz y gruño.

—No me hagas caso. O mejor todavía, ignora todo lo que he dicho esta noche. Soy una aguafiestas. —Suelto una risita desaprobatoria—. Lo estoy pasando mal. Es como si hubiera perdido una parte de mí cuando se fue el abuelo y ver a Ledger esta noche de manera tan inesperada, cuando ya estoy sensible, me ha desconcertado. Me he convertido en una mujer sosa que no sabía si debía odiarle o hacer las paces con él, cuando yo no soy así.

—No pasa nada por ser vulnerable. No pasa nada por estar confusa. Y tampoco pasa absolutamente nada por ser sosa de vez en cuando. —Vuelve a poner la mano sobre la mía y aprieta—. Lo has pasado muy mal estos últimos meses y no tener gracia ya es mejor de lo que sería yo si estuviera en tu lugar.

—Gracias, de verdad. —¿Qué haría yo sin su amistad?

—No hay de qué. ¿Qué te decía siempre tu abuela? —«¿Qué no me decía? Siempre compartía trocitos de su sabiduría conmigo»—. La vida siempre te deparará momentos difíciles, Asher Julia Wells, y regodearte en la miseria no solucionará nada —comenta imitando el tono de la abuela mientras me da un empujoncito en el hombro—. Aunque creo que, esta noche, en recuerdo de tu abuelo, con la ausencia de tu abuela, con la aparición inesperada de un ex y siendo unas sosas, podemos regodearnos. Ahora bien, vamos a necesitar mucho más vino si es lo que tenemos planeado para esta noche.

—Pues suerte que en mi cocina hay de sobra.

Capítulo 6

Ledger

—¿Por qué?

—¿Por qué, qué? —pregunta el alcalde Grossman desde su asiento, en el centro de la tribuna, rodeado de otros seis concejales del Ayuntamiento. Tiene un gesto adulador en el rostro colorado que me da a entender que no me ha invitado a esta reunión del Ayuntamiento de Cedar Falls solo para darme la bienvenida a su «sólida» ciudad. Me dan ganas de poner los ojos en blanco.

—¿Por qué dos meses?

—Porque alguien como usted no entiende el estilo de vida de Cedar Falls —responde.

—¿Alguien como yo? —«¿En serio?». Es evidente que Asher tenía razón. El hombre se da alardes de grandeza solo para aparentar y ser el primero en los sondeos.

—Sí. Se cree mejor que nosotros por vivir en Nueva York y todo eso. —Hace un gesto de indiferencia con la mano como si eso fuera a explicar su falta de razonamiento.

—«Y todo eso». Lo pillo. —Río entre dientes y, cuando estoy a punto de hablar, sigue con su ridículo espectáculo de autoridad.

—No entiende ni a nuestra ciudad ni nuestro deseo de conservar un estilo de vida propio. Solo ve dólares y beneficios…, no a los ciudadanos y su sustento.

—¿Y con qué propósito quieren que pase aquí dos meses?

—Pedirme que venga a una reunión del Ayuntamiento a ver

cómo te golpeas el pecho es una gilipollez—. Con el debido respeto, alcalde Grossman, conozco esta ciudad. Conozco a su gente. Pasé muchos veranos aquí de pequeño, por eso mis hermanos y yo quisimos comprar el resort, como homenaje a nuestro padre. Adoraba esta ciudad.

Se desatan los murmullos entre el público que tengo detrás. Es una pena que no pueda descifrar si son a mi favor o en mi contra.

—Es una noble idea, pero no puede irrumpir en el pueblo y pensar que el dinero hará que lo reciban con los brazos abiertos. Puede que conociera Cedar Falls hace diez o quince años, pero eso no significa que sepa cómo es ahora.

Algo me llama la atención por el rabillo del ojo y levanto la mirada justo a tiempo de ver a Asher cruzarse de brazos y sacudir la cabeza de manera sutil. Imagino que lo que quiere decir es que con ella ocurre lo mismo. «Que la conocía antes y ahora no».

Pierdo la concentración y tengo que obligarme a recordar dónde estamos. Lo que estoy haciendo.

—¿No es por eso por lo que insistieron en que viniera? ¿Para que pudiera conocer el pueblo a su gusto? —Miro al resto de los concejales.

—Desde siempre, hemos buscado el bien por y para las gentes de Cedar Falls —continúa el alcalde sin responder a mi pregunta.

—Tal como debería hacer cualquier ayuntamiento.

—Y usted tiene la reputación de llegar y quitarle a los pueblos todos sus trabajos y encantos sin tener en cuenta la ciudad.

—Me temo que no estoy de acuerdo, alcalde Grossman. —Madre mía, este es el terreno de Ford. Todas esas tonterías de besar a bebés y estrechar manos. No el mío—. Sharpe International Network pretende dejar una huella positiva en cualquier sitio en el que tengamos propiedades.

—¿Una huella positiva?

—Sí, señor. Como aseguraban en la petición que enviaron a mi oficina, incumplimos la promesa de contratar a gente local. Estoy aquí para poner remedio a esa situación, entre otras.

—¿Entre otras?

«¿Por qué no para de repetir lo que digo?».

—Sí, señor.

—Pero, seamos sinceros, solo ha venido porque amenazamos con posponer los permisos hasta que se instalaran aquí para entender nuestro estilo de vida.

Lo miro fijamente y me planteo adónde quiere llegar con todo esto.

—Ponemos un interés especial en todas nuestras propiedades. Aunque no puedo afirmar que nuestras agendas nos hubieran permitido, a ninguno de los tres hermanos, vivir dos meses en Cedar Falls mientras duran las reformas, habríamos venido de vez en cuando para hacer un seguimiento de los avances. Y lo que no podemos comprobar personalmente lo delegamos en Hillary Deegan, nuestra jefa de proyectos *in situ*, en quien confiamos de manera plena para que haga un trabajo tan bueno como el que haríamos nosotros. —Hago una pausa para añadir dramatismo—. Siempre procuramos esforzarnos al máximo por la comunidad. Eso ayuda a que el resort sea rentable. Y, a cambio, alcalde Grossman, da dinero a su comunidad.

—Al máximo. Interés especial. —Se desliza las gafas hasta la punta de la nariz y me mira fijamente por encima de la montura mientras asiento.

«¿Podemos darnos prisa? Tengo cosas que hacer, miles de dólares que gastar y tratos que cerrar. Cosas mucho más importantes que besarle el culo a un hombre tan pretencioso por un puñetero permiso».

«Aunque es uno del que no podemos prescindir».

«Esto está por debajo de mi rango salarial. Tanto, que me duele la espalda de intentar rebajarme a su nivel, joder».

«¿No tiene nada mejor que hacer, un animal indefenso al que matar para pasar el rato?».

—¿Ocurre algo, señor Sharpe?

—Por supuesto que no. —Le dedico una sonrisa que pretende decirle que se vaya a la mierda—. ¿Qué otra cosa iba a tener que hacer más importante que estar aquí escuchando cómo repite mis propias palabras?

—Como «al máximo» e «interés especial» —repite él.

—Correcto —«Controla tu genio, Ledge»—, como esas.

—Bonitas palabras viniendo de un hombre al que, anoche mismo, oyeron decir en el bar de Hank —el alcalde mira el papel que tiene justo delante— que «lo mejor de este pueblo es que puedo irme cuando se acaben los dos meses de tortura. Es una puta pecera». Corríjame si me equivoco, pero esas fueron sus palabras, ¿correcto?

«Me cago en la puta». Alguien oyó mi conversación con Ford en la puerta del bar.

Malditos puebluchos, todo el mundo se conoce y a todo el mundo le gusta saber los trapos sucios de los demás.

Estoy jodido.

Del todo.

El alcalde Grossman espera mi respuesta con mirada expectante y los ciudadanos que han decidido asistir al pleno comienzan a parlotear a mis espaldas. No les ha entusiasmado demasiado que haya insultado al pueblo y, por lo tanto, a ellos.

—¿Señor Sharpe? —insiste.

Retráctate.

Arregla el desastre.

Elude.

—Mi intención no era insultar…

—Claro que no. —La sonrisa sarcástica va a juego con su tono—. Sin embargo, dado que cree que nuestro pueblo es deficiente en todos los aspectos, nosotros, los habitantes de Cedar Falls, hemos decidido encargarle a Sharpe International Network que realice algunas mejoras en el pueblo, puesto que «nuestro éxito será vuestro éxito» y todo eso.

—¿Mejoras? —«¿Qué cojones…?»—. ¿A qué se refiere?

—A que creemos que es importante que una empresa tan grande como la suya invierta más en el bienestar de nuestra comunidad en su totalidad. Debería ayudar a que nuestros ciudadanos obtengan beneficios.

«¿Nos está chantajeando?».

—En nuestro acuerdo con el Ayuntamiento, no hay nada que diga que se requiera una inversión en el pueblo, además del resort.

—Bueno. —Echa un vistazo a los concejales que tiene sentados a su alrededor antes de volver a mirarme—. Ya conoce a la gente de los puebluchos, no somos de acatar las reglas. Sería una lástima que hubieran iniciado la construcción y gastado tanto dinero, en especial ahora que se encuentran en la recta final, y sean incapaces de obtener la licencia de ocupación. ¿Cómo es el dicho, cuanto más crece la obra, más mengua la bolsa?

Dejo escapar una risita nerviosa e incrédula, y me rasco la sien.

Piensa. Piensa, joder, Ledger.

Aunque no hay nada que pensar. Me han puesto entre la espada y la pared, y lo saben. Ya hemos invertido decenas de millones en esta propiedad y en las reformas. No podemos abandonarla y nadie va a comprar un resort a medio construir si nos retiramos.

—¿Y qué es lo que esperan de nosotros exactamente? —Es lo único que se me ocurre preguntar. Por lo general, no me afectan los contratiempos. Esta vez, sí.

Sin abogados a los que consultar tal como haría normalmente, estoy seguro casi al 99% de que Grossman tiene cero autoridad para hacerlo. Es un capullo. Así de simple. Lo que no sabe es que, en Nueva York, he tratado con capullos muchos peores. Sé cómo jugar a este juego. Sé que tiene que parecer que estoy a merced del pueblo al margen de las legalidades de la condición.

Hay que vencerlos con amabilidad.

Pero puede que me venzan a mí en el proceso.

—Es un hombre de negocios con éxito, Ledger Sharpe. —La sonrisa no le llega a la mirada—. Seguro que se le ocurre algo que nos satisfaga.

Capítulo 7

Ledger

—Espera un momento, joder. Vas en serio, ¿no?

—Tan en serio como un ataque al corazón —le digo a Ford, me reclino en la silla y cierro los ojos—. El muy cabrón nos está chantajeando. Por lo que he averiguado, se presenta a la reelección pronto y parece que va a basar su campaña en demostrar cómo mangonea a las grandes empresas.

—De ahí que enviara la carta sobre la visita de dos meses y, ahora, nos haga esta petición de mierda.

—Exacto. El problema es que el ultimátum que nos ha dado es subjetivo. No es tan sencillo como «haced esto y os daré lo otro», igual que con su primera orden. Lo que quiere ahora es…

—Se está haciendo el machito.

—Entre otras cosas —murmuro.

—¿Podemos dejar a un lado tu miseria durante un rato para que pueda disfrutar del hecho de que el don perfecto de Ledger la haya cagado? —Suelta una risa exagerada—. ¿No se te ocurrió ir con más cuidado al hablar conmigo por teléfono delante de un bar lleno de gente del pueblo?

No, no se me ocurrió. Lo único en lo que podía pensar era en Asher y en que, cuando salí al aparcamiento a buscarla, ya se había ido.

—Me llamaste en un mal momento. —Es la única excusa que puedo poner sin tener que darle más explicaciones.

—Entonces, no deberías haber contestado, tan sencillo como eso.

—Ya vale de regodearse —le digo. Abro los ojos y levanto la mano para despedirme de Hillary, que se dirige a la puerta para reunirse con Dios sabe quién. «Que comience la tarea de besarle el culo al Ayuntamiento de Cedar Falls».

—Como quieras, pero es tan raro que tengo que disfrutar mientras pueda. —Exhala un suspiro de satisfacción—. Ahora la pregunta es: ¿qué vamos a hacer?

—Hillary y yo lo hemos hablado un poco. Creemos que la mejor apuesta es traer artesanos locales. Cuadros y objetos de las numerosas tiendas dedicadas al talento local.

—¿Eso no perjudicará las ventas en el pueblo? ¿No hará que tengan que vender los productos a un precio más barato?

—Todavía no hemos pulido todos los detalles, pero estoy seguro de que se nos ocurrirá algo que satisfaga a todo el mundo.

—¿Así que, básicamente, utilizaremos el resort para dar a conocer a los habitantes de Cedar Falls?

Asiento, aunque no pueda verme.

—Y algunas cosas más. En la última reunión del Ayuntamiento, Hillary mencionó que querían reunir poco a poco el dinero recaudado por los impuestos para construir una nueva biblioteca en la escuela primaria o un sistema de climatización y ventilación renovado en la residencia asistida que hay a las afueras de la ciudad, porque el que tienen ahora lleva años escacharrado.

—Ayudar a los niños y a los ancianos. Nadie se quejará de eso.

—Es justo lo que he pensado. —Lanzo un suspiro exagerado—. Pero, aun así…

—Aun así… —repite Ford—. Aparte del desastre de hoy, ¿qué opinas de Cedar Falls en general?

Solo Ford y Callahan pudieron visitar el lugar antes de que compráramos el antiguo hotel. Yo estaba liado con otro negocio y no pude escaparme.

Y no puede decirse que me haya disgustado el giro de los acontecimientos. «Por muchos motivos».

—¿Si no tengo en cuenta los carteles que han colgado en todas las ventanas, donde ponen chorradas como «Los grandes negocios acabarán con las pequeñas empresas» y «Llevaos S.I.N. a otra parte»?

—¿Tan mal está la cosa?

—Hay unos cuantos que dicen cosas como «Un resort da más empleo» y «Más turismo significa más dinero», así que, por lo menos, tenemos a algunas personas de nuestro lado.

—¿Y dónde estaban durante la reunión del Ayuntamiento de hoy? —bromea.

—Exacto. —Inhalo y considero su pregunta—. Cedar Falls. Bueno, no es Manhattan, eso seguro.

—¿Quieres decir que no está invadido por la peste del metro o el olor a orina de los edificios de hormigón, manchados por los gases de escape a los que estás acostumbrado? —Ríe.

—Sin duda, aquí no hay nada de eso. —Me pongo en pie y me apoyo en el escritorio—. Tampoco hay vendedores ambulantes que te gritan, ni aceras abarrotadas por las que abrirse paso ni metros en los que subirse...

—Cosas que la mayoría de la gente detestaría.

—Pero que a mí me encantan.

—¿Vas a luchar contra esta tarea con uñas y dientes en todo momento, verdad?

—Prefiero considerarlo una protesta silenciosa.

—Ja. Dice el hombre que no se ha mordido la lengua en su vida. No te preocupes, en nada estarás de vuelta en tu torre del cielo.

—Que te den. —No hay nada malo en tener una torre en el cielo con vistas infinitas a la ciudad que adoro—. Aunque, en cuanto a este pueblo...

—Querrás decir «ese pueblo de mala muerte» —Me toma el pelo, pero no caigo.

—Desde un punto de vista objetivo, está bien situado y las instalaciones tienen una buena estructura sobre la que trabajar.

—Me muevo para mirar por la ventana del despacho temporal

que Hillary me ha preparado aquí. Con esta perspectiva, no veo el característico lago del resort o el reflejo de las montañas que nos rodean, pero tengo la imagen serena grabada a fuego en mi mente. Es la misma que planeo que el Equipo de Publicidad utilice para promover el resort, que pronto será reformado—. Los cambios que estamos introduciendo solo harán que sea más atractivo a ojos de nuestra clientela predilecta. Aquellos a los que no les guste el aire libre dispondrán de un alojamiento lujoso con un balneario de primera calidad, y a los que sí, tendrán un montón de actividades que hacer.

—Estoy de acuerdo, pero eso es lo que mejor se nos da —dice Ford—. Te pregunto por el pueblo. Se te da bien interpretar las cosas y quiero saber tu opinión.

—¿Mi primera impresión? Es un pueblo pequeño, pero, sin duda, pintoresco. Tiene un ambiente hogareño que atraerá a familias enteras y un rollo artístico que adorarán los miembros de la alta sociedad sin hijos. Además, venden modelitos para aventuras al aire libre por todas partes, lo cual aumentará su encanto. —Me froto una mano por la barbilla—. Triunfará de sobra.

—Me alegra que estemos en sintonía, yo pienso más o menos lo mismo. En cuanto a la construcción, ¿vamos según lo previsto? ¿Ha habido dificultades?

—Pregúntale a Hillary, ella se encarga de eso.

—Cierto, pero tú aportas una perspectiva nueva. ¿Qué opinas?

—Terminaremos según lo previsto, un día más o un día menos. —Hago una pausa—. Lo retiro. Ahora mismo, Hillary está intentando atraer a contratistas locales y puede que eso nos retrase, porque vamos a tener que contratarlos, aunque no cumplan con las habilidades o los estándares necesarios.

—Solo para complacer a Grossman.

—Sí. Eso ya nos pondrá trabas, y ya vamos tarde con la estupidez de los dos meses, pero seguro que se arreglará por sí solo.

—Vale, se lo diré a Charles —me comenta. Se refiere al director de construcción—. ¿Ya está contratando a locales? Me encanta que sea tan rápida. Eso nos ayudará a reforzar la opinión pública.

—Quién sabe. Estoy seguro de que Grossman se sacará algo más de la manga, alguna otra prueba que superar. A lo mejor nos exige prenderle fuego para concedernos la última inspección o algo así.

—Hagamos lo que hagamos, no le parecerá bien.

—Es muy fácil decirlo desde nuestro despacho en Manhattan.

—Estoy en el tuyo. Tengo los pies sobre tu escritorio.

—Qué gracioso.

—Tienes una silla bastante cómoda, voy a tener que comprarme una de estas para el mío.

Aprieto los dientes. El cabrón sabe lo especial que soy con mi escritorio y lo está haciendo para provocarme.

—Capullo —murmuro.

Oigo su risa a través del teléfono.

—Madre mía, qué fácil es enfadarte. Resulta bastante patético, Ledge. ¿Qué tal el sitio que has alquilado? ¿Está bien?

—Si me estás preguntando si es una cabaña de madera con un retrete exterior y cabezas de ciervos trofeo, que cuelgan de las paredes, para que el tiempo que pase aquí sea todavía más auténtico, lamento informarte de que no es el caso.

—Y pensar que quería ir a visitarte para rememorar el pasado.

—Ahórratelo. Y a mí también —bromeo.

—Venga, sería divertido. Podríamos ir a los sitios donde pasábamos el rato y fingir que somos niños otra vez. Sin responsabilidades ni reglas.

Sonrío ante la idea. Ayer, hice justo eso. Conduje por los sitios en los que solíamos quedar. Me dije que era por nostalgia, para ver qué terrenos habían urbanizado durante estos años, pero, de algún modo, acabé junto a un viejo sauce. Y allí, por alguna razón, el coche se paró a un lado de la carretera y pude mirar fijamente un cartel enorme que rezaba: «Los Campos».

La casa estaba igual que la recordaba. La fachada de listones blancos, el porche, la puerta de entrada roja. Al parecer, los Wells se habían expandido con el paso de los años, ya que la lavanda llegaba hasta donde me alcanzaba la vista, pero, por aquel entonces, no prestaba mucha atención a esa parte. Todo lo que me importaba era perderme entre las filas de lavanda, buscar un lugar en el que Asher y yo pudiéramos tumbarnos de espaldas, mirar las estrellas y enrollarnos sin que nos pillaran.

No sé qué esperaba al ir hasta allí. ¿Que Asher estuviera en el porche delantero? ¿Tener otra oportunidad de hablar con ella? Ojalá lo supiera.

—¿Ledge? ¿Sigues ahí?

—Sí, perdón. ¿Qué decías?

—Me hablabas del sitio que has alquilado.

—Me basta. Es una casa pequeña en un barrio tranquilo. Da igual, porque estaré trabajando la mayor parte del tiempo. ¿Has acabado de controlar todo lo que hago?

Resopla.

—Alguien tiene que hacerlo, ya que tú no estás aquí para ocuparte.

—Qué gracioso. —Cómo han cambiado las tornas. No hace mucho, era yo quien ponía a Callahan a prueba, igual que está haciendo Ford ahora mismo conmigo. Aunque, por aquel entonces, no había bromas, solo resentimiento.

—No te olvides de mantenernos al día sobre lo que pase.

—Ya me estás controlando otra vez —murmuro—. ¿No hay nadie a quien puedas interrogar sobre otros… cinco proyectos o así? Te aseguro que lo tengo todo dominado.

Necesito estirar las piernas, de modo que me dirijo al que será el vestíbulo principal de El Refugio. Con los cambios que hemos introducido, es amplio y más acorde con una propiedad de S.I.N. Echo un vistazo en dirección a los sonidos de la construcción, hacia el ancho pasillo y las tres alas que hemos añadido a la estructura existente. Justo delante de mí, unos hombres se encargan de alicatar la pared de la entrada al nuevo balneario de lujo que tendremos en nuestras instalaciones. Y, en la de enfrente, están los tres palés de baldosas de mármol que utilizaremos para el suelo nuevo.

—Será un sitio increíble, Ford. Superaremos esta gilipollez del Ayuntamiento y este sitio brillará. Ya sea en invierno, como retiro para los aficionados al esquí, o como refugio para aquellos a los que les gusta el aire libre en verano, los clientes recibirán el lujo que esperan de nosotros.

—Por eso mismo lo compramos.

—Ajá —murmuro mientras vuelvo a mi despacho.

—¿Todo lo demás, bien? Pareces algo distraído.

—Estoy bien. Solo… ocupado. Voy a reunirme con una de las empresas de aventuras al aire libre del pueblo. Quiero ver si les interesaría trabajar con nosotros y ofrecer paquetes exclusivos para el resort.

—Sabes que tenemos gente que puede encargarse de eso, ¿verdad? —Ríe—. Que yo sepa, dedicarte a los detalles no era exactamente tu fuerte.

—Pero, que yo sepa, estaba en mi despacho en Manhattan.

—Bueno, ya que estás…

Se me ocurre una respuesta ingeniosa, pero el sonido de unos pasos fuertes me hace levantar la cabeza y tener que mirar dos veces. Asher recorre el pasillo hacia mí, hecha una furia.

—¿Ford? Tengo que dejarte.

—¿Algún problema? —me pregunta.

—Está por ver. —Cuelgo sin darle una explicación, porque estoy demasiado ocupado mirándola.

Observando todos y cada uno de los preciosos y furiosos rincones de su cuerpo.

Su mirada se encuentra con la mía al cruzar la sala y se detiene delante de mi escritorio.

—Vaya, menuda sorpresa. —Me mira con el ceño fruncido y contengo una sonrisa. Puede que la otra noche me preguntara por qué o cómo seguía sintiéndome atraído por ella después de todos estos años, pero, ahora mismo, no me importa la respuesta.

Solo sé que me siento igual. Lo único que puedo comprender es que somos personas diferentes de las que éramos en aquel entonces.

Y verla aquí, llena de puro fuego, solo sirve para hacer que la desee más.

Tiene la mandíbula apretada y, en un gesto dramático, golpea el escritorio que nos separa con la palma de la mano.

—No quiero tu compasión.

—¿Compasión? —le pregunto y aparta la mano para enseñarme el billete de cien dólares que le dejé con mi número escrito.

—Sí. No necesito que me des una propina ridícula porque sientas lástima por mí.

Le ofrezco una sonrisa torpe y prudente.

—Y yo que pensaba que estabas cabreada porque te escribí el número en el billete. Uf. —Finjo que me enjugo la frente—. ¿Significa eso que querías mi número de teléfono? Perfecto. Por lo menos, eso sí lo interpreté correctamente.

Su mirada de odio me parece adorable. Y el rubor de las mejillas y el desafío en su postura.

—No tiene gracia.

—La gente suele referirse a mí más como *sexy* o amenazante que gracioso, así que sí, estoy de acuerdo contigo. No tiene gracia. —Me cruzo de brazos, bajo la mirada hacia el billete de encima del escritorio y vuelvo a mirarla con las cejas arqueadas.

Imita mi postura, se cruza de brazos y me mira fijamente. Es evidente que no sabe qué más decir. Ha venido hasta aquí, ha dejado claro lo que piensa, y, ahora, no sabe qué hacer.

«¿Qué te está pasando por la cabecita, Ash?».

—Creo que deberíamos hablar de nosotros. De lo que pasó —le digo al fin—. Así podremos pasar página. Avanzar. Empezar de cero.

—Yo pasé página hace años. —Levanta la barbilla, pero sus ojos me dicen lo contrario. «Es bueno saberlo»—. No quiero hablar de nada.

—Tenemos que hacerlo. —Doy un paso hacia ella y yergue la espalda. Mmm. Su indecisión y falta de confianza de la otra noche han desaparecido. «Qué interesante».

—No tenemos por qué.

Siempre fue una cabezota.

—Como quieras —le digo y doy otro paso hacia ella con la esperanza de que mis próximas palabras la sorprendan tanto como a mí cuando se me han ocurrido—. Entonces, te diré que lo único en lo que he pensado desde que te vi el otro día ha sido en lo mucho que me apetece besarte.

Mueve la cabeza, abre de par en par los ojos y se queda boquiabierta.

«Bien». Estamos de acuerdo. Ella también siente lo que quiera que sea esto.

—Si eso no hace que quieras hablar, no sé qué lo hará —le digo.

Sus ojos me recorren rápidamente el cuerpo de arriba abajo en el momento en el que doy un paso más hacia ella.

—No. —Sacude la cabeza—. No hay nada de qué hablar. —Remueve los pies—. El pasado está en el pasado y ahí es donde va a quedarse.

—De acuerdo. —Cruzo la distancia que nos separa y estoy lo bastante cerca de ella como para ver el movimiento de sus hombros, oler la menta en su aliento y sentir el calor de su cuerpo. Inhala con fuerza. —En ese caso —me inclino hacia ella y el pelo me hace cosquillas en la mejilla mientras le susurro al oído—, me llamo Ledger Sharpe. Encantado de conocerte, Chica de la Lavanda.

Reprimir el deseo de besarla requiere de todas mis fuerzas. Absolutamente todas. Anoche, se me apareció en sueños, estaba en mi mente en la ducha y a ella es a quien he buscado en la multitud después de la reunión en el Ayuntamiento.

Doy un paso atrás, extiendo la mano para que la estreche mientras ella me mira fijamente y nuestra respiración es el único sonido que acompaña al silencio de la habitación.

Asher me mira de arriba abajo como si me evaluara poco a poco, una ligera sonrisa le asoma en los labios y los ojos le brillan de diversión.

—Gracias, pero… no me interesa.

Vacila (brevemente), baja la mirada hacia mis labios y vuelve a levantarla antes de salir del despacho con la misma determinación con la que ha entrado.

No obstante, esa vacilación me ha dicho todo lo que necesitaba saber.

Me meto las manos en los bolsillos y salgo hacia el vestíbulo del hotel para ver cómo se contonean sus caderas mientras se dirige a zancadas hacia el aparcamiento.

«No quiero hablar de nada».

Vale.

Entonces no hablaremos.

Ahora bien, voy a estar aquí durante dos meses, Asher Wells. Y, en ese tiempo, lo más seguro es que volvamos a cruzarnos. «Y, con un poco de suerte, haremos mucho más que eso».

Capítulo 8

Asher

No ha bajado ni un poquito.

Nada.

Aparto la silla del escritorio del abuelo, echo un vistazo a las pilas de papeles que amontonó por toda la superficie y me pellizco el puente de la nariz.

Estoy segura de que todo este proceso sería mucho más rápido si dejara de distraerme cada dos minutos, pensando en Ledger.

No obstante, sí que me permitiré pensar en cómo estaba después de que entrara en su despacho y consiguiera con éxito lo que me había propuesto. Dar una segunda primera impresión. Enseñarle que la mujer dispersa y emocionalmente indecisa a la que conoció la otra noche era una anomalía.

Y, por suerte, pude hacerlo antes de fijarme en la forma en la que me miraba desde detrás del escritorio, con los brazos cruzados y una expresión engreída. Sí, su arrogancia me irritó a más no poder, pero mentiría si no admitiera que también me ha puesto.

Esos muslos tan firmes apretados contra los pantalones de vestir. La forma en la que los bíceps le tensaban las mangas de la camisa. Los labios fruncidos mientras me desafiaba. El timbre de su voz y el calor de su aliento cuando se inclinó hacia mí para susurrarme al oído.

¿Cómo es posible? ¿Cómo puedo desear a un hombre que se fue sin mediar palabra? Va en contra del sentido común y de la lógica, y, aun así…, aquí estoy, pensando en lo que pasó, en él, cuando tengo cosas mucho más importantes de las que ocuparme.

—Como estos montones de papeles igual de fascinantes —murmuro para mí misma antes de respirar hondo, decidida a abordar otro más.

No tienen ni pies ni cabeza. Lo más seguro es que lo tuvieran para el abuelo, pero yo todavía tengo que descifrarlos.

Facturas del médico y de la residencia asistida de la abuela. Una carta de un proveedor. Deudas del equipamiento vencidas. Una factura de una tarjeta de crédito de hace dos meses. ¿Qué tienen en común todas estas cosas para que las ponga en la misma categoría? ¿En qué se basa su desorden?

«Se basaba. ¿En qué se basaba su desorden?». Todavía me cuesta referirme a él en pasado. La abuela llevaba tanto tiempo debilitándose que, aunque ingresarla en una residencia asistida era lo mejor para atender sus necesidades médicas, su ausencia en casa fue ensordecedora. Pero el abuelo… A pesar de su evidente tristeza, un día estaba bromeando conmigo en el porche delantero y, al siguiente, no se despertó de la siesta en la mecedora. Estoy segura de que murió porque le rompió el corazón estar separado de ella.

Ojalá todo el mundo pudiera experimentar ese tipo de amor.

«Los papeles, Asher». Céntrate en eso, en tu objetivo de encargarte de, por lo menos, un montón al día hasta que hayas limpiado este desastre.

«¿Y luego qué? Cuando veas la superficie del escritorio, ¿asumirás, de una vez, que se ha ido?».

Me pellizco el puente de la nariz y suspiro con fuerza mientras lucho contra las lágrimas que amenazan con derramarse. Me niego a llorar. Me niego a desmoronarme… otra vez. Su presencia está en todas partes y, sin embargo, la casa, la granja, todo lo que él tocó, están muy vacíos sin él.

Sobre todo, cuando estoy aquí sentada, rodeada de cada cosa que lo representaba y, por desgracia, sin sentirme nada preparada para hacerle frente.

Sí, he estado al mando de Los Campos desde que falleció el abuelo pero, si soy sincera conmigo misma, estoy haciendo lo mínimo necesario. Me parecía muy duro enfrentarme a este despacho, a este refugio.

Sin embargo, el mundo sigue adelante, aunque los que nos quedamos atrás nos sintamos congelados.

Miro a mi alrededor. La estantería que tengo enfrente está abarrotada de baratijas que guardó durante toda su vida. En la pared de al lado, hay algunos de mis antiguos bocetos de paisajes. Y, en el escritorio, junto a la pantalla del ordenador, una foto enmarcada de la abuela.

Este despacho era su refugio. El lugar en el que se escondía cuando decía que necesitaba un respiro del estrógeno de la casa, solo como excusa para buscar en internet lo último que le interesaba. O en el que se bebía un trago de *whisky* que había traído a escondidas y del que creía que la abuela no sabía nada. «Sí que lo sabía».

El despacho es una habitación situada al fondo de la casa principal, un gran porche que el abuelo cerró hace años, con una puerta exterior que da a los campos de atrás. Además de como consuelo, le servía de centro de negocios para Los Campos.

—Y, ahora, a por los correos —me digo a mí misma con entusiasmo fingido y levanto un puño al aire. He estado repasando, por orden alfabético, las carpetas de su bandeja de entrada. Una a una, las he abierto todas, leído sus contenidos y, si siguen siendo relevantes, los conservo. Si no, los borro.

Es evidente que el abuelo también coleccionaba correos electrónicos.

—«Cabrones». —Río al ver el nombre de la carpeta y adoro el hecho de que, incluso ahora, me siga haciendo reír. No sé qué esperaba encontrar en una carpeta con ese nombre, pero, desde luego, no era toparme con correos de publicidad de S.I.N. sobre la compra del antiguo hotel del pueblo o noticias de su estado por parte del Ayuntamiento de Cedar Falls.

El abuelo sabía de dónde salía S.I.N., ¿no? ¿Sabía quién era el propietario?

Le seguía la pista a la evolución del proyecto, a la empresa, pero ¿por qué?

«Porque, cuando eres padre, lo eres para siempre».

¿No era eso lo que me decía siempre? Que no importaba lo viejo que fuera, siempre sería mi padre, siempre me diría la verdad, incluso cuando no quisiera oírla, y trataría de protegerme de ella.

¿Eso es lo que hacía?

¿Asegurarse de que el hombre que me había hecho daño no pudiera hacérmelo otra vez?

Echo un vistazo a los correos. Son boletines informativos generales y ninguno iba dirigido a él personalmente, pero aun así los conservó.

Se había quejado de la llegada del resort, pero, cuando insistí para que me contara por qué, me dio los mismos motivos que todos los demás habitantes del pueblo, así que le resté importancia a su descontento. Tan solo deduje que era de la vieja escuela y le daba miedo lo que el resort, que estaban a punto de terminar, supondría para las pequeñas empresas como la nuestra.

Me pareció una conclusión lógica, pero, ahora que veo los correos, no puedo evitar pensar que su desagrado también se debía a otros motivos.

Motivos que se remontan a aquella noche de hace quince años.

En realidad, solo son conjeturas. Conjeturas tontas e imaginativas y, aun así, una vez más, he vuelto a pensar en Ledger.

Parece que el destino no deja de empujarme a que interactúe con él.

Unos golpes en la puerta del despacho me hacen dar un respingo.

—¿Señorita Wells?

—George. —Me llevo una mano al pecho—. Me has dado un susto de muerte.

—Disculpe, señorita.

—¿Ya está arreglado? —le pregunto sobre la línea de riego que ha empezado a perder agua por la noche. Cuando nos hemos despertado, el campo sur se estaba inundando, nada bueno para un cultivo como la lavanda, que necesita la tierra y las raíces bien secas.

—Seguimos intentándolo. Danny ha ido a la ferretería a comprar algunos acoples y tubos, pero…

—Pero ¿qué?

Mira la gorra de béisbol que lleva en las manos y vuelve a levantar la mirada.

—Han rechazado la tarjeta.

—Mierda, lo siento. —Suspiro—. Es… Voy atrasada con todos los pagos. El sistema de archivos del abuelo es difícil de entender —tartamudeo una excusa y señalo el montón de papeles que estoy revisando porque, aunque encontrara la factura de la tarjeta, no sé si podría pagarla—. Te daré algo de dinero.

—En segundos, he rebuscado en el bolso y le he entregado un billete de cincuenta dólares—. Con eso debería bastar.

—Gracias —dice George, pero sigue ahí de pie, mirándome después de que haya vuelto a sentarme.

—¿Algo más? —le pregunto.

Retuerce el labio y se balancea sobre los talones.

—Hay rumores de que va a vender Los Campos.

—¿Venderlo? —le pregunto y él asiente—. ¿Y a quién iba a vendérselo si puede saberse?

Se encoge de hombros y noto que está muy incómodo.

—Han sido un par de años difíciles. Algunos de los chicos han supuesto que, con la muerte de su abuelo, vendería lo que pudiera. Así podría cubrir las pérdidas… y pasar página.

El incendio que acabó con los cultivos y el cobertizo lleno de todo el equipo y las herramientas hace unos años. La tierra que tuvimos que comprar para cultivar más mientras las nuevas cosechas daban sus frutos. Los gastos para el cuidado de la abuela, que seguían aumentando. El granero que el abuelo había construido, el que pensaba utilizar como taller, que, ahora mismo, está vacío. Y, luego, los gastos ridículos de su funeral.

—Este sitio, estas tierras, han sido de mi familia durante generaciones. Las heredaré cuando la abuela ya no esté. Aunque esta vida no era la de mis sueños, George, era la de ellos, y tengo la intención de sacarla adelante.

Asiente.

—Pero, ahora son suyas y, técnicamente, eso significa que puede hacer lo que quiera con ellas, ¿verdad? Me refiero a que no hay nada que le impida venderlas. Por lo menos, eso es lo que está diciendo todo el mundo.

«¿Pero qué cojones…? ¿Eso es lo que se rumorea? ¿Tan mal piensa el pueblo de mí, que creen que traicionaría mis principios?».

Aunque, por otro lado, no debería sorprenderme, teniendo en cuenta que es el mismo pueblo que siempre me juzgó por las faltas de discreción de mi madre antes de que yo naciera.

—Me lo impide mi palabra. Se lo prometí a mis abuelos, a las personas que me lo han dado todo. ¿Qué clase de persona sería si no cumpliera mi promesa? —lo digo, pero me pregunto cómo voy a dirigirlo todo. Tengo una granja que llevar. Una oficina que dirigir. Una vida que no estoy viviendo. Y un montón de facturas que pagar.

Vender sería la mejor escapatoria.

Él lo sabe. Y yo también. No obstante, por muy tentador que sea, se lo prometí.

—¿Y la gente del resort? ¿Es cierto que querían comprar las tierras?

—¿Qué? —exclamo.

—Su abuelo mencionó algo de que intentaron comprarlo todo y fastidiar a todo el mundo, como de costumbre. —Sacude la cabeza—. Hacía tiempo que no lo veía tan furioso.

—¿Cuándo fue eso?

—Cuando descubrió quién había comprado el viejo hotel. —Se aparta el pelo de la frente—. No paraba de decir que no importaba lo bueno que pudiera ser el resort para el pueblo, que él nunca les daría beneficios después de lo que hicieron.

Tengo razón, sé que la tengo.

El abuelo le guardaba rencor al hombre que había menospreciado a la familia Wells.

Asiento de manera distraída, porque tiene sentido. El abuelo sabía quién era el dueño de S.I.N. y nunca olvidó al hombre que lo insultó a él, a su orgullo y, sobre todo, a mí.

—Seguro que tenía sus motivos —añado con suavidad—. Pero te aseguro que no tengo intenciones de vender.

—De acuerdo. —Ambos nos sostenemos la mirada—. Se lo diré a los chicos. Es solo que todos tenemos familias y, si tenemos que empezar a buscar otros trabajos, entonces...

—Lo entiendo. —Asiento y odio sentir cómo se me forma un nudo en la garganta—. No debéis preocuparos, sé que el abuelo os consideraba de la familia, y yo también. No quiero que os alarméis. —Le dedico una sonrisa torcida y espero que la alegría me llegue a los ojos. Nuestras miradas vuelven a encontrarse y veo que todavía tiene dudas—. ¿Qué más? ¿Qué otros rumores circulan por ahí que pueda acallar?

Me mira con temor, casi como si, aunque los desmintiera, no me fuera a creer.

Y eso me mata, porque confiaban en mi abuelo sin cuestionarlo. Eso significa que tendré que demostrar todavía más si cabe mi capacidad de llevar el negocio y que cumplo con mis palabras.

Me sonríe con rapidez. Entonces, mira por encima del hombro y vuelve la mirada a mí todavía más rápido.

—No, eso es todo. —Da un paso atrás—. Tengo que llevarle esto a Danny para arreglar el sistema de riego.

—Vale. Dime si necesitáis algo más.

—Sí, señorita.

—Oye, George —le llamo mientras baja un par de escalones y me pongo en pie para dirigirme a la puerta abierta.

Se da la vuelta para mirarme.

—¿Qué?

—Han sido unos meses duros. Sé que lo más seguro es que los chicos no confíen mucho en mí, y es comprensible, pero, por favor, debéis saber que haré lo correcto por vosotros, por ellos..., por los abuelos.

—Sí, señorita —repite él—. La avisaré cuando esté arreglado.

Lo observo mientras se marcha y le doy vueltas a lo que ha dicho. «No, eso es todo».

Me apoyo en el marco de la puerta y miro fijamente las filas de un lila brillante. Se acerca el momento de cosechar la lavanda folgate de la izquierda. La variante royal velvet, que cubre las laderas al fondo de la propiedad, está floreciendo y estará lista en unos meses. Y, después, está la grosso, la variante más rentable y la que ocupa la mayor parte de los campos. Ahí es donde se ha roto la línea de riego que, por suerte, George ha visto en una de sus rondas tempranas.

Podríamos haber perdido buenos cultivos.

Y es algo que no nos podemos permitir.

Son las filas entre las que yo corría de pequeña, entre las que me perdía en un mundo de hadas imaginario en el que mi madre existía y los hombres de Cedar Falls no se preguntaban cuál de ellos era mi padre.

Son por las que deambulé con las lágrimas que resbalaban por mis mejillas tras abandonar mi sueño de estudiar Bellas Artes para quedarme aquí a cuidar de mi abuela después del ictus. Las facturas médicas fueron tan aplastantes que acabaron con todo lo que habían ahorrado para mi educación.

Es donde me senté a observar hasta que el lila se volvió borroso cuando me rompieron el corazón en mil pedazos aquella noche de finales de verano.

«Lo último que necesita es que alguien como ella lo eche todo por tierra. Tiene un futuro brillante por delante, un imperio que manejar, y no voy a dejar que se desvíe de su camino por culpa de una niña sin madre, sin pedigrí y sin futuro».

Y, ahora, es donde voy a luchar por salir adelante y cumplir las promesas que hice, aunque no tenga ni idea de cómo hacerlo.

Aun así, lo haré, porque, de ninguna manera, voy a darle la satisfacción de tener razón a Maxton Sharpe.

Capítulo 9

Asher

Doce años antes

—Es lo que siempre he soñado, Nita. —Doy vueltas por la habitación con el modelito contra el cuerpo antes de mirarme en el espejo. Sonrió de oreja a oreja y tengo la mirada llena de entusiasmo. Los dos primeros meses en el Instituto Pratt han sido increíbles. Lo que siempre había soñado.

Por fin, estoy persiguiendo mi sueño.

—Cuéntamelo —murmura con voz adormilada.

—Es la ciudad. Es como si estuviera viva, con todas las luces y los rascacielos, y las aulas con ventanales enormes. Hay cultura y sofisticación junto a la cruda realidad de la vida. —Hasta yo me doy cuenta del tono ensoñador de mi voz—. Es como si fuera una mezcla de todos los sitios en los que nunca he estado...

—Creo que cualquier lugar te daría esa sensación si lo comparas con Cedar Falls.

—Es más que eso. —Me siento al borde de la cama. Recuerdo las clases interminables a las que asistí en los centros de estudios superiores para intentar reducir costes. Las promesas del abuelo de que haría lo que fuera necesario para que mis sueños se cumplieran y darme la oportunidad de ser quien yo quisiera. Alguien que los demás no creían que pudiera ser. Me ha costado mucho llegar hasta aquí, pero, por fin, lo he conseguido—. Es como si estuviera destinada a estar aquí.

—Pues claro que sí, es lo que siempre has querido. Y, con el talento increíble que tienes, te mereces estar allí.

Sonrío.

—Lo siento, no debería hablar de esto sin parar. Sobre todo, cuando yo estoy aquí y tú...

—¿Sigo en Cedar Falls? —Suelta una risita—. Ni se te ocurra contenerte, quiero oírlo todo. Déjame vivir indirectamente a través de ti. ¿Y los hombres? Cuéntame cómo son.

—Te morirías. Llevan trajes a medida y camisas de vestir remangadas hasta los codos.

—Porno de antebrazos. Mmm.

—Y tanto, pero es mucho más que eso. Son educados, refinados y también un poco chulitos. Uf. Cada uno es mejor que el anterior.

—¿Así son los que van contigo? Porque, entonces, tendrás que organizar sesiones de estudio que duren toda la noche.

—No. —Me río, porque los chicos de mi clase son excéntricos y raros, además de talentosos. Aunque yo soy artista, nunca me ha atraído ese tipo de hombres—. Hablo de los de la ciudad. Los que caminan rápido por la acera como si se dirigieran a una reunión muy importante. Los que hacen que quieras pararte a mirarlos, porque rebosan un aire de autoridad. Son...

—«Exactamente, como imaginaba que sería Ledger en su ambiente».

La idea surge de la nada. Es un recuerdo de un pasado en el que he aprendido a dejar de pensar más de la cuenta.

Me deshago de ella. Qué raro que me haya venido a la cabeza en este momento, después de haberle eliminado permanentemente de mi mente.

O, por lo menos, de haberlo intentado.

Sin embargo, lo cierto es que, de vez en cuando, lo busco entre la multitud antes de entrar en razón.

—¿Verdad? —Nita me pregunta, me saca de mis pensamientos, y me devuelve al presente.

—Perdón, se ha cortado —miento.

—He dicho que básicamente son opuestos a los hombres de Cedar Falls.

—Exacto.

—Así que, son más mayores. Con clase, sofisticados. De tu rollo, siempre te ha ido ese tipo.

—Puede ser —le digo con una risita—. Vendrás a visitarme, ¿verdad?

—Sí. —Lo dice bajito, y odio que ella no tenga esta oportunidad. Vaya, ni me creo que yo la haya tenido—. Lo haré.

—Y por casa todo...

—Está igual. Aburrido. Solitario ahora que tú no estás aquí para ser mi compinche. —Suspira y espero no haberla entristecido. Hemos sido inseparables desde que nos conocimos durante el primer semestre en el centro de estudios superiores. Ella acababa de mudarse a Cedar Falls con su madre y necesitaba ayuda para orientarse por el campus. Me ofrecí a acompañarla, porque íbamos a la misma clase de Matemáticas. Y, desde entonces, hemos sido uña y carne. Es la hermana que nunca tuve. Y al hablar así con ella me parece que estoy alardeando.

Se me encoge el corazón, pero la felicidad que siento lo eclipsa. Ella querría que fuera así. Lo sé, aunque eso no hace que sea más fácil.

Es como si empezara de cero. Nadie me conoce ni sabe cómo me llamo ni mi historia y, desde que llegué hace unos meses, siento que puedo ser quien yo quiera. Puedo reinventarme y dejar de ser Asher Wells, la chica de pueblo, fruto de una madre promiscua que nunca conseguirá nada, y empezar a ser Asher Wells, artista en potencia y chica culta de ciudad.

Nunca me he sentido tan liberada.

Suena el teléfono, miro la pantalla y veo que es el abuelo.

—Oye, tengo que colgar —le digo a Nita—. Me llama el abuelo por la otra línea.

—Claro, pasa de mí para hablar con él —bromea, ya que sabe lo mucho que quiero a mis abuelos—. Llámame luego, te quiero.

—Yo también te quiero. —Cuelgo y contesto al abuelo. Me duelen las mejillas de sonreír tanto—. ¡Abuelo! Hola. Madre mía, tengo un montón de cosas que contarte. He...

—Asher. —Su voz no es más que un susurro cargado de dolor y desesperación.

—¿Abuelo? ¿Qué pasa? —Se me cae el alma a los pies.

—Es la abuela. Se ha desmayado. Dicen que... —Se le quiebra la voz con un sollozo—. No puedo perderla, Ash.

Me tiemblan las manos. El vestido que sujetaba se cae al suelo y mi mundo se derrumba.

—Voy... Voy para allá.

—No, no hace falta...

Pero sí.

Tengo que ir.

Tengo que estar con las dos únicas personas que siempre han estado para mí.

Lo que no sabía cuando me alejaba de ese mundo de oportunidades, de absoluta felicidad, era que nunca volvería.

Capítulo 10

Asher

—Abuela —le advierto en broma.

—¿Qué? —me pregunta ella con inocencia y sin que se la entienda muy bien mientras esconde la pieza que me acaba de robar del tablero.

Me dedica esa sonrisa suave y torcida que he recibido toda la vida. Está llena de amor y amabilidad, aunque sé que la mayoría de los días le cuesta sobrevivir. Sin embargo, siempre ha sido un alma generosa, y sigue intentando hacerme sonreír y que me sienta querida.

Me aferro al gesto. Hoy es un buen día. Está lúcida y parece sentirse en paz.

El primer ictus le paralizó por completo el lado izquierdo y tardó más de dieciocho meses en recuperarse. Cinco años más tarde, el segundo le afectó a la memoria y le provocó algo de daño en los nervios. Y el tercero, hace cuatro meses, hizo que tuviera dificultades para tomar decisiones y la dejó en silla de ruedas.

La decisión de trasladarla a una residencia asistida fue muy dolorosa. El abuelo y ella no se habían separado en casi sesenta años, y tuve que decirle al abuelo que ella necesitaba una ayuda médica que yo no le podía dar. Que le había fallado. Y que había llegado el momento de proporcionársela.

A él se le rompió el corazón más que a mí el día que tuvimos que dejarla aquí, pero hizo de tripas corazón por mí. Lo oí llorar en voz baja a través de la puerta del dormitorio todas las noches durante las siguientes semanas.

Yo tomé la decisión. Le dije que había llegado el momento. Y, entonces, falleció de tristeza, solo y sin el amor de su vida a su lado.

La culpa que siento me deja sin aliento casi todos los días.

Y las veces que visito a la abuela y el personal me dice que cada vez le cuesta más salir adelante, que su capacidad mental se deteriora con mayor rapidez, me pregunto qué estará ganando la batalla: su corazón roto o su cuerpo exhausto. Esos días son los que salgo del aparcamiento, paro el coche a un kilómetro y lloro hasta que no me quedan lágrimas, porque siento que la decisión que tomé fue el catalizador de todo esto.

Es raro que se encuentre lo bastante bien como para sacarla de la cama y llevarla al cuarto de juegos. El personal sabe que, cuando eso ocurra, puede llamarme independientemente de la hora, porque llegaré tan pronto como pueda. Que no me lo perdería por nada en el mundo.

Y hoy he recibido esa llamada.

Lo único que necesito es su sonrisa y sus travesuras.

—Ya me vas a dar una paliza. Te aseguro que no hace falta que hagas trampas —le digo y muevo la ficha negra de una casilla a otra—. Te toca.

Sin embargo, cuando levanto los ojos, la abuela está mirando fijamente algo al otro lado de la habitación, con el rostro inexpresivo y ojos astutos. Durante un segundo, siento pánico, preocupada por si le ocurre algo malo.

Sigo la dirección de su mirada y me quedo paralizada.

«¿Qué hace aquí?».

Ledger se encuentra al otro lado de la sala de juegos. Está apiñado hablando con una mujer que lleva un traje elegante y la directora de la residencia. Discuten algo en susurros, imagino que para no molestar a los residentes.

Los miro durante unos segundos, igual que la abuela, hasta que los tres se despiden con apretones de manos, como si la reunión hubiera terminado. Su risa resuena hasta donde nos encontramos y, justo antes de salir, se da la vuelta para echarle otro vistazo a la habitación.

La sorpresa que le cruza el rostro cuando me ve es exactamente igual a la que he sentido yo cuando lo he visto aquí.

Me dirige una mirada extraña de sorpresa —o confusión, no lo sé— antes de decirle algo a las personas que tiene al lado y cruzar la habitación.

—Vaya, mira qué chico tan guapo viene hacia aquí —murmura la abuela e intenta erguirse, aunque físicamente le resulta imposible—. Es alto, guapo. Y esos hombros. Creo que es tu tipo.

Toso para disimular una carcajada. Madre mía. Parece que la abuela sea amiga de Nita. ¿Y quién me iba a decir que ver a un hombre guapo iba a hacer que estuviera más lúcida de lo que ha estado en semanas?

—No es mi tipo —musito, y odio que me resulte tan difícil apartar la mirada de él.

Lo intento.

De verdad que sí.

«Mentirosa».

—Señoras. —Nos saluda con un gesto sutil de la cabeza mientras se acerca a nuestra mesa.

¿Lo reconocerá la abuela?

—Es su culpa —responde la abuela y me señala con la mano buena. Esboza una sonrisa traviesa con su boca medio paralizada y tiene un brillo en los ojos que no le había visto hacía mucho tiempo.

—¿Qué es culpa mía? —le pregunto muy confundida.

—Lo que nos haya metido en problemas, querida. Lleva traje, y debo añadir que le sienta muy bien, así que, cualquiera que sea el motivo de se haya acercado seguro que es culpa tuya.

Me acaba de dejar en la estacada.

La miro boquiabierta. Entonces, me doy cuenta de que estoy tan acostumbrada a que la abuela arrastre las palabras que entiendo bien lo que ha dicho. Estoy a punto de repetirlo para Ledger, pero él se me adelanta.

—Nadie se ha metido en problemas —responde Ledger, dejando claro que la ha entendido. Se desabrocha la chaqueta al pararse delante de la mesa—. He visto a dos mujeres preciosas y no he podido resistirme a venir a saludar.

Menuda labia, Sharpe.

—Vaya, hola —responde mi abuela con un gesto de los dedos y un pestañeo patético—. Por favor, siéntate con nosotras.

Ledger me echa un vistazo, como si me preguntara si me parece bien. Una parte de mí quiere decirle que me deje con la abuela y no estropee el tiempo que tengo con ella, añadiendo nuestra situación tan confusa a la mezcla. Sin embargo, al mismo tiempo, hacía muchísimo tiempo que no la veía tan llena de vida. Otra parte muy pequeña e irracional de mí tiene miedo de que desaparezca si él se va.

Le hago un pequeño gesto con la cabeza para darle permiso, retira la silla vacía de la mesa y se sienta.

—Gracias —contesta Ledger y sonríe a la abuela con ternura. Me doy cuenta de que busca algún gesto de reconocimiento, pero ella no hace ninguno y lo agradezco.

—Soy Adele —dice la abuela y extiende la mano hacia él. Ledger me mira un instante pero, antes de que pueda responder con su singular nombre, que temo, sin duda, que la abuela reconocerá, su desparpajo vuelve a aparecer—. Y tu nombre debe de ser «Guapetón».

Tengo que decir reconocerle el mérito, porque hace que su expresión de incredulidad desaparezca tan rápido como ha aparecido.

—Sí, claro. —Suelta una risita y le estrecha la mano con las mejillas sonrosadas.

—Siempre es mejor mantener un poco de misterio cuando cortejas a alguien. —Guiña el ojo.

—Es bueno saberlo —responde él.

—Esta es mi nieta, Asher. Está soltera y preparada para que la cortejen.

—Abuela —le advierto.

—Siempre está bien conocer tus opciones —dice Ledger con una sonrisa sincera.

—Exacto. —La abuela le da unos golpecitos en el brazo y después se lo aprieta—. Madre mía. Estás muy fuerte.

«¿De verdad acaba de decirle eso?».

Sí, sí que lo ha hecho, y todavía no ha apartado la mano.

—¿A tu novia le gusta lo fuerte que estás? —continúa con el *show* de coqueteo deliberado que ha iniciado.

—No tengo novia —contesta Ledger y me sostiene la mirada brevemente.

La abuela le sonríe de oreja a oreja y, poco a poco, levanta una mano para señalarlo con un dedo retorcido por la artrosis.

—Búscate una a la que le guste discutir. —Menea las cejas—. Eso significa que las cosas en el dormitorio nunca serán aburridas.

—Madre mía, abuela —exclamo mientras Ledger me mira con una ceja arqueada y un amago de sonrisa.

—Soy vieja, querida. Tengo muchos consejos que dar y me gusta decir lo que se me pasa por la cabeza. —Me mira durante un instante, luego, su expresión se vuelve ausente y temo haberla perdido. Sin embargo, tan rápido como ha tardado en quedarse inexpresiva, sacude la cabeza ligeramente y vuelve a centrarse en Ledger—. Es parte de la libertad de hacerse mayor, no te importa lo que nadie piense de ti.

—Si es así, Adele, ¿le importa que le pida algún consejo?

La abuela parece entusiasmada por tener algo más que hacer que estar sentada en la silla de ruedas.

—Por supuesto, ¿son consejos amorosos? Se me dan muy bien. Estuve con mi Richard durante más de sesenta años. —Se lleva la mano al corazón y esboza una sonrisa nostálgica—. Yo discutía mucho, no sé si me entiendes. —Le guiña el ojo.

Ledger tose para disimular una carcajada y yo quiero fingir que no acabo de oírla decir que era buena en la cama. Es evidente que hoy está teniendo un día estupendo.

—Sí, supongo que, en cierto modo, mi pregunta puede considerarse una sobre tema amoroso.

—Maravilloso. —Si pudiera frotar las dos manos de expectación, estoy segura de que lo haría.

—Hay una chica —comienza. Empiezo a sacudir la cabeza de inmediato como respuesta a la idea de que Ledger Sharpe le pida consejos de amor sobre mí a mi abuela. Porque es lo que está a punto de hacer, ¿no? La mirada y la sonrisa traviesa que me lanza son todo lo que necesito para saber que tengo razón.

—¿Qué pasa con ella? —pregunta la abuela.

—No nos hemos visto en mucho tiempo.

—¿Le hiciste algo malo? ¿Le hiciste daño?

Ledger baja la cabeza durante un instante para mirar la ficha con la que juguetea.

—Cuanto más tiempo pasa, menos sé la respuesta a esa pregunta —murmura antes de levantar la cabeza y mirarme fijamente. Se me entrecorta la respiración y se me acelera el pulso—. Todo lo que creía que era cierto ya no me lo parece desde que la vi otra vez.

—¿Entonces, la has vuelto a ver? —pregunta la abuela, y Ledger por fin aparta su vista de la mía para mirarla y asiente—. Oblígala a hablar contigo. Cuéntale tu versión de la historia. —Le da unos golpecitos en la mano con compasión—. Es fácil.

—No tanto. Se niega a hablar conmigo sobre el pasado.

La abuela le sonríe con tristeza, casi como si recordara algo de su pasado, antes de volver a mirarlo.

—Sujétala y bésala. Eso le recordará exactamente quién eres y lo que tuvisteis. Así, estoy segura de que parará y te escuchará.

Muy despacio, una sonrisa le cubre el rostro a Ledger.

—¿Cree que funcionará? —le pregunta a la abuela, pero me mira a mí y arquea una ceja.

—Creo que sí —murmura.

—Pues yo no estoy de acuerdo —intervengo para intentar interrumpir esta conversación tan íntima—. Si está enfadada contigo, lo está y no tienes derecho a invalidar esa ira.

Ledger se muerde el interior de la mejilla y se reclina en la silla.

—Nadie está invalidando nada.

Resoplo y pongo los ojos en blanco, y la abuela lo hace lo mejor que puede para mirarme a mí con los ojos entrecerrados.

—¿Alguna vez intentaste ponerte en contacto con ella a lo largo de los años? ¿Hablar con ella?

Ledger asiente y yo rechazo su respuesta inmediatamente. «Yo lo viví, estaba allí» quiero gritarle.

—Toda historia tiene dos versiones, Asher.

Su mirada me deja clavada. El adolescente al que conocía no controlaba tanto sus emociones como el hombre que tengo delante.

No obstante, le tiembla la mandíbula y me mira desafiante.

—Atención todo el mundo. —La directora de actividades se dirige a las personas que hay en la habitación. Hay ruido de movimiento y murmullos en el momento en el que todas las cabezas se giran hacia ella—. Vamos a salir a la terraza para ver una película.

La abuela pone los ojos en blanco antes de mirar a Ledger.

—Gracias por pasar tiempo conmigo. —Le da palmaditas en el brazo—. A lo mejor, Asher encontrará un hombre tan bueno como tú algún día. Solíamos decir que queríamos que encontrara a alguien que la controlara, pero preferiría que fuera alguien que la mantuviese alerta.

—Ha sido un placer —responde Ledger. Alarga la mano y le da una palmadita en el dorso.

La abuela parpadea unas cuantas veces mientras lo mira y se vuelve hacia mí.

—Estoy muy cansada. —Le cambia la cara y noto que empieza a debilitarse, tal como le ocurre a menudo. En este momento es cuando se empieza a apreciar el deterioro cognitivo y, por su propia dignidad, me pongo en pie para que no se avergüence.

—Los demás estarán viendo la película, así que es el momento perfecto para descansar.

Asiente con suavidad y el hecho de que no responda me dice que el bajón vertiginoso se acerca rápidamente. En segundos, hago que su enfermera favorita la lleve a la habitación para que tenga privacidad, y prometo que guardaré el juego y me pasaré a darle un beso de despedida cuando la hayan instalado.

En cuanto está fuera del alcance del oído, me giro y veo que Ledger me está observando. Estoy molesta con él y, para ser sinceros, ni siquiera sé por qué.

¿Es porque me ha quitado algo de tiempo de estar con la abuela? No. No puede ser eso, porque mira lo que se ha animado.

¿Es porque estoy celosa de que haya podido hacer algo por ella que yo no he sido capaz?

Sí. No. Puede ser.

Lo único que sé es que, durante quince años, no estaba en ninguna parte y, ahora, de repente, está en todas: en el pueblo, en mis pensamientos, en una residencia asistida, por el amor de Dios.

Me pongo derecha y vuelvo a la mesa en la que sigue sentado.

—Gracias por entretener a la abuela. Has sido muy amable, pero puedes irte. No va a volver en un rato. —Esbozo una sonrisa forzada. Entonces, recojo las piezas y el tablero.

—¿Eso es todo lo que vas a decirme, Ash? Es una pena, no creo que tu abuela fuera muy receptiva a tanta hostilidad.

—¿Por qué dice cosas así con una sonrisa? ¿Y más con una que me dice que estoy siendo ridícula, y que no está ni molesto ni afectado ni nada por el estilo?

—Y yo no creo que estuviera muy receptiva si supiera quién eres en realidad —le respondo con los dientes apretados mientras cierro la caja de las fichas y me dirijo al armario de los juegos que hay al final del pasillo sin devolverle la mirada.

No me doy cuenta de mi error hasta que estoy al final de la larga y estrecha alacena, y escucho sus pasos detrás de mí. Coloco el juego en el sitio que le corresponde en la estantería y, cuando me doy la vuelta, me encuentro a Ledger, que está ocupando todo el espacio con sus anchos hombros.

—¿Qué haces aquí, Ledge?

—Hablar contigo. —Ahí está otra vez esa sonrisa encantadora que dice: «No estoy haciendo nada malo, solo molestarte».

Lanzo un suspiro de exasperación.

—No, me refiero a aquí. En la residencia. En el armario. Aquí.

—Hablar contigo —repite.

—Bueno, pues yo solo he hablado contigo por la abuela. Y ahora no está, así que ya no tengo que ser educada.

—¿Significa eso que no quieres hablar de lo que ocurrió? —Da un paso hacia mí.

—No, ya te dije que no. Déjalo estar.

—Solo si tú haces lo mismo.

Me ha atrapado con mis propias palabras. Si dejo estar el pasado, entonces no tendré ningún motivo para estar enfadada con él y tendré todo el derecho de desear ese beso que casi me dio… Y sobre el que he pensado demasiado.

—Vete —le digo entre dientes. Se acerca más a mí y estira la mano para jugar con un mechón de pelo que me cae por encima el hombro.

—«Sujétala y bésala». ¿No es eso lo que ha dicho tu abuela? —murmura.

La habitación se cierne sobre nosotros. Me muevo para apartarme del espacio reducido y de su indiscutible presencia, que parece engullirlo todo.

Está cerca.

Demasiado cerca.

Puedo ver las motas doradas de sus ojos. Sentir la calidez de su aliento sobre mis labios. Y las yemas de sus dedos cuando suelta el mechón de pelo y baja con suavidad por mi brazo desnudo.

Se me endurecen los pezones.

«Es el que se marchó y no volvió a mirar atrás».

Mis dedos se mueren por tocarlo.

«Es el que te rompió el corazón».

Mi mente quiere olvidar.

«Aléjate, Ash».

Se inclina hacia mí. El sonido de mi respiración entrecortada inunda la habitación.

—Esto no ha terminado, Asher. Ni por asomo. No tengo mucha paciencia, pero he esperado quince años para besarte otra vez…, ¿qué importa un par de días más?

«Unos días más son una eternidad».

Me apoya la mano en la mejilla y me acaricia el labio inferior con el pulgar. Es un gesto simple, pero su contacto enciende todas las terminaciones nerviosas de mi cuerpo. Sus ojos se encuentran con los míos y, en ellos, veo una pregunta, un deseo, una súplica.

—Ash —susurra, y me da un vuelco el corazón. «Mi nombre en sus labios». ¿Es posible echar de menos un sonido? Si es así, no me había dado cuenta de lo mucho que lo hacía hasta ahora.

Se inclina y el tiempo se detiene, y…

—En el armario de juegos. —Nos separamos de un salto antes de que la auxiliar, que imagino que es quien ha dicho esas palabras, aparezca al otro lado de la puerta y entre allí. Ledger se tose en la mano para ocultar su sonrisa.

—¿Señor Sharpe?

—Sí —responde él y se gira para mirarla mientras yo sigo jugueteando con la caja de fichas, como si la tapa no estuviera bien puesta. El corazón me late a mil por hora y no sé si es por él o por miedo a que uno de los cuidadores de la abuela piense que me dedico a tontear por aquí.

—Helen ha visto que seguía aquí y quería hacerle unas preguntas más —dice la auxiliar, que se refiere a la directora de la residencia.

—Genial. —Sonríe—. Estaré encantado de responderlas.

—Da unos pasos hacia la puerta antes de volverse hacia mí.

Los ojos le brillan con travesura—. Compromiso con la comunidad.

—¿Qué?

—Es lo que estoy haciendo aquí, comprometerme con la comunidad. —Me recorre el cuerpo de arriba abajo con la mirada y juro que casi puedo sentirlo cuando lo hace.

Sale del armario sin mediar palabra y yo me quedo mirando cómo se va.

Me llevo las manos a los labios de manera automática y deseo que me hubiera besado. Deseo saber cómo sabe. Quiero recordar cómo se sentía.

Ledger Sharpe fue muy afectuoso la primera y única vez que estuvimos juntos.

¿Fue solo porque era la primera vez? ¿Seguirá siendo así, pero con la finura añadida por los años de practica?

Me apoyo contra la pared y entierro la cabeza en las manos.

¿Cuándo he pensado semejante chorrada?

«Lárgate, Ledger».

«Lárgate y déjame con mi aburrida e impredecible, y, a veces, satisfactoria vida sexual».

«Se supone que debo estar enfadada contigo».

«Se supone que debo mantenerme firme».

«Pero, madre mía».

«Eres mucho mejor de lo que recordaba».

Capítulo 11

Ledger

Entro en el acceso de la casa de alquiler suspirando. Es sencilla, con un revestimiento de madera de color gris y flores que bordean el camino a la puerta principal, pero, como le dije a Ford, podría ser mucho peor.

Hay un motivo por el cual estoy sentado en el coche, mirando la casa. Y resulta que es el mismo motivo por el que he recorrido Main Street de arriba abajo dos veces de camino a casa.

«Asher».

Me está evitando. El otro día, fui a la granja, pero, cuando llamé a la puerta, no contestó nadie. Y justo ahora, de camino a casa, me ha parecido verla en la acera, hablando con alguien delante de la ferretería. Se me ha ocurrido hacer una parada y cruzarme con ella «accidentalmente», porque no puedo sacármela de la cabeza. No obstante, al volver a pasar por segunda vez, me ha quedado claro que me estaba imaginando cosas que no eran.

«Estás perdiendo la cabeza, Ledge».

—Es evidente que vivir en un pueblo pequeño te está afectando —murmuro mientras salgo del coche y lo rodeo hasta la puerta del copiloto para coger el portátil y los documentos.

—Hola.

Doy un brinco al oír el sonido de una voz aguda a mis espaldas. Cuando me doy la vuelta, me encuentro con una niña pequeña de unos siete u ocho años... Bueno, yo qué coño sé, los niños no son lo mío. Lleva un par de trenzas rubias asimétricas, unas gafas de montura negra encima de la nariz pecosa, una caja en las manos y unos vaqueros con agujeros en las rodillas.

Me mira expectante, como si esperara que dijera algo.

—Eh, hola. —Miro a mi alrededor para ver si su madre o su padre están por aquí—. ¿Te puedo ayudar en algo?

Frunce los labios y me mira con los ojos entrecerrados durante un instante. Me está evaluando una niña. De puta madre.

—Te he traído galletas —dice al final y empuja la caja hacia mí—. Pero no sé si te gustan, porque están hechas con harina, chocolate, azúcar y mantequilla de verdad. Ya sabes, guarrería no orgánica y llena de gluten.

Contengo una risa, tomo la caja y abro la tapa para mirar en el interior. No está mal.

—Soy de Nueva York, no de California. Me gustan todas las guarrerías. Gracias. —Inclino la caja hacia ella en un gesto de agradecimiento, pero no capta la indirecta y no se aparta del medio.

—¿Conque de Nueva York, eh? —Se pone en jarras—. Qué emocionante. ¿Es verdad que hay ratas del tamaño de caimanes en las alcantarillas?

—Es probable. Aunque, sobre todo, tienes que tener cuidado con la gente. Ellos sí que son las ratas que te comerán viva. —«Venga, niña. Lárgate».

—Mi madre me dijo que a lo mejor eras brusco y grosero.

La miro sin dar crédito.

—¿Sí? ¿Por qué?

—Dijo que llevas traje, eres de ciudad y que lo más seguro es que tengas una personalidad con la que no merezca la pena hablar, porque estar sentado detrás de las paredes de cristal de un rascacielos todo el día te ha chupado la vida.

Toso para disimular la risa.

—Pero estás hablando conmigo, ¿no?

—Sí…, pero todavía no he decidido si me caes bien.

—Bueno es saberlo. —Esta niña es bastante espectacular. Encajaría perfectamente en Manhattan.

—Al parecer, el aire limpio de aquí y que te manches un poco los zapatos harán que seas más amable. Puede. —Los dos miramos mis zapatos—. No están sucios.

—Supongo que, entonces, sigo siendo un maleducado.

—No se lo diré a nadie si tú tampoco lo haces —susurra y me ofrece una sonrisa a la que le falta un paleto.

—¿Cómo te llamas? —le pregunto.

—Tootie.

—¿Tootie?

—Sí. Es un diminutivo de Trudy, porque, ¿quién pone Trudy a una niña hoy en día? Así que, me he inventado una versión propia que me pega más.

Me siento como si hablara con una treintañera con esas afirmaciones tan directas, pero la risita que suelta me reafirma que no es así.

—Creo que Tootie te pega mucho. —Le sonrío—. Ahora, si me disculpas, tengo que trabajar.

—¿Tienes novia? —me pregunta cuando paso de largo.

—¿Perdón?

—Ya sabes, una mujer que venga y se escabulla más o menos al mismo tiempo que empieza el cole, y a la que mamá me diga que no mire fijamente ni le pregunte por qué no lleva zapatos.

—Por Dios.

—Si yo no puedo decir «joder», tú tampoco puedes decir «por Dios».

Abro la boca para decir algo, pero me he quedado sin palabras. Vuelvo a mirar a mi alrededor, buscando a unos padres preocupados por el paradero de su hija.

—Eh, Tootie, ¿tu madre sabe dónde estás? ¿No deberías estar haciendo los deberes o algo?

—Primero, los deberes son cosa del pasado. Alguien genial declaró que eran mucho trabajo y decidió liberarnos a los niños. —Sonríe de oreja a oreja—. Y segundo, mi madre está en casa al teléfono, hablando de ti a todas sus amigas.

—Hurra por no tener deberes. —Es lo único que consigo decir antes de que Tootie prosiga.

—Ha dicho que tienes un buen culo, pero que pareces un poco estirado. Que no le importaría hacerte una revisión… Lo que sea que signifique eso. —Sin embargo, la sonrisa que intenta disimular me dice que cree que sabe lo que significa. Y, por mucho que quiera reírme, me siento un poco incómodo al tener una conversación así con una niña—. Ah, y te da dos semanas para que te vuelvas corriendo a la ciudad porque no vas a soportar cómo son las cosas por aquí.

—¿Dos semanas? ¿Solo? Bueno es saberlo. —Miro la casa de al lado, la que ha señalado Tootie, y veo una mujer con el móvil en la oreja que se aparta rápidamente de la ventana—. Será mejor que no le digas que me has contado lo de hacerme una revisión.

—Vale. Entonces también debería guardarme la parte en la que te cuento que, en realidad, no hemos hecho las galletas nosotras. Mamá las ha comprado en la panadería del pueblo para tener una excusa para acercarse y hablar contigo. Supongo que le he fastidiado el plan.

—Me alegra que lo hayas hecho.

—¿Es cierto que has venido a joder al pueblo?

«Madre mía». Vuelvo a disimular una carcajada.

—¿Quién te ha dicho eso?

—Todos los que no dicen nunca nada. —Se encoge de hombros y, de algún modo, entiendo a la perfección lo que quiere decir—. Es como si los adultos no pudieran aclararse nunca. Quieren más trabajo en el pueblo, pero se quejan cuando alguien como tú intenta ofrecerlo. Quieren que haya más visitas, pero se quejan cuando hay tráfico o cuando tienen que esperar demasiado a que les den una mesa en el restaurante de Bessie. Los adultos sois superconfusos.

—Sí, ¿verdad?

—Sí. —Asiente y las trenzas le dan saltos—. ¿Y lo vas a hacer?

—¿A qué te refieres? ¿Joder al pueblo?

—No, eso me da igual. No me importa. Me refiero a si también vas a ir a Connor's.

—¿Quién es Connor? —La cabeza me da vueltas con tanto cambio de tema. Y, además, ¿por qué todo en este pueblo tiene el nombre de alguien?

—El dueño de Connor's —dice como si fuera idiota.

Se me ha acabado la paciencia para hablar con niños. El suspiro que lanzo lo deja claro, y ella se pone en jarras para hacerme entender lo mismo.

—¿Qué es Connor's?

—Es donde van todos los adultos a hacer cosas raras y bailar, y... besarse. —Le da un escalofrío—. A veces, cuando mamá tiene que recoger allí a sus amigas, puedo entrar un rato. No puedo esperar a ser mayor.

—Ah.

—Sí, ah —repite ella—. Es hora de causar más problemas.

Se va dando saltos por la acera en dirección a su casa.

—Oye, Tootie —la llamo y se da la vuelta para mirarme—. ¿Conoces a Asher Wells?

«Fantástico, Ledger. Pregunta por ella a una niña de ocho años».

—¿Por qué? —Me mira con el ceño fruncido.

—Es una larga historia. —Le lanzo una media sonrisa y me siento como un idiota—. Solo me lo preguntaba.

Tootie inclina la cabeza hacia un lado mientras piensa.

—¿La Chica de la Flor Lila?

—Lavanda.

—Es lo mismo. —Pone los ojos en blanco—. Sí, sé quién es.

La niña no se calla y, cuando quiero que hable, se cierra en banda. Lo más normal para el día de hoy.

—¿Es lo único que me vas a decir?

Me mira con los ojos entrecerrados como si intentara descifrar si quiere contarme algo más o no. Casi igual que si intentara proteger a los habitantes del pueblo de la gente de fuera como yo.

Lo respeto.

—Es simpática, si es lo que quieres saber. Y superguapa. Mi madre está celosa de sus piernas, pero no de lo que la gente dice de ella.

—¿Qué dicen de ella?

Se encoge de hombros como si no lo supiera, pero yo sí. «Joder». Incluso después de tantos años, parece que a Asher Wells la siguen juzgando por la promiscuidad y la reputación de su madre.

—El año pasado, fuimos a la granja de su abuelo a aprender sobre las cosechas y esas cosas. Peter Doocey no hizo caso y se metió en problemas por intentar bajarle los pantalones a Dylan Abernathy. Hubo mucho lío. El abuelo era simpático. Nos dio helado y no le importó que goteara mientras nos lo comíamos.

—El helado siempre está bien.

—Está muerto, ¿sabes? Se murió cerca del cumple de C. J. Me puse triste, así que no puedo ni imaginar cómo estaría Asher. Probablemente, mucho más triste que yo. Mamá le mandó flores, pero se enfadó porque lo que pagó por internet no se parecía a lo que llegó. Es algo que no me interesa. —Pone los ojos en blanco y sacude la cabeza—. ¿Si vamos de excursión allí otra vez, Asher nos hará el recorrido?

—Puede ser.

—Mamá la saludó en el pueblo el otro día, pero no te preocupes, no se conocen tanto como para que la llame por teléfono y le diga lo mucho que le gusta tu culo. Eso solo lo hace con Lacey.

—Me alegra saberlo. —Doy una sacudida rápida de la cabeza—. Gracias.

—Connor's.

—¿Qué pasa con Connor's?

—¿Vas a ir? Seguro que estará allí mañana por la noche. Es el sitio al que tienes que ir la noche de baile.

—Gracias por la información.

—No ha sido nada. —Me ofrece una sonrisa traviesa y se despide de mí con la mano antes de irse dando saltos.

¿En serio, Ledger?

Le acabas de preguntar a una niña a la que apenas conoces sobre una mujer de la que quieres saber más.

Necesitas ayuda, de verdad.

Capítulo 12

Asher

Ya no analizo el rostro de todos los hombres de Cedar Falls.

He tardado mucho tiempo en llegar a este punto, en dejar de comparar mi nariz, la forma o el color de mis ojos, o la curva de mi boca con las suyas.

Igual que he aprendido a convivir con el silencio y los desprecios de las mujeres mayores de la ciudad. Las que se preguntan si soy la hija bastarda que concibieron sus maridos cuando las engañaron o cuando tuvieron una aventura tórrida con la fulana del pueblo antes de casarse. Las que temen que mi madre regrese algún día, rellene la casilla del padre en la partida de nacimiento y arruine su «vivieron felices y comieron perdices».

Y después están los hermanos. ¿Tendré una hermanastra o hermanastro? ¿Será más de uno? ¿Serán amigos míos? ¿O me caen mal?

Hace mucho que aprendí a dejar de obsesionarme por ello.

Y sí, con los años, se han disipado las miradas extrañas y los murmullos en voz baja, y solo salen a la superficie cuando alguien nuevo se muda a la ciudad y las cotillas de Cedar Falls intervienen para contarle los asuntos de todo el mundo. Aunque eso no hace que vivir en este pueblo tan pequeño sea más fácil. La reputación va unida al apellido a pesar de que tú no tengas elección y simplemente nacieras con él.

¿Cuál es la ventaja de todo esto? En cierto modo, puede resultar liberador. La gente ya se ha formado opiniones sobre mí, así que, ¿por qué no vivir mi vida y, ya de paso, disfrutarla?

Si flirteo con un hombre de manera abierta, se intercambian miradas que sugieren que soy igual que mi madre. Si me escondo del mundo y me quedo en Los Campos, parece que me avergüenzo de quién soy.

Ninguna de las dos cosas es cierta.

Tan solo soy yo misma. Un «yo» al que mis abuelos adoraban y querían, y del que intentaron ser padres, abuelos y amigos para que no me faltara ninguna de las tres cosas.

Y que les den a los capullos de este pueblo por juzgarme y excluirme por algo que yo no podía controlar. Han pasado treinta y dos años, gente, superadlo.

Igual que lo tiene que hacer Judy Jensen, que me mira desde su asiento en un extremo del bar de Connor. No fue culpa mía que su novio fuera detrás de mí el año pasado. Yo le dije que no, una y otra vez, pero el lío que causó hizo que me tacharan de rompehogares contra toda lógica.

Según ellos, de tal palo, tal astilla.

La música está baja y la gente hace mucho ruido, así que solo sonrío y saludo a Judy con malicia para que sepa que me he dado cuenta de cómo me fulmina con la mirada.

—Es una zorra —dice Nita mientras se sienta en el taburete que tengo delante.

—Sí. El problema lo tiene ella, no yo.

—¿Quieres saber qué más es un problema? —me pregunta Nita. El brillo travieso de su mirada me dice que pasa algo.

—¿Qué?

—Que estés aquí sentada, mirando la puerta cada pocos segundos para ver si cierta persona la cruza.

—No digas tonterías.

—No lo has negado —responde con una sonrisa de complicidad.

Tiene razón. No lo he hecho, porque he mirado la puerta cada vez que se ha abierto, queriendo, y a la vez no, que Ledger entrase por allí.

El beso que casi nos dimos se me ha quedado grabado en la mente y no paro de reproducirlo en bucle.

—Querer verlo no es un crimen.

—Es evidente —le digo.

—Y no pasa nada por preguntarse si la química sigue ahí... que, por cierto, sí que está.

—Gracias por la observación. —Le doy otro sorbo al vino y miro fijamente a Judy hasta que vuelve a apartar la mirada—. Tengo química con mucha gente. Además, ¿no es normal seguir teniéndola con alguien que te atrajo en el pasado?

—No estoy tan segura, pero buen intento. Por experiencia personal, yo preferiría clavarles un tenedor en los ojos a mis exnovios cuando rompo, en lugar de entrar en un armario de juegos con ellos y mentirles cuando les digo que no quiero que me besen.

—No era mentira.

—Lo que tú digas —responde, y es evidente que no me cree.

Y no debería. Porque no importa cuántas veces me diga a mí misma que no lo deseo, en cuanto lo veo, vuelvo a sentir la misma conexión con Ledger que teníamos hace años.

—Mira, no pasa absolutamente nada por perdonar lo que hiciera su padre esa noche. No debemos culpar a los niños por las acciones de sus padres, ¿no? —Arquea las cejas y, sin darse cuenta, da voz a lo que estaba pensando justo ahora.

Lo único que puedo hacer es sacudir la cabeza.

—*Touché*.

—Y, si crees en la otra cara de la moneda, que Ledger te engañó, jugó contigo, etcétera, siempre puedes atribuirlo al pasado y perdonarle. —Sonríe de oreja a oreja y saluda a alguien por encima de mi hombro antes de devolverme toda su atención—. Erais jóvenes. Inocentes. Qué sé yo. La gente cambia con la experiencia. Madura y se vuelve más considerada.

—¿Estás segura de que vivimos en la misma ciudad? Porque la mayoría de estas personas no ha mejorado nada, en ningún sentido, con la edad.

—Cierto —ríe y levanta las manos en reconocimiento—. Lo retiro.

—Por lo menos, lo admites —digo.

—Pues sí, con tal de que entiendas que no pasa absolutamente nada por tomarle la palabra a Ledger y poneros al día. Hablar. Podéis ser los marginados de Cedar Falls juntos.

—Qué graciosa.

—Eso intento. —Me lanza una sonrisa encantadora.

—¿Por qué estamos teniendo esta conversación? —gruño—. ¿No hemos hablado ya de este tema hasta la saciedad?

—Entonces deja de hacerte una paja mental y, en vez de eso, fóllatelo.

Me atraganto con el vino.

—No has podido ser más directa.

—¿Es que acaso se puede ser de otra manera? —Me deslumbra con otra sonrisa—. ¿Quieres que sea todavía más directa?

—Tengo la sensación de que no importa lo que responda, porque vas a hacerlo de todas maneras.

—Me alegra que estemos de acuerdo. —Asiente y después se echa a reír. Es evidente que ha empezado a notar los efectos del vino tanto como yo—. Vamos a ver, si quieres seguir odiándolo como hasta ahora o, mejor dicho, seguir intentando odiarlo, estás en tu derecho… pero, chica, admitamos que echar un buen polvo con alguien a quien odias no tiene nada de malo.

—Madre mía. —Intento no escupir el vino. No esperaba que fuera por ahí. Pero, por otro lado, estamos hablando de Nita. No se muerde la lengua.

—¿Qué? ¿Me vas a decir que follarse a alguien que odias no es bueno para el alma? ¿Ese tipo de sexo que incluye arañazos en la espalda, mordiscos en los hombros y moratones en la piel? —Finge que tiembla de placer—. Es estimulante. Primitivo. Increíble. A lo mejor, es justo lo que necesitas para salir de este bache y… no lo sé. Perdonarle. Descartarlo. Utilizarlo como él hizo contigo.

Me odio a mí misma por imaginar lo que dice. Por imaginar sus labios sobre los míos y cómo gime mi nombre con esa voz grave. Por excitarme al pensarlo. Por querer saber cómo es Ledger en la cama. Porque, con la edad, se gana práctica y... sí, ahora lo quiero saber.

—Estás delirando —le digo a pesar de la reacción instintiva de mi cuerpo.

—Puede, pero sabes que tengo razón.

—Bueno... —respondo, le lanzo una mirada que pretende expresar que no puedo discutírselo, y las dos estallamos en carcajadas.

—También hay otra opción.

—¿Cuál? ¿Que esta conversación es absurda y estás mal de la cabeza?

—Has perfeccionado el arte de la evasión. Es digno de admirar.

Sé que tiene buenas intenciones, pero Ledger ya ha ocupado mucho espacio en mi mente desde aquella noche en el bar de Hank. He repasado todos los escenarios posibles en mi cabeza. He racionalizado, justificado e intentado comprender cómo puedo desear a un hombre que me hizo tanto daño. Tiene que ser tan solo una cuestión de atracción física, ¿no? Porque no somos las mismas personas que éramos hace años ni por asomo.

«Deja de decir que el pasado es pasado si sigues sacándolo a la luz, Ash».

La única conclusión a la que he llegado es que lo mejor será mantener las distancias con él. Se trata de supervivencia en su máxima expresión.

O, por lo menos, esa es mi teoría actual.

Al fin y al cabo, la decisión de acostarme o no con alguien es mía, sin importar lo picante que pueda ser la descripción de Nita. Sí, Ledger es sumamente atractivo. Y sí, no puedo dudar de la química que hay entre nosotros. Pero él vive en Nueva York, y yo, todavía en Cedar Falls.

Eso no ha cambiado con el tiempo.

Y luego está el hecho de que, si nos dejamos llevar por la tensión que vibra entre nosotros, no sería más que una aventura. No podría ser nada más. Llamémosle «supervivencia» o «haber aprendido de errores pasados», pero no tengo tiempo para aventuras. Y menos para una que sé que, al final, acabará haciéndome daño.

Además, prefiero no echar más leña a los cotilleos de las Judy Jensens de este pueblo. Que el chico rico de ciudad me escoja a mí y no a una de ellas solo servirá para enfadarlas todavía más.

—¿Holaaa? ¿Sigues aquí? —pregunta Nita y me pasa una mano de un lado a otro por delante de la cara.

—Sí, lo siento. Estaba pensando en algo que me he olvidado de hacer hoy —miento.

—¿Como acostarte con Ledger? —se ríe de su propio chiste mientras yo pongo los ojos en blanco—. Sigo pensando que deberías llamarlo.

—Puede —respondo para dar por terminada la conversación.

—Ahora es el mejor momento. —Nita mira mi teléfono móvil sobre la mesa y arquea las cejas.

—Mañana será todavía mejor.

Las dos nos echamos a reír.

—Estás siendo ridícula.

—Ya lo sé, Nita —le digo y me levanto de la mesa para abrazarla por detrás—. ¿Tan malo es que quiera sentarme aquí con mi mejor amiga, beber hasta achisparme y bailar con un hombre cualquiera que, seguramente, me pisará más de lo normal? Mi objetivo esta noche es evitar las complicaciones. He tenido una semana de mierda y quiero dejar de obcecarme con la idea de que el único hombre al que he dejado que me rompa el corazón está en alguna parte de este pueblo esta noche. Puede que lo llame. O puede que no. Pero lo único que sé seguro es que quiero otra copa de vino y, a partir de ahí, ya se verá.

—Vaya, chica, respira —ríe Nita—. ¿Hay algo más que quieras sacarte de ese pecho tan escotado que llevas hoy?

—No. —Vuelvo a sentarme a su lado y emito un suspiro sonoro—. Aunque me he quedado a gusto.

—¿Porque crees que, si lo dices, se va a cumplir?

—Algo así —respondo y le doy otro trago al vino. La borrachera está cerca y la voy a recibir de buena gana.

—Aunque hay un problema con tu forma de pensar —contesta Nita. Asiente a Connor cuando nos deja la siguiente ronda en la mesa.

—¿Cuál?

—¿Sabes que no hay «hombres cualquiera» en Cedar Falls, verdad? Los conocemos a todos y cada uno.

—Es verdad. Entonces, reformularé lo que he dicho y diré que bailaré con un hombre inofensivo. ¿Mejor así?

—Mejor. Lo inofensivo está bien. Puede que yo también busque uno que llene mi... ejem... tiempo esta noche.

—Ah, ¿sí?

—Sí. —Sonríe todavía más—. Miller va a pasar la noche en casa de mi madre y mañana no trabajo. Así que, no tengo niños que cuidar ni ningún sitio en el que estar a una hora concreta mañana. Es fantástico.

—Y raro. —Suavizo la sonrisa cuando nuestras miradas se encuentran. Ser madre soltera no es fácil, pero no la he oído quejarse ni una sola vez. Adora a su hijo y su vida a pesar de tener que ocuparse de todo ella sola—. Te mereces sexo salvaje con arañazos en la espalda mucho más que yo.

—Amén, hermana. —Me choca los cinco y después se sobresalta—. Ay, creo que tú te vas a poner en horizontal antes que yo.

—¿De qué hablas?

—Hay un hombre al final de la barra que te está lanzando miraditas.

«Ledger».

¿Por qué es lo primero que he pensado? Y lo que es peor, ¿por qué, cuando me giro hacia donde señala Nita, me decepciona ver que el hombre que me mira no es él? Es Carson Allen.

Quién si no.

—Carson siempre me hace ojitos. —Le pongo los ojos en blanco a Nita antes de volver a mirarlo y saludarlo con la mano.

—Ese hombre está enamorado de ti desde que le diste un golpe a su coche dando marcha atrás hace seis años —murmura cuando él empieza a abrirse paso entre la muchedumbre.

—Me parece un motivo para no gustarle.

—Pero es divertido e inofensivo. Podría ser peor.

—He estado con peores.

Nita ríe a pleno pulmón mientras Carson se acerca a nuestra mesa con una sonrisa de oreja a oreja y una sonrisa en los labios.

Capítulo 13

Ledger

—La oferta está sobre la mesa, Hiro. Trescientos millones —le digo mientras doy vueltas por el despacho. Mi incapacidad de permanecer quieto al hablar por teléfono vuelve locos a mis hermanos.

—Lo entiendo, Ledger, pero Takashi no va a ceder.

El puto Takashi cree que puede mostrarse implacable y no sabe que esa es mi especialidad.

—¿No va a ceder? Es un error y lo sabes. —Suelto una risa grave y burlona, me paso una mano por el pelo y miro el paisaje oscuro a través de la ventana—. Trescientos es una valoración más que justa. La propiedad está envejeciendo, el tránsito ha bajado y Takashi la ha minado al usar las acciones para influir en su proyecto de Tokio.

—¿Cómo…?

—Sí, lo sé. Te aseguro que investigo a fondo antes de entrar en negociaciones con nadie. —Hago una pausa para dar efecto—. No he dejado piedra por mover. Para mí, es muy importante saber en qué me meto antes de hacer la primera llamada y expresar mi interés.

«Sí, Hiro, lo sé todo sobre todo». Como que tiene una aventura con su asistenta. Como que usa el capital de la propiedad que queremos comprar para amortizar sus deudas de juego.

«Sí, sé que no le queda más remedio que vender».

Su silencio me indica que el mensaje les ha quedado alto y claro.

—No soy de los que ofrecen a la gente menos de lo que vale la propiedad. Es una propuesta más que justa que no recibirá de nadie más.

—Entendido. —Ahora su voz suena menos firme. También me parece una gilipollez que Takashi no hable conmigo él mismo. Seguro que está justo al lado, escuchando toda la conversación, pero es demasiado gallina como para tratar conmigo personalmente. Hiro se aclara la garganta—. Habrá tomado una decisión antes de que acabe la semana.

—No, tomará una decisión antes de que acabe la hora o no hay trato. Hablamos pronto. —Le cuelgo sin dejar que responda.

«Negocia siempre desde una posición de poder».

Las palabras de mi padre me vienen a la mente. Esbozo una sonrisa agridulce y sigo sintiendo una herida abierta en el pecho.

Era un hombre difícil. Exigente. Rígido. Quería a sus hijos con todo su corazón, pero esperaba la perfección de ellos. Y, por motivos que se escapan a mi control, esperaba más de mí que de ninguno. Yo fui el primogénito. Era el que más me parecía a él.

No sé por qué, pero algunos días odiaba la idea y otros la entendía. En cualquier caso, sus expectativas me convirtieron en el hombre que soy hoy, así que debo respetarlas.

Y no voy a mentir, el subidón que siento al negociar una compra como la del nuevo proyecto en Tokio es espectacular.

Incluso aunque el hecho de negociar me haya desbaratado el plan de ir al bar de Connor para ver si Asher estaba allí.

«Como si no supieras dónde vive, Ledge».

Tengo una hora libre mientras espero la respuesta de Takashi (y llamará cuando queden solo uno o dos minutos para que acabe el plazo, así sabré que él está al mando) y una botella de *whisky*, que me está esperando en el cajón del escritorio, un regalo de bienvenida del dueño de Aventuras al Aire Libre Cedar Falls.

Al menos alguien en el pueblo se alegra de que hayamos venido.

Miro fijamente la botella, y después, por la ventana en dirección al bar, donde preferiría estar. Luego, vuelvo a fijar la vista en la botella.

Ya voy por la segunda copa cuando suena el teléfono. Tal como pensaba, Takashi ha esperado al último minuto. Siento la tentación de dejar que salte el buzón de voz y hacer que sude la gota gorda, pero quiero cerrar el trato y que S.I.N. avance.

Y, así, puedo tachar otro punto de la lista de cosas que quería conseguir: expandir S.I.N. hasta Asia.

—Takashi.

—Sharpe. —No parece contento. No es mi problema. Si fuera el niño mimado de uno de los mayores magnates de Japón y necesitara liquidar mis propiedades para salvarme el culo, yo tampoco lo estaría.

—Supongo que tiene una respuesta para mí.

Suspira con fuerza y su aversión hacia mí puede palparse.

—Sí.

—¿Sí? —Dilo, cabrón. Di «hay trato».

Lanza otro suspiro de reticencia. O de desagrado. Cualquiera de los dos me parece bien.

—Acepto la oferta.

Levanto un puño al aire en la habitación vacía, pero, cuando hablo, lo hago con voz controlada.

—Enhorabuena, Takashi. Le pediré a mi abogado que se ponga en contacto con el suyo para cerrar los detalles.

—No me ha dado otra opción —responde él.

—No, ha sido usted. Yo solo soy un hombre de negocios inteligente. Ya me pondré en contacto con usted.

Cuelgo, me siento en el borde del escritorio y dedico un minuto a asimilar la adquisición del Resort Miyako-Jima. Seis meses de negociaciones. Tres visitas a Japón. Pero todo habrá valido la pena. Envío un mensaje a Callahan y Ford para informarles de que he cerrado el trato, pero, en Nueva York, es tarde y no espero que respondan.

Con el subidón de adrenalina tras haber cerrado un trato que potencialmente abrirá las inversiones de S.I.N. al mercado asiático, me bebo de un trago el resto de lo que queda en el vaso. Nervioso y con demasiada energía, cojo las llaves y me dirijo a la puerta del resort.

Aire fresco.

Eso es lo que necesito: aire fresco. No obstante, mis pies no se detienen cuando estoy fuera y lo respiro.

—¿Ha acabado por hoy? —pregunta Bernie, el guarda de seguridad de la obra.

—Sí.

—Ha terminado tarde.

—Como siempre.

—¿Tiene planes? Ya sabe lo que dicen, «la noche es joven».

—Lo sé, gracias. —Me detengo a mirarlo como si él acabara de hacer que me diera cuenta de que ya sabía adónde me dirigía—. Buenas noches.

Tardo unos quince minutos en llegar al bar de Connor a pie. Para entonces, el *whisky* ya me ha hecho efecto y me mantiene caliente, además de animado.

El aparcamiento está abarrotado de coches y muchos de los clientes han salido al patio de la parte trasera. Es un sitio grande; la música en directo y el ruidoso parloteo se filtran por las ventanas abiertas y llegan hasta el otro lado del aparcamiento.

Una multitud rodea la puerta principal, así que me desvío hacia la parte trasera para evitarla. Estoy a punto de cruzar la verja pequeña que cerca una serie de mesas altas y bajas cuando oigo una voz.

«La voz de Asher».

—Ya basta, Carson. —Me doy la vuelta y veo cómo Asher empuja en el pecho a un tipo, que debe de pesar unos cuarenta y cinco kilos más que ella—. Para.

—Venga. Llevas calentándome toda la noche, joder, años —dice arrastrando las palabras—. Admite que me deseas...

—El hijo de puta la besa a la fuerza mientras ella intenta zafarse de su abrazo.

Cuatro pasos. Es lo que tardo en cruzar la distancia que nos separa y llegar hasta donde están.

—Apártate de ella —grito y lo separo de un empujón. Él me lo devuelve, pero ya tengo el puño preparado e impacta en la cara del muy cabrón antes de que pueda decir nada.

—Ledger. No. —El grito de Asher se mezcla con el quejido del tipo cuando se tambalea y choca contra el pasamanos que tiene a la espalda.

—¿Estás bien? —Me vuelvo a mirar a Asher, con un brazo estirado para mantenerla apartada y el otro en dirección al hombre.

—¿Qué haces? —me grita mientras corre hacia él. Me invade la confusión—. ¿Carson? ¿Car? —Con la voz cargada de preocupación, le examina el rostro con las manos—. ¿Estás bien?

«¿Lo deseaba?».

«¿Quería que la besara?».

Carson murmura algo incoherente —es evidente que está como una cuba— antes de echarse a reír y llevarse una mano a la mejilla para frotarse el punto en el que ha recibido el golpe.

—¿En qué estabas pensando? —grita Asher, que da dos pasos hacia mí.

—No te dejaba en paz. No te...

—Es inofensivo, joder. —Me mira a mí, después a Carson, que, muy a mi pesar, no parece afectado, y vuelve a mirarme—. Solo es... Carson —dice exasperada, como si yo debiera saber lo que eso significa.

Justo en ese momento, Carson mira en mi dirección y se echa a reír.

—No pasa nada, tío. No pasa nada. Yo también pelearía por ella. —Se pone en pie y se tambalea un poco antes de dirigirse dando traspiés a la entrada trasera del bar. Sus palabras retumban en mi mente. «Yo también pelearía por ella»—. Después de eso, necesito otra copa. —Se vuelve a mirar a Asher otra vez, le sonríe avergonzado y, entonces, casi se cae del taburete en el que intentaba sentarse.

—Tú. —Asher me señala mientras cruza la distancia que nos separa. Su rostro es una máscara de furia y lo más hermoso que he visto nunca—. ¿Cómo te atreves a darle un puñetazo? Solo es Carson. Es inofensivo. Simpático. —Me empuja el pecho con fuerza y doy unos pasos hacia atrás, sorprendido por su reacción—. Solo es él.

—Intentaba ayudarte. Salvarte.

—¿Salvarme? —chilla.

«Sus labios».

—Sí.

«Están justo ahí».

—Perdiste el derecho a salvarme, a tener algo que ver conmigo, después de que me humillaras aquella noche. La noche en la que dejaste que me humillaran...

—¿La noche en que qué? —la interrumpo.

—Nada —responde entre dientes—. No quiero hablar del tema.

Extiendo las manos hacia los lados y ella se queda plantada delante de mí, una bola de ira de treinta centímetros menos que yo. La gente del patio observa nuestra pelea de forma descarada, pero me importa una mierda. He estado pensando en esta mujer toda la puta semana, y, esta vez, no voy a marcharme.

«Pero ¿humillarla? ¿De qué narices está hablando?».

Hay algo en su mirada..., una expresión que hace años habría sido capaz de descifrar, pero, ahora mismo, no puedo. Somos desconocidos. Extraños. El hecho de pensarlo me está matando, lo único que quiero hacer es...

—¿Por qué has venido esta noche, Ledger? —murmura.

Tengo un millón de respuestas ingeniosas en la punta de la lengua. Todas y cada una de ellas alimentarían su mal genio pero, por algún motivo, mientras la miro, allí de pie, con la luz de la luna reflejada en el pelo, me acuerdo de otro momento, de otro lugar, en el que tenía un aspecto similar.

«Mi Chica de la Lavanda».

Y opto por la honestidad.

—Porque, cuando se trata de ti, Asher, no soporto quedarme a un lado. Te deseo. Joder, te deseo muchísimo y ver cómo ese capullo te besaba me ha…

De repente, me tiene agarrado de la camisa y su boca se encuentra con la mía.

«Gracias. A. Dios».

Mis manos le acarician el rostro, mis labios están contra los suyos, mi lengua busca la suya, y no puedo pensar nada más que: «por fin».

Su ira es amarga.

Y su deseo, dulce.

Las dos se amotinan contra mi lengua y tengo la mente inundada del sabor de Asher Wells.

Me besa con un deseo y ardor iguales a los míos. Siento urgencia e indecisión. Desesperación y confusión.

Solo la siento a ella.

Solo a ella.

Joder.

Me empuja con la misma determinación con la que yo quiero seguir besándola. El pecho le sube y baja por la respiración agitada, tiene las mejillas sonrosadas, y los ojos, muy abiertos.

—¿Cómo te atreves? —me pregunta con los labios tan hinchados como los míos.

—¿Yo? —«¿Qué cojones? El beso lo ha empezado ella»—. ¿De qué hablas? —«Quiero más»—. No he hecho nada malo. —Suelto una risa que no contiene nada de diversión, solo pura incredulidad.

Y, en cuanto pronuncio esas palabras, en cuanto la risa se apaga, Asher me agarra de la camisa con más fuerza y me atrae hacia ella para volver a posar su boca sobre la mía.

No puedo pensar en nada más que en ella.

No se me ocurren más preguntas que: «¿con qué rapidez podemos quedarnos a solas?».

Y cada segundo cuenta.

Capítulo 14

Ledger

No puede decirse que haya visto gran cosa del interior del bar, dado que nos hemos abierto paso a empujones hasta la primera puerta abierta y el primer espacio vacío que hemos encontrado, pero le daré las gracias a quién cojones sea Connor por mantener los baños limpios y tener un montón de muebles robustos en los que apoyarse.

Porque el lugar no importa ahora mismo.

Solo el momento.

Nos abalanzamos sobre el otro en cuanto la puerta se cierra a nuestras espaldas y yo estiro una mano para echar el cerrojo.

Nuestros labios y nuestras manos pelean por demostrar cuál de los dos puede reclamar más centímetros del otro.

Nunca había sentido algo así. La necesidad. El deseo que me consume por completo. Me posee. Me alimenta. Me ahoga en todo lo que es Asher Wells.

El leve rastro de sal en su cuello cuando se lo recorro con la lengua. El ruido de sus gemidos cuando la agarro por el trasero y me restriego contra ella. El sabor de su beso, a vino, a deseo, a... Todo lo que ansiaba, pero nunca supe que necesitaba.

Le subo la camiseta de tirantes y le bajo una de las copas del sujetador, desesperado por sentir el tacto de su piel. Impaciente por lamerle el pezón rosa y hacerla gemir.

Y, joder, lo bien que sabe cuando agacho la cabeza y hago justo eso.

—Ledger —suplica entre besos.

Me duele la polla de esa forma dolorosa y placentera que solo se da cuando la expectativa maneja todas mis acciones y reacciones.

Ella.

Solo la necesito a ella.

Estar dentro de ella.

Poseerla.

Hacerla mía.

Y, cuando me bajo los pantalones por las piernas y ella me rodea el pene con la mano, se me ponen los ojos en blanco y se me escapa un gemido entre los labios.

Joder.

Si su tacto me deja momentáneamente incapacitado, ¿qué voy a hacer cuando la sienta a mi alrededor?

—Asher. —Le mordisqueo el labio. Damos otro paso atrás, hacia la encimera—. Sí, joder. —Sube la mano hasta la punta del miembro y esparce la gota que se ha formado en ella.

Nunca he deseado tanto a nadie en mi vida y, por mucho que la mente me diga que me lo tome con calma, que disfrute de la suavidad de su cuerpo, la curva de sus caderas y del subidón que me provoca todo lo que tiene que ver con ella, la libido se niega en rotundo.

Se centra en el calor de su coño cuando le deslizo los dedos debajo de la falda y entre las piernas. Dios, está empapada.

Se fija en la mirada que me dirige, con los ojos entrecerrados, cuando da un paso atrás con la falda levantada a la altura de las caderas, un pecho todavía expuesto y se baja las bragas para quitárselas.

Se obsesiona con su olor, un perfume floral mezclado con el olor de su innegable excitación, y sé que, a partir de ahora, cada vez que huela a rosas, también la oleré a ella.

Se concentra en la forma en la que Asher se sube al borde de la encimera, echa los brazos hacia atrás para agarrarse, separa los muslos y me ofrece la vista más bonita que he visto en mi vida. Asher Wells, expuesta, húmeda y esperándome.

Me pongo el condón sin detenerme, sin apartar la vista de ella: de sus ojos, ardientes de deseo; de sus labios, hinchados por mis besos, y del rosa brillante de su sexo.

Es pura perfección.

Y, cuando estira el brazo para cogerme la erección y guiarla a su interior, sé que estoy perdido.

Porque, con solo una embestida, la primera vez que siento que me aprieta a mi alrededor, sé que no podré parar hasta que esté jadeando y me haya desfogado.

—Ahora. —Revuelve las caderas contra mí para que la punta del pene se introduzca en su interior—. Por favor.

«Hecho».

Con una mano en la polla y la otra en su nuca, la sujeto y me introduzco en cada centímetro glorioso de ella.

Madre. Mía.

—Ash. —Es lo único que consigo decir antes de posar los labios sobre los suyos en un intento muy pobre de distraerme momentáneamente.

No funciona.

Su sabor.

Su contacto.

En pocas palabras, ella.

Empiezo a moverme.

Despacio al principio.

Me introduzco con suavidad. «Sí». El placer de retroceder. «No pares». Volver a embestir. «Más rápido». Me froto contra ella. «Ledger».

Su boca vuelve a encontrarse con la mía. El beso desesperado de antes no tiene nada que ver con el deseo violento del de ahora. Me muerde y araña.

Y me pierdo.

En el momento.

En ella.

Le clavo los dedos en las caderas para que se quede quieta mientras pierdo el control.

El ritmo que tomo es doloroso y, aun así, los murmullos, los gemidos y la tensión de sus músculos a mi alrededor me alientan de una forma que no he conocido nunca.

Se me queda la mente en blanco. Se me tensan las pelotas. El pene se me hincha y se pone duro.

Y, durante unos segundos, estoy en esa caída libre de placer que roza lo doloroso a la vez que la embisto una y otra vez, y vacío cada gota de mí en su interior.

Estoy agotado. Eufórico. Quiero hacerlo todo otra vez.

Es como la primera raya de cocaína. La pruebas y ya eres adicto.

Es lo único con lo que puedo compararlo. Compararla a ella.

Apoyo la frente en su hombro. Me rodea la cintura con las piernas. Nuestros corazones laten un *staccato* violento uno contra el otro.

El ruido de nuestra respiración entrecortada inunda el espacio y solo lo superan los sonidos del bar, que se filtran a través de la puerta cerrada.

La madre que me parió. Intento despejar el aturdimiento del clímax, la neblina de Asher, de mi mente, pero me da la sensación de que, de alguna manera, siempre ha estado ahí.

No es exactamente como quería que esto ocurriera, no esperaba un polvo rápido en el lavabo de un bar. Pero he visto que ese cabrón le ponía las manos encima y ella se ha enfadado conmigo y… Y después me ha besado.

Me aparto, apoyo las manos en la encimera a ambos lados de sus muslos y, al levantar la mirada, veo que me mira fijamente, su expresión oculta por la penumbra del baño. Es como si hubiéramos saciado la tensión sexual de manera temporal y, ahora, nos encontramos en ese momento incómodo en el que el pasado sigue siendo pasado, pero, sin duda, no podemos seguir ignorándolo.

—Asher… —Ni siquiera sé por dónde empezar. Ni cómo.

Esboza una sonrisa tenue, pero su lenguaje corporal dice algo diferente. Como si se sintiera insegura. Como si se arrepintiera de lo que acaba de pasar.

¿Cómo consigo que avancemos?

—Te prometo que la próxima vez lo haré mejor.

El destello de reconocimiento que le cruza la mirada me demuestra que recuerda la frase. Aquella noche. De pie, junto a mi camioneta, bajo la luz de la luna.

Sus labios se curvan en una sonrisa agridulce. Hay intensidad en la emoción de su mirada pero, mientras la miro, veo cómo vuelve a subir la guardia y se cierra en banda.

Lo noto porque evade mi mirada y baja las piernas para poder saltar de la encimera y poner algo de distancia física entre nosotros. La observo mientras se pasea, confusa, por el espacio reducido.

Ella me ha besado primero.

Ella ha iniciado los acontecimientos que nos han traído hasta aquí.

—¿Llevas a todas las chicas al baño en la primera cita? —Intenta vender la broma con una risa forzosa mientras se guarda las bragas en el bolso y se alisa la falda con las manos.

—Lo siento. Así —señalo el espacio que nos rodea— no es exactamente la forma en la que esperaba que sucediera.

—No te disculpes. Ya nos lo hemos quitado de encima, ¿no? Ahora, podemos pasar página. —Asher se cuelga la tira del bolso del hombro y se dirige a la puerta.

Bajo de golpe del subidón en el que me encontraba.

—¿Qué? Asher, espera. —Le pongo la mano en el brazo y le doy la vuelta para obligarla a que me mire—. ¿Qué haces?

—Irme sin despedirme. —Arquea una ceja e intenta zafarse de mí—. ¿No es lo que mejor se nos da cuando se trata del otro?

La miro dos veces, dolido por sus palabras.

—Tenemos que hablar de lo que ocurrió aquella noche.

—Ya te dije que no quiero.

—Me importa una mierda —le grito, harto de jugar al gato y al ratón con ella—. Tenemos que hablar.

—¿Por qué? —pregunta en voz baja y tranquila. Controla las emociones mucho mejor que yo—. ¿De verdad quieres oír lo que tengo que decir? ¿De verdad quieres saber que lloré durante semanas y semanas después de que te fueras sin decir nada? ¿Quieres saber lo que se siente al darle a una persona lo que yo te di y que te traten como si nunca hubieras existido?

—Asher —pronuncio su nombre como una súplica. Una disculpa. Un… No lo sé, pero todo el dolor presente en su voz es por mí. Es culpa mía.

«Yo también pelearía por ella».

Aunque no lo hice. ¿No es ese el quid de la cuestión? Tenía miedo y estaba preocupado por mí mismo. Me asustaba tanto mi padre como las consecuencias de las amenazas de su abuelo. Sí, me preocupé por ella y por el dolor que sentí al perderla, al perder nuestra amistad, nuestros planes, pero tenía las manos atadas.

Sin embargo, ella debía haberlo sabido.

Debía haber entendido por qué no respondí a ninguno de sus mensajes en redes sociales.

—¿Qué? ¿Te resulta muy duro oírlo? ¿Saber lo mucho que destruyó a mi yo de diecisiete años el hecho de que te fueras? —Respira profundamente y le tiemblan los hombros—. ¿O que tu padre me destrozó la autoestima, la hizo pedazos junto a todo lo que quería ser solo para mantenerme alejada de ti? ¿O cómo me consideraron la cazafortunas del pueblo que intentaba quedarse embarazada de ti y, así, recibir dinero? —Me quedo estupefacto, perplejo. Y ella debe de interpretar mi expresión de otra manera, porque da una sacudida rápida de la cabeza como si estuviera harta de mí—. ¿Sabes qué? Déjalo. No vale la pena. —Intenta zafarse, pero yo la sujeto con más fuerza.

«La noche en la que dejaste que me humillaran».

—¿Mi padre? —le pregunto. Temo que la respuesta haga que mi mundo se tambalee por segunda vez en cuestión de segundos, pero de una forma completamente distinta a como lo acaba de hacer Asher.

—Aquella noche, se presentó de la nada en la granja. Se enfrentó al abuelo. Discutieron. Yo lo oí, y, cuando salí a ver qué pasaba, me dijo…

—¿Qué te dijo? —insisto, quiero y no sonsacárselo de una vez, porque temo lo que va a decir.

—Que ya habías conseguido lo que querías de mí y que estabas por ahí con otra chica. —Su voz no es más que un susurro y la furia hierve en mi interior de una forma que no había sentido nunca.

—¿Qué más? ¿Qué más te dijo? —grito. No soporto ver cómo se estremece cuando levanto la voz.

—Debió de ver nuestros mensajes. Sabía todo lo que había pasado esa noche. Lo que hicimos. Sabía lo que habíamos planeado después…

La manta bajo las estrellas. El miedo que me daba hacerle daño, ya que era su primera vez. Las lágrimas que le inundaron los ojos después, cuando me dijo que me quería. Cómo juramos que encontraríamos la manera de volver a estar juntos muy pronto.

Recuerdo con claridad esos momentos con ella, pero todo lo que ocurrió después aquella noche, que ha estado borroso durante mucho tiempo, empieza a esclarecerse.

—Espera un momento. —La cabeza me da vueltas, así que me alejo de ella mientras intento racionalizar justo lo contrario de lo que me han dicho. De lo que pensaba que era verdad. De las verdades que he creído durante años. Se me encoge el estómago y se me acelera el corazón—. ¿Te dijo que te engañaba y te lo creíste?

—Tenía diecisiete años y todo mi mundo acababa de venirse abajo. No sabía qué creer —exclama. Sube el tono de voz y aprieta las manos—. ¿Qué se suponía que debía hacer cuando una figura imponente como tu padre se presenta en mi casa y le dice a mi abuelo que era mejor que me mantuviera alejada de ti? Que no era lo bastante buena para ti y que no lo sería nunca. Que no iba a permitir que una chica como yo arruinara el futuro brillante que había planeado para su hijo con perfecto pedigrí. Y cuando me enfrenté a él, cuando le dije que estaba loco, lanzó la segunda bomba. Que ya habías conseguido lo que querías de mí y que te habías ido con otra. Que ahí era donde estabas en ese momento.

—No era verdad, Ash. Tienes que creer…

—Ahora ya no importa. Puede que, por aquel entonces, me hubiera bastado con que me lo explicaras…, pero tampoco me habría servido para aliviar el dolor de ser una «chica sin madre ni dinero» que más valía que se alejara de ti o se iba a enterar. —Le resbala una lágrima por la mejilla y me entristece también a mí.

«Pedigrí».

A eso se refería aquella noche en el bar de Hank.

Eso es lo que la afligía y lo que se ha guardado durante años… Y por un buen motivo.

Me odio a mí mismo por las lágrimas que le inundan los ojos. Por el dolor que las hace brotar. Por cosas que no creo que pueda empezar a entender todavía.

No puedo hacer nada.

No puedo decir nada.

El hombre al que quería y respetaba más que a nadie en el mundo me mintió. Y también a ella.

Miro a Asher y veo piezas de la chica a la que solía amar, así como el dolor que le causó mi padre, reflejado en los ojos de la mujer en la que se ha convertido.

Necesito tocarla, tranquilizarla, por motivos egoístas, así que, me acerco a ella, le sujeto la cara y le limpió la lágrima con el pulgar. Cuando la toco, pestañea y se le entrecorta la respiración.

—Todo era mentira, Asher. Todo. —Me duele el pecho y la emoción me quema la garganta cuando la atraigo hacia mí y la rodeo con los brazos—. No sé ni qué decir.

Las palabras de un Sharpe le hicieron daño en el pasado. «La humillaron». Solo espero que deje que las de otro la reconforten ahora.

131

Al principio, no se mueve. Se queda paralizada como si le diera miedo tocarme o creerme.

Asher siempre ha sido así. Siempre le resultaba sencillo establecer una conexión física, pero se aferraba a su lado emocional. Lo mantenía alejado del mundo, tenía demasiado miedo de que le volvieran a hacer daño tras del abandono de su madre.

Hasta yo lo entendía a los dieciocho años, así que, ahora, lo comprendo todavía más.

Sin embargo, al mismo tiempo, sufro por ella. Por mí. ¿Me he tragado otras mentiras del mismo hombre que la manipuló?

No quiero creer que sea cierto.

No quiero creer que mi padre me hiciera tanto daño a propósito.

«A veces, las personas hacen locuras para proteger a los suyos, hijo».

¿No fueron esas sus palabras aquella noche? ¿No era esa la explicación que había dado a las amenazas del abuelo de Asher? ¿O solo era una justificación enfermiza para lo que estaba haciendo?

Ahora mismo, nada tiene sentido.

Absolutamente nada, joder.

Justo cuando acepto ese pensamiento, Asher me rodea, por fin, con los brazos y se aferra a mí. Se ajusta perfectamente a mí, igual que en el pasado. Justo como lo recordaba.

Inhalo todo sobre ella. El calor de su aliento contra mi pecho. El temblor sutil de sus hombros. El olor a champú de coco.

Estamos abrazados y, aun así, me siento a un mundo de distancia de ella.

«Impotente».

Así es como me siento respecto a las mentiras que mi padre le contó a Asher.

«Furioso y confuso».

Como me siento sobre las que estoy casi seguro de que me contó a mí también. Porque, después de lo que ha dicho Asher, sé que es imposible que su abuelo amenazara con denunciarme.

Ni hablar.

Lo habría mencionado. Habría dicho que su abuelo se defendió con esa acusación.

Reprimo esa parte de mí que necesita respuestas. Necesita sentirse validada, no eclipsada. Necesita que la escuchen, no que la ignoren.

Madre mía.

¿Qué clase de hombre soy, que lo acepté sin más? Que nunca me cuestioné lo que mi padre me contó. Que dejé a Asher atrás por temor y por la fe ciega que tenía en mi padre. La fiesta continúa tras la puerta. La gente sigue gritando y riendo.

Pero yo me siento perdido.

Igual que si mi punto de equilibro, los cimientos sobre los que he construido todo —mi padre y nuestra relación— se hubieran movido. Y todavía no he empezado a procesar lo que los demás dijeron de ella después de que saliéramos corriendo de Cedar Falls. Poco a poco, Asher empieza a erguirse, sus músculos se tensan y se aparta de mí. Tiene la mandíbula apretada y me mira con cautela.

—Puede que fueran mentira, Ledger, pero nunca te pusiste en contacto conmigo. No me enviaste ni un solo mensaje ni un correo ni una carta. Sabías exactamente dónde estaba, dónde vivía, y no me contactaste ni una sola vez. Puedes culpar a tu padre por la primera parte, pero la segunda es culpa tuya… y es casi peor.

—Hay más. Tengo que contarte mi versión de la historia. Hay…

«Pum».

Los dos pegamos un brinco cuando golpean la puerta.

—Venga, tío. Tengo que mear.

—Asher, vámonos de aquí. Tengo que explicarte el porqué. En alguna parte que… no sea un baño.

Sacude la cabeza y se limpia las lágrimas que le corren por las mejillas con el dorso de la mano. El dolor y la tristeza se le marcan en el rostro.

Otro golpe.

—Abre la puta puerta.

Doy un paso hacia ella y extiende la mano para detenerme.

—No, por favor. —Se le quiebra la voz y juro que el sonido me atraviesa.

Se está cerrando.

Está levantando muros.

—Fue hace mucho tiempo. No tiene que marcarnos ni definir que nos veamos otra vez. Ahora mismo…

—Pero sí que me definió. —Da otro paso atrás y levanta las manos para pedirme que pare—. Yo… Necesito tiempo, Ledger.

—¿Tiempo para qué?

—Para verte otra vez. Para procesar esto… Necesito averiguar cómo me siento al respecto.

Asiento.

—Entonces, ¿todo esto es por el pasado? ¿Por el presente? ¿O por el futuro? Estoy confundido.

—Joder, tío —dice la voz al otro lado de la puerta—. Quiero lo que sea que te hayas tomado para durar tanto.

—Dame un maldito segundo, ¿quieres? —Me vuelvo hacia Asher. Hay un deje de tristeza en su mirada que casi me destroza.

—Es por mí, por cumplir una promesa que me hice a mí misma, Ledger. No ponerme nunca en una situación en la que vayan a hacerme daño otra vez. He tenido unos meses de mierda. Casi acaban conmigo. Necesito averiguar cómo encajar esta situación, que tú estés aquí, que haya pasado todo esto esta noche… Cómo encajas tú en todo esto. No voy a dejar que seas la gota que colme el vaso otra vez.

—Entonces, permíteme ayudarte. Deja que esté a tu lado. Deja que…, no lo sé, pero deja que haga algo. —Exasperado y con la sensación de que se me escapa todo entre los dedos, me paso una mano por el pelo y deambulo por el pequeño espacio sin tener ni idea de qué hacer ni de cómo me siento.

«¿Qué es lo que quieres, Ledger? ¿Más sexo?» ¿Solucionar el pasado? ¿Volver a conocerla de nuevo? Porque está claro que no tienes ni puta idea de relaciones.

«Pero esto no es una relación». Solo ha sido un polvo en un lavabo. Son viejos sentimientos y un paseo por el pasado. Es una conexión entre nosotros que parece no haberse roto a pesar de todas las mentiras.

Sin embargo, cuando la miro a los ojos, sé que la respuesta es todo lo anterior y algo más que no puedo expresar.

A lo mejor, quiero quitarle la tristeza de la mirada.

A lo mejor, quiero oírla reír más.

A lo mejor, quiero conocer a la mujer en la que se ha convertido.

Esa parte sí que sé que es verdad.

—No necesito tu ayuda, Ledger. Puedo arreglármelas sola, ya lo he hecho antes.

—¿Y ya está? ¿Lo hacemos en un lavabo y nos damos las gracias por haber pasado un buen rato? Esto es algo más. Sé que lo ves, sé que lo notas.

Asiente y su voz es un mero susurro cuando responde.

—Tienes razón, lo noto. Pero solo estás aquí ahora. Te irás en dos meses. Y sé a ciencia cierta que eres un hombre difícil de olvidar.

Esta vez, cuando da un paso atrás para abrir la puerta e irse, dejo que lo haga.

Ya ha oído suficientes mentiras de un Sharpe. Lo último que necesita oír es que otro le diga que se equivoca.

Capítulo 15

Ledger

Quince años antes

Que Maxton Sharpe esté callado nunca es buena señal.

Nunca.

Cualquiera que trabaje estrechamente o viva con él sabe que es cierto.

Así que, cuando entro en el despacho de la finca que hemos alquilado para el verano, situada en una colina con Cedar Falls a los pies, y lo veo sentado detrás del escritorio con las yemas de los dedos juntas, sé que estoy jodido.

Repaso el día en mi cabeza. La escapada a Billings con mis hermanos. Armar escándalo en el mercado con algunos de los chicos del pueblo con los que hemos entablado amistad. Pasar tiempo en el arroyo con Asher.

Hacerlo con ella.

«Asher».

¿Sabe que iba a escabullirme más tarde para encontrarme con ella? Pero ¿cómo?

«Lo ha visto antes».

He salido de la ducha y me ha dado el móvil. Ha dicho que me lo había dejado abajo, en la encimera de la cocina. No recuerdo haberlo puesto allí, pero no tenía motivos para cuestionármelo o cuestionarlo a él.

¿Es así como lo ha descubierto? ¿Ha leído nuestros mensajes? ¿Nos ha espiado?

Oh, joder. Ya sé de qué va esto.

Me va a dar la charla, ¿no?

Uf. Una charla sobre sexualidad, de hombre a hombre, por la que es evidente que se siente incómodo.

Un poco tarde si me lo preguntas, pero es mejor que lo que sea que pensaba que me iba a decir esta noche.

Sexo.

Asher.

Joder.

Se me pone dura solo de pensarlo. Sus suaves gemidos. Lo estrecha que estaba. Lo mucho que me ha gustado.

Esté bien o no, estoy pensando en todo esto delante de mi padre.

—Hijo. —Señala la silla para que me siente. Preferiría tener esta conversación tan incómoda de pie, pero nadie le lleva la contraria a Maxton. Nadie, excepto Callahan, pero eso ya es otra historia.

—Es tarde. Pensaba que ibas a salir con Bunny...

—Barbara —me corrige mi padre, refiriéndose a una «amiga» que ha hecho durante nuestra estancia en el pueblo. Todo el mundo quiere ser tu «amigo» cuando eres multimillonario. La mayoría se conformará con las sobras que les eches con la esperanza de elevar su estatus—. Y mis planes han cambiado.

—Vale...

—Tenemos que hablar.

—Me lo imaginaba —le digo con sarcasmo, aunque la mirada severa que me lanza me dice que hacer comentarios sarcásticos probablemente no sea una buena idea.

—Esa chica con la que has estado viéndote...

—Asher.

Asiente.

—Lo vuestro se ha acabado.

—¿Qué? —Río. No es el discurso que me esperaba de «ya eres mayor y puedes tomar tus propias decisiones, pero tienes que usar protección»—. Muy bueno.

—He dicho que se acabó. No volverás a verla.

«¿De qué narices está hablando?».

Miro por encima del hombro como si fuera una broma y Ford y Callahan estuvieran escondidos en alguna parte, esperando para reírse de mí. Pero no.

—Papá... ¿De qué estás hablando?

—No me gusta decir las cosas dos veces, ya me has oído.

—La quiero. —Se me escapa. Al ver su reacción, es evidente que es la respuesta equivocada.

Se levanta de la silla y rodea el escritorio para ponerse justo delante de mí.

—Estás pensando con la polla, Ledger. A todo buen hombre le ocurre alguna vez, pero es un mal momento y la persona equivocada.

Me pongo en pie de un salto.

—¡No me digas lo que tengo que hacer! —le grito.

En un instante, me tiene cogido de la camisa y tengo su cara a centímetros de la mía. Cuando me habla, lo hace con un tono calmado e indiferente.

—Harás lo que yo te diga. No vas a desobedecerme.

—Y una mierda.

—¿Y una mierda? —repite. Me suelta la camisa y da un paso atrás, sacude la cabeza y suelta una carcajada que retumba en el silencio. Creo que nunca olvidaré ese sonido—. La has cagado. Te la has follado y, como has decidido hacerlo con alguien que no es de tu... estatus, su abuelo quiere denunciarte.

—¿Denunciarme? —escupo la palabra. «Está mintiendo»—. ¿Por qué?

—Por violación a una menor.

Me siento como si todo el aire desapareciera de la habitación.

—¿Qué? —balbuceo las sílabas. Me quedo blanco de confusión y horror—. ¿Qué quieres decir con eso?

—Tienes dieciocho años, Ledge. Ella no. Está bastante claro.

Me siento demasiado abrumado como para pensar con claridad, para procesar que, aunque puede que él sepa que Asher y yo nos hemos acostado por nuestros mensajes, ¿cómo lo sabe su abuelo? Lo único que puedo oír es la palabra «violación». En lo único que puedo pensar es que todo lo que creía que era perfecto antes ahora es una maldita pesadilla.

—No…, no lo entiendo.

—Eres inteligente, claro que lo entiendes.

—Pero no ha sido violación, ella quería. Ella…

—¿Te estás oyendo? ¿Sabes lo horrible que le parecerá esa frase, que «ella quería», a un juez? ¿A un jurado? ¿Sabes cómo quedaría en la portada de un periódico?

—No me refería a eso. —Me llevo las manos a la parte posterior del cuello e intento pensar con claridad, aunque no es precisamente fácil. ¿Violación? Lo que ha pasado esta noche no ha sido violación. Para nada, pero, la verdad sea dicha, ahora mismo estoy muy asustado.

Acojonado.

—Papá, te lo juro. Tienes que creerme, no ha sido así.

—No importa cómo haya sido. Lo que importa es que el señor Wells amenaza con denunciarnos.

Lo único que se oye en la habitación, excepto el zumbido de mi pulso en los oídos, es el temblor de mi respiración.

—Iré a hablar con ellos. Lo…

—¿Qué? ¿Lo arreglarás? Así no es cómo funcionan las cosas, Ledger. Ni por asomo.

—Esto no tiene sentido. —Mi voz se va haciendo más aguda con cada palabra—. Habla con Asher. Te dirá que lo decidimos juntos. Que no la he obligado a hacer nada.

Ella no estará de acuerdo con esto. Ni de broma dejaría que eso ocurriera si lo supiera.

—¿No lo entiendes? No importa lo que Asher diga o sienta, o si ha sido una decisión mutua. Lo único que importa es lo que diga su abuelo. Lo que él quiera. Lo que ha amenazado con hacer. La ley es la ley, hijo, y ni siquiera un Sharpe y el dinero pueden evadirla. En especial, cuando aquí solo somos forasteros.

—Pero su abuelo me conoce. Sabe que nunca le haría daño a Ash.

Mi padre se sitúa frente a mí y me mira a los ojos.

—A veces, las personas hacen locuras para proteger a los suyos, hijo.

Lo miro fijamente y el cuerpo entero me tiembla de incredulidad y miedo.

—Que le den. Voy para allá ahora mismo. —Me dirijo a la puerta, pero mi padre me coge del hombro y tira de mí.

—No seas idiota, es lo último que deberías hacer.

—¡Es lo único que puedo hacer! —le grito.

—¿Crees que a mí me entusiasma esta puta situación? —vocifera en una muestra de mal genio inusual que solo sirve para reafirmar lo jodido que estoy. Lo jodida que es la situación—. ¿Crees que quiero que la gente utilice el nombre de mi hijo en la misma frase que las palabras «agresor sexual»? Porque es lo que vas a ser, un agresor sexual. Tendrás que registrarte en todos los barrios a los que te mudes durante el resto de tu vida. ¿Sabes qué pasaría si tienes hijos algún día y los llevas al colegio? No te dejarán acercarte al edificio para recogerlos porque, adivina, estarás registrado como agresor sexual. No es una puta broma.

Sacudo la cabeza de un lado a otro para rechazar sus palabras, pero no consigo hablar. No puedo hacer nada más que oír lo que dice y estar cagado de miedo.

—No entiendo nada —consigo decir al final.

—Exacto. No lo entiendes. Nada, porque es evidente que pensabas con la polla.

—Papá…

—No somos donnadies, Ledger. —Levanta los brazos y deambula por la habitación a zancadas—. Somos una familia con un apellido llamativo y una reputación impoluta, y te aseguro que la prensa se haría eco de esto al momento. Un niño rico de un colegio privado. Una chica de un pueblo pequeño, sin un duro y vulnerable. Añade la palabra «violación» a la mezcla e internet arderá en llamas. Los escándalos venden muchos periódicos y puedes apostarte lo que quieras a que esto sería uno.

Me hundo en la silla con el rostro enterrado en las manos y el pecho estrechándose cada vez más con cada respiración.

Asher. ¿Qué opinará de todo esto? ¿Qué estará diciendo ahora mismo?

Madre. Mía.

—Esto no puede estar pasando.

—Pues yo creo que sí. Esto es lo que pasa cuando te mezclas con gente que no es como nosotros. Que no ha vivido lo que hemos vivido nosotros o no entiende...

—Tengo que hablar con ella. Tengo que...

—Y una mierda. —Coge un pisapapeles del escritorio y, por un momento, pienso que lo va a lanzar. Pero se queda ahí, de pie, sujetándolo en la mano—. ¿Te haces una idea de dónde he estado esta última hora? He estado en la granja. Negociando. Suplicando. Intentando evitar que el abuelo presente cargos contra ti. Intentando arreglar tu desastre.

Estoy demasiado agobiado como para hacer las preguntas que debería. Para empezar, ¿a qué ha ido la granja? ¿Qué hacía hablando con el abuelo de Asher?

Nada tiene sentido ahora mismo, excepto el miedo y la confusión que siento.

Su abuelo me conoce. Asher y yo hemos sido amigos..., más que eso durante tres años. Sabe que nunca le haría daño o o le faltaría al respeto. La quiero. Tiene que saberlo.

Y Asher. No es posible que haya dicho que la he violado...

—Nos vamos de Cedar Falls esta noche.

—No... Yo...

—No tienes ni voz ni voto, ¿lo has entendido? —Está más calmado, pero sigue hablando con una voz fría como el hielo cuando lo miro, paralizado—. Nos vamos de Cedar Falls esta

141

noche. No volverás a contactar con ella, de ninguna manera. No vas a despedirte ni a darle explicaciones. Ni una palabra a ella ni a nadie, incluidos tus hermanos. —Lo miro a los ojos. ¿El hombre que siempre me suelta sermones sobre que mis hermanos tienen que serlo todo para mí ahora me dice que les oculte lo que ha pasado, que les mienta?—. Si hacemos todo eso, el señor Wells ha accedido a no presentar cargos.

Me atraganto con un sollozo que no quiero que escape. Me tiemblan las manos, pero asiento para que sepa que estoy de acuerdo. ¿Qué otra cosa voy a hacer?

—Si, en algún punto, llegas a romper el acuerdo, tu silencio, de cualquier manera, seguirá adelante y se pondrá en contacto con la Policía. —Le da un buen trago a la copa de *whisky* escocés que tiene en la mano antes de volver a mirarme—. Y me refiero a en cualquier momento. El delito prescribe a los diez años, así que tenlo en cuenta. Finge que nunca ha pasado y que este verano nunca ha existido.

Me tiembla todo el cuerpo. Solo soy capaz de pensar en lo que podría ocurrir. En cómo ha sucedido. En que no puedo ir a la cárcel.

Se me llenan los ojos de lágrimas y mi cuerpo entero rechaza lo que mi padre me dice.

No puede ser verdad.

No. Puede. Ser. Verdad.

—Ledger, hijo —añade con voz más amable. Me pone la mano en el hombro y aprieta. No sé si es por la muestra de cariño repentina cuando estoy tan asustado o por la emoción del momento, pero la primera lágrima me corre por las mejillas.

«Los Sharpe no lloran».

—Papá, lo siento. —La lágrima se transforma en un sollozo. Estoy aterrado, abrumado—. No quería que pasara esto. No…

Vuelve a apretarme el hombro, con el rostro sombrío y la mirada cargada de una decepción que nunca le había visto ni había sentido de él.

—Lo he arreglado, Ledger. Ya está solucionado y, mientras hagas lo que te acabo de decir, todo habrá terminado.

Pero no ha acabado.

Asher.

La quiero.

Coge el móvil que he lanzado al sofá cuando he entrado y empieza a tocar algo. Estoy tan absorto en mis pensamientos, en mi incredulidad, que no le doy importancia hasta que me lo devuelve.

—Ya está. La he borrado. Los mensajes. He bloqueado su número y he eliminado sus correos.

—¿Papá? —lo pronuncio en tono interrogante porque quiero preguntarle muchas cosas: «¿me sigues queriendo?», «¿de verdad se va a solucionar?». Pero no he hecho nada malo.

Levanta una mano para impedir que diga nada y luego se dirige.

—Tienes que recomponerte antes de salir de esta habitación. Eres un hombre. Un Sharpe. Deja de llorar y actúa como tal. Haz las maletas. Ya han repostado el avión y está preparado en la pista. Nos recogerá un coche en treinta minutos. He recibido una llamada de emergencia sobre un negocio y tengo que volver a la ciudad. —Me mira y asiente para asegurarse de que entiendo la historia. La mentira. La excusa—. Es asunto zanjado. La chica está muerta para ti y nunca volveremos a hablar de ella.

Lo miro aturdido mientras sale.

«¿Cómo ha pasado esto?».

«¿Cómo voy a arreglarlo?».

Capítulo 16

Asher

Sé que Ledger está aquí.

De hecho, ha estado paseando por los campos de lavanda con la luz de la luna como guía y una botella de lo que sea en la mano como consuelo.

Si no hubiera sido porque la luz de los faros de su coche se ha filtrado por las ventanas de la granja hace más de una hora, nunca hubiera sabido que anda por ahí fuera.

No obstante, me quedo donde estoy, en casa, observando cómo se mueve su sombra por la penumbra mientras trato de procesar las últimas horas.

Intento olvidar el sabor de sus besos y lo increíble que su cuerpo ha hecho sentir al mío.

Y descifrar por qué me he puesto como loca y he salido huyendo después.

¿Tenía razón Nita al afirmar que un polvo es una buena forma de sacarte a alguien de la cabeza?

Creía que sí. Y he recibido de buena gana la intensidad y el deseo del acto, lo que no he recibido tan bien han sido las emociones que han venido después.

Me han abrumado. Pensaba que la carnalidad del sexo no abriría heridas antiguas. Me equivocaba. Sin embargo, lo que más me ha asustado de estar con él ha sido que me ha hecho… sentir, algo que no me pasaba desde hacía mucho tiempo. Me ha hecho desear cuando normalmente prefiero cerrarme en banda. Me ha hecho consciente de que Ledger es mi arma personal de doble filo. Tiene la capacidad de destruirme y de reensamblarme sin siquiera darse cuenta.

El hecho de pedirle espacio ha sido una reacción instintiva por miedo. La forma de preguntarme si podía hacerlo. Si podía permitirle volver a entrar en mi vida en un momento en el que mis emociones están a flor de piel.

Odio sentirme y ser vulnerable, y, aun así, es lo que soy últimamente por culpa del traslado de la abuela y la muerte del abuelo. He estado pendiendo de un hilo, tratando de encontrar mi lugar en esta nueva vida con las nuevas responsabilidades.

Así que, ¿por qué voy a abrirme voluntariamente para que me hagan más daño? ¿Por qué iba a ponerme en la situación de apegarme a alguien que va a irse en unos meses?

Tiempo. Espacio. Soledad. Pensaba que era lo que quería, lo que necesitaba, para encontrarle sentido a todo esto, pero, ahora que él está fuera dando vueltas, me doy cuenta de lo sola que me siento.

En esta casa —que antes estaba llena de amor, de risas y de calidez—, hay tanto silencio… Y está vacía. Cada día que pasa sin el abuelo se me hace más cuesta arriba. Anhelo el instante en el que el dolor desaparezca. Espero que llegue el momento en el que se disipe esta sensación de tener que cogerle el tranquillo a Los Campos. Rezo por que llegue el día en el que también desaparezca la insensibilidad.

«Entonces, permíteme ayudarte. Deja que esté a tu lado. Deja que… no lo sé, pero deja que haga algo».

Soy demasiado cabezota y orgullosa para aceptarlo, pero, a lo mejor, ha llegado el momento de afrontar esta situación con una perspectiva distinta.

Ledger solo estará aquí durante dos meses. Quizá eso es justo lo que necesito. Tener una fecha límite antes de empezar. Meterme en esto con unos parámetros y controles que no pueda cambiar, pero que conozca.

La pregunta es: «¿puedo disfrutar de estar con él y, al mismo tiempo, dejar a un lado mis emociones? ¿Separar las dos cosas?». «¿Es posible disfrutar del placer en lugar de recordar o prepararme para el dolor?».

Estoy casi segura de que es mi única opción.

Justo cuando estoy rellenando la copa de vino hasta el borde, oigo crujir los escalones que dan al porche.

He abierto la puerta antes de que tenga la oportunidad de llamar. Nos miramos el uno al otro, lo único que nos separa es la mosquitera.

Parece cansado. Exhausto emocionalmente. Y la botella en la que pensaba que estaba ahogando sus penas está casi llena.

La levanta.

—Creía que la necesitaba para atreverme a enfrentarme a ti, pero me he dado cuenta de que necesitaba más estar despejado. Odio no tener el control. Esa sensación, el caos que provoca. La incapacidad de arreglar y guiar las cosas cuando sea necesario. Y así es como me siento ahora mismo. —Baja la mirada y asiente un momento antes de volver a mirarme—. Sería mucho más fácil procesar las mentiras de mi padre si estuviera como una cuba, pero lo que tengo que decirte es demasiado importante como para cagarla.

—Ledger. —Odio ver el conflicto de emociones que le cruza el rostro, así que le sonrío con suavidad—. Lo que he dicho esta noche, antes, ha estado mal. No debería haber sacado los trapos sucios, me he dejado llevar por las emociones. —Me he dado cuenta de que me he perdido muchas cosas. «A ti»—. No te culpo. Solo… Creo que deberíamos dejar lo que ha ocurrido esta noche como está y centrarnos en conocernos de nuevo, como sugeriste en el bar de Hank.

Inclina la cabeza y me mira a los ojos. ¿Es que no se da cuenta de que intento ser razonable? ¿Que sigo confundida pero, igual que él, entiendo que aún hay un hilo invisible que nos une? ¿Que estoy dispuesta a afrontar el dolor que me supondrá perderlo otra vez solo para poder estar con él ahora?

—Vale. —Asiente, pero su voz no suena muy convincente—. Pero, para hacerlo, necesito que oigas mi versión de la historia de lo que ocurrió aquella noche. Necesito que entiendas cómo me manipularon.

Sé lo que su padre me hizo a mí, así que solo espero que fuera más amable con su propia sangre.

—Pasa, por favor.

Asiente, me sigue hasta el interior de la casa y, antes incluso de sentarse, empieza a hablar.

—Estaba pasando el rato antes de ir a verte otra vez. Hice que mi padre supiera que estaba allí para que, cuando él se fuera a su cita, creyera que todo era normal. Más tarde, me llamó a su despacho y estaba seguro de que había descubierto lo que habíamos hecho. Que nos habíamos acostado. Esperaba que fuera arisco, me dijera que usara protección y me pidiera que me fuera de allí. —Baja la vista hacia las manos, que tiene cruzadas sobre el regazo, antes de mirarme a los ojos con una transparencia que me desarma—. En lugar de eso, me dijo que tu abuelo amenazaba con denunciarme por violación a una menor.

Lanzo un grito de sorpresa.

—¿Qué?

Asiente con seriedad y parece que lleve todo el peso del mundo sobre los hombros.

—Mi padre me dijo que tu abuelo iba a denunciarme, a menos que me fuera de la ciudad y nunca volviera a verte o dirigirte la palabra. Si rompía alguna de sus condiciones, actuaría.

—Eso no es cierto. Él nunca dijo nada malo sobre ti... Madre mía. —No puedo dejar de pensar en el Ledger de dieciocho años y el miedo que esas palabras debieron de provocarle. El pánico. El *shock*. Cuando me doy cuenta de lo traicionado que debe sentirse ahora mismo, le digo con voz suave—: te mintió.

—Al parecer, se le daba tan bien que nos mintió a los dos —ríe, pero lo único que oigo en el sonido es su dolor.

—Así que, viviste con miedo —le digo al final, después de tomarme un minuto para asimilarlo todo.

147

Asiente y responde en voz muy baja:

—Cada vez que me enviabas un mensaje… Me mataba no poder responderte. Sabía el dolor por el que estabas pasando porque yo también lo sentía, pero el miedo pesaba más que todo lo demás. Durante los dos primeros años, cada vez que me sonaba el teléfono y veía un prefijo raro o llamaban a la puerta de forma inesperada… Me preocupaba que tu abuelo se hubiera enfadado y hubiera decidido presentar cargos de todos modos.

—Lo siento mucho, Ledger.

—Siempre ves a los niños ricos en las noticias cuando la cagan. Niños como yo con privilegios y dinero. Y, o los usan de ejemplo, o son una excepción a la regla y los vilipendian en redes sociales. Tenía demasiado miedo de correr ese riesgo. Era una batalla constante entre la autopreservación y el daño que te había causado solo por haber desaparecido de la faz de la Tierra.

—Yo habría hecho lo mismo si hubiera estado en tu lugar. Habría reaccionado igual. —Me muevo para sentarme junto a él. Entrelazo los dedos con los suyos y los aprieto para tranquilizarlo—. No hicimos nada malo aquella noche, Ledger. No hiciste nada malo.

—Ahora lo sé…, pero, por aquel entonces, el mundo era más pequeño y ya no daba por sentada mi libertad. —Se encoge de hombros.

—Éramos jóvenes y se suponía que debíamos confiar en los adultos.

—Ese es el problema, que confié en un adulto. En la única persona a la que había respetado e idolatrado durante toda la vida: mi padre. Y, después de lo que me dijiste en el bar de Connor, de darme cuenta de que todo lo que me dijo a mí también era mentira… Me está costando saber quién soy como hombre, me pregunto cómo no dudé nunca de él, cómo lo seguí tan a ciegas.

—Todo el mundo lo habría hecho en esa situación. Mírame a mí, hice prácticamente lo mismo.

Agacha la cabeza y asiente, pero me doy cuenta de que mi intento por apaciguarlo no hace que se sienta mejor. Se inclina hacia adelante, apoya los codos en las rodillas y retuerce las manos. Le preocupa algo más, se aprecia en el suspiro suave que lanza y en la tensión de los hombros.

—Te debo una disculpa —lo dice tan bajito que apenas puedo oírlo—. He evitado hablar de tu abuelo en general por… todo esto y cómo me hizo sentir. Ha estado mal. Significaba todo para ti, era tu mayor apoyo. Sé lo que se siente al perder a esa persona. —Me mira y me ofrece una sonrisa tenue—. Por lo menos, yo tenía a mis hermanos para que me ayudaran con el duelo. Tú no tienes ese amparo. Debería haberte preguntado cómo lo llevabas mucho antes. Tendría que haber sido mejor persona y haberte dado el pésame. Y no lo he sido.

—Gracias. —Le doy un beso en el hombro y cierro los ojos con fuerza para evitar que se derramen las lágrimas que amenazan con escaparse. No tenía ni idea de lo mucho que necesitaba oír lo que ha dicho. Lo que necesitaba saber que hay alguien que lo comprende, que ha pasado por una situación similar y puede compadecerse. Sentir la compasión de alguien.

A pesar de la intensidad del momento, de algún modo, los comentarios de Ledger hacen que me sienta mejor.

—No te voy a mentir, Ash. He pasado la mayor parte de las últimas horas sintiendo mucha nostalgia y preguntándome cómo podrían haber sido las cosas. Éramos unos críos. Podríamos habernos distanciado al empezar la universidad, o haber funcionado y construido recuerdos juntos. No lo sé, y me cabrea que nos robaran esas oportunidades. Lo que sí sé es que, ahora, soy una persona distinta a la que era entonces. Igual que tú. Aun así, debería haber sido nuestra decisión, nuestra, de nadie más.

—Lo sé —murmuro y le poso la mano en el brazo. «Este es el hombre en el que siempre pensé que se convertiría». No el elitista ostentoso que entró en el pueblo la primera vez, sino el hombre con corazón de oro que tengo sentado al lado—. Fuiste el primer chico, la primera persona, que me miró y no vio en mí la sombra de la reputación de mi madre. Me enseñaste que daba igual cómo fuera ella, que solo importaba cómo era yo. Creo que por eso me dolió tanto, porque tú me conocías por mí, y él, por ella.

—Y yo te pido que tú hagas lo mismo. No soy como mi padre, Asher. —Se le quiebra la voz al pronunciar la palabra «padre» y solo puedo imaginar lo decepcionado que se siente ahora mismo.

—Ya lo sé. —Le beso el hombro y murmuro—: Siento lo que hizo tu padre. Si no estuviera involucrada en la situación, a lo mejor, podría justificar sus acciones y decirte que, algún día, cuando cualquiera de los dos tenga hijos, entenderemos por qué lo hizo. Sin embargo, mentiría si te dijera que no lo odié por todas las oportunidades que nos quitó.

—Lo sé.

Nos quedamos envueltos en un silencio cómodo, en una casa que, ahora, parece un poco menos solitaria mientras los dos tratamos de asimilar estas nuevas verdades, cada uno a su manera.

—Bueno, es mucho más de lo que ambos esperábamos de un viernes por la noche, ¿no crees? —le digo, desesperada por relajar el ambiente y el profundo sentimiento de pérdida que me ha provocado esta conversación tan seria.

No lo sé a ciencia cierta, pero, por lo que parece, la riqueza y el poder no han cambiado al Ledger Sharpe que conocí una vez.

—Eso parece. —Ledger me da un beso en la coronilla que hace que me derrita un poco—. Pero, por lo menos, ya está todo hablado.

—Pues sí —murmuro y, cuando me giro a mirarlo, se me escapa un suspiro de sorpresa al notar su proximidad—. ¿Te apetece un poco de vino? ¿O algo de lo que sea que haya en esa botella? Puedo ir a por un par de copas.

Me levanto del sofá en un movimiento rápido. Siento unas ganas enormes de besarlo, pero estoy muy nerviosa, lo cual es totalmente ridículo, teniendo en cuenta que, hace unas horas, estábamos echando un polvo en el baño de un bar.

—Sí, claro. —Sus pasos resuenan detrás de mí y luego se detienen. Noto el peso de su mirada—. Una copa me iría bien.

Abro y cierro los armarios de la cocina como una loca que no sabe dónde guarda las copas en su propia cocina.

Abro el cajón equivocado para buscar el sacacorchos. Lo cierro de golpe y la cuchara de madera se mueve e impide que se cierre.

Es ridículo.

No debería estar nerviosa.

No debería parecer torpe e idiota.

No debería…

—Asher, para ya. —Ledger interviene y me sujeta las manos con las suyas. Se me acelera el corazón y el pulso me retumba en los oídos. Inclina la cabeza para que nuestros ojos estén a la misma altura—. No tengo una respuesta para lo que está pasando. No tengo ni idea de qué ocurrirá en dos meses, o incluso mañana, pero sí sé que verte otra vez me ha devuelto a aquellas noches de verano que pasé contigo. A querer verte de nuevo en cuanto me separo de ti.

—Da miedo, ¿verdad? —susurro.

Sus labios se encuentran con los míos. Mientras que el beso de esta tarde ha sido puro fuego y calor, está vez, comienza lento. Con suspiros suaves y palabras susurradas.

Su mano en mi barbilla. Los dedos enredados en el pelo de su nuca. Todo su cuerpo pegado al mío y su muslo entre mis piernas.

Besarle es una mezcla de familiaridad y novedad, comodidad y excitación, y anhelo y satisfacción.

El suave contacto de las yemas de sus dedos cuando me recorre los brazos me provoca escalofríos. La barba incipiente es áspera bajo la palma de mi mano.

—Ledger. —Interrumpe su nombre con un beso.

—¿Mmm?

Me da un tirón suave del labio inferior.

—¿Qué hacemos?

—Besarnos. —Me introduce la lengua entre los labios.

—¿Pero qué…? —Me estremezco cuando mete las manos debajo de la camiseta y las sube por la piel desnuda de la espalda.

Nos separamos y él me mira con una sonrisa engreída. El deseo le ha oscurecido los ojos.

—Te estoy demostrando que la próxima vez lo haré mejor.

Río. Me encanta oírlo.

—En ese caso… —le digo; tomo las riendas y vuelvo a besarle.

En este turno, vamos despacio, sin prisas. Es una clase magistral de tomárselo con calma. De hacer que cada segundo cuente en lugar de pasar rápidamente al siguiente.

Baja por la línea del cuello sin dejar de besarme y solo se separa de mi piel cuando me quita la camiseta por la cabeza.

La suya termina en el suelo, junto a la mesa de la cocina. Yo me sacudo la falda en alguna parte cerca del recibidor. Él se quita los zapatos a puntapiés en el pasillo, a unos metros uno del otro. Nuestro *striptease* continúa hasta que nos detenemos en la oscuridad de mi habitación y solo se filtra un rayo de luz de luna por la ventana.

Doy un paso atrás para verlo, no quiero que se me escape ningún detalle de él y sé que él quiere lo mismo de mí.

Para saber que esto es real.

Para entender lo lejos que hemos llegado en tan pocas horas.

Nos quitamos las últimas capas de ropa sin apartar la mirada de los ojos del otro. Desnudarse física y emocionalmente es una sensación muy extraña.

¿Pero, sentirse así no va en línea con lo de esta noche?

Soy la primera en romper el contacto visual. Recorro con la mirada cada borde esculpido de su físico. Los hombros, bíceps y abdominales hasta llegar a la «V» tan *sexy* de sus caderas. Y, después, está el pene, duro e hinchado, situado sobre un par de muslos musculados. Menos mal que ya sé lo que se siente o me preocuparía que pareciera demasiado bueno para ser real.

Cuando vuelvo a recorrer su cuerpo de abajo arriba, me encuentro con una sonrisa arrogante que me pregunta si me gusta lo que veo.

Oh, sin duda.

—Eres deslumbrante —murmura después de evaluarme lánguidamente. Y, luego, se acerca a mí, me recorre los costados con las palmas de las manos, me agarra el trasero y nuestros labios vuelven a encontrarse—. Sencillamente deslumbrante.

Lo anhelo. Por el control de sus caricias. Por los suaves rasguños de su barba. Por el calor de su cuerpo cuando me tumba en la cama. Por la forma en la que susurra mi nombre en la oscuridad.

Mi necesidad va en aumento. Es tan emotiva y voraz como antes, pero ahora, más respetuosa.

Sus dedos se las ingenian para colarse entre mis piernas. El gruñido que emite cuando me introduce dos es seductor ya de por sí y solo sirve para que me humedezca todavía más.

Empieza a moverlos. Despacio al principio, en sintonía con sus otros movimientos. Cierra los labios en la cima de uno de mis pechos mientras introduce y saca los dedos. Es un ritmo suntuoso, como el de nuestros besos, y me eleva hasta un estado de excitación agudizado en el que el orgasmo está en la periferia, casi al alcance, pero no lo bastante cerca.

—Abre las piernas, Ash —me susurra al oído antes de mordisquearme el lóbulo—. Deja que admire lo que antes he follado hasta perder la cabeza. Lo que he dejado dolorido. —Desliza la lengua por la curva de mi hombro—. Deja que te lo bese para hacerte sentir mejor.

Las palabras son inesperadas, pero, a la vez, muy esperadas. Es un hombre que siempre lleva el control. Está acostumbrado a que obedezcan sus órdenes. A enfocarse en su objetivo.

Y mentiría si dijera que no me pone.

Así que hago lo que me pide mientras se coloca en cuclillas entre mis muslos.

Respira con fuerza cuando me ve y me recorre la parte interior del muslo, de manera lenta y suave con las manos.

La necesidad que sentía hace un momento ahora es como un fuego fuera de control.

Con la boca, sigue el camino que traza con las manos, me besa desde la curva de la rodilla hasta la parte de arriba del sexo. Y, cuando me besa allí, cuando se desliza de arriba abajo y noto la calidez de su lengua, todo mi cuerpo convulsiona de placer.

Inhala por la nariz.

—Joder, me encanta cómo hueles —susurra antes de cerrar los labios alrededor del clítoris. Lanzo un gritito de sorpresa y lo agarro del pelo—. Cómo sabes —murmura contra mí para que sienta las vibraciones antes de volver a ponerse en cuclillas—. Cómo me haces sentir. —Con el labio inferior entre los dientes, alinea la polla en mi entrada y me embiste.

«Más».

Es lo primero que pienso.

Es ávido y vulgar, pero es la verdad. Me he sentido así hace solo unas horas, me siento así ahora mismo y sé que, muy pronto, volveré a desearlo de este modo.

Pero, cuando empieza a moverse, soy incapaz de pensar en nada más y solo puedo centrarme en lo bien que me siento cuando la punta de su miembro causa fricción contra todos y cada uno de mis nervios.

—Ledger —gimo cuando me abruma un placer cada vez mayor.

Vuelve a besarme y el movimiento hace que se introduzca todavía más en mí. Su lengua y sus labios se adueñan de mi boca del mismo modo que su polla hace conmigo.

—Muéstrame lo que te haces —murmura contra mis labios—. Enséñame a complacerte Ash, quiero saber cómo. —Me coge de la mano y me la sitúa entre los muslos—. Muéstramelo. Espero sentir vergüenza cuando se aparta para ver cómo me acaricio el clítoris con los dedos. Al principio, lo hago despacio. Con torpeza al sentirme observada. Sin embargo, el gruñido que se le escapa y la forma en la que se lame el labio inferior con la lengua me animan.

Y, cuando empieza a moverse otra vez, cuando su pene de tamaño considerable comienza a embestirme, me olvido de que me está observando y me pierdo en su ritmo en el interior, y en el de mis dedos en el exterior.

Mi cuerpo se eleva con las sensaciones. Pedazo a pedazo. Centímetro a centímetro. Embestida a embestida.

Se me acelera la respiración, se me tensan los músculos, arqueo la espalda y contraigo los dedos de los pies.

—Ash. —Mi nombre no es más que un jadeo en sus labios.

Me acerco cada vez más. Y, justo antes de dejarme llevar, cuando me contraigo alrededor de él y estoy a punto de caer en un olvido maravilloso, Ledger me agarra de la nuca y me obliga a hacer lo que él ordena:

—Mírame.

Y lo hago.

Unos ojos de color ámbar se cruzan con los míos. Están nublados por la lujuria y la determinación y todo lo que hace que Ledger sea él.

Solo Ledger.

El orgasmo me golpea como un tsunami. Con fuerza, rápido e implacable. Fluye a través de mí y, por el camino, llega a todas partes. Decae durante un instante y vuelve para destrozarme los sentidos, esta vez, algo más suave que la ola anterior.

Estoy perdida en la calidez, en la oleada, cuando los dedos de Ledger me aprietan las caderas y su gruñido resuena por la habitación. He recuperado bastantes facultades para ser capaz de abrir los ojos y apreciar algo que no pude permitirme antes en el bar de Connor: una vista gloriosa de Ledger Sharpe perdiendo el control. Soy testigo de lo que le hago y me siento poderosa.

Me besa otra vez con suavidad, con el deseo saciado por el momento, antes de dejarse caer encima de mí.

Recibo de buena gana la mitad del peso de su cuerpo. Le recorro la línea de la columna perezosamente con la mano y el corazón nos late contra el del otro.

«No tengo ni idea de qué ocurrirá en dos meses, o incluso mañana, pero sí sé que verte otra vez me ha devuelto a aquellas noches de verano que pasé contigo».

Sonrío con suavidad, porque esas serán las palabras por las que me guiaré, serán el mantra que repetiré.

—Supongo que tienes razón.

Noto como su boca se curva en una sonrisa contra mi hombro.

—¿Sobre qué?

—Esta vez, sí que lo has hecho mejor.

Cuando se inclina hacia atrás para mirarme, su sonrisa es deslumbrante.

Capítulo 17

Asher

La espalda ancha de Ledger ocupa todo el marco de la ventana y bloquea la luz de la mañana que entra a la cocina. El vapor de su taza de café asoma en espirales por encima de sus hombros.

Lo observo mientras contempla la granja y los campos. La niebla matutina serpentea a través de las filas de lavanda.

¿Cómo hemos llegado hasta aquí?

No dejo de pensar en que, cuando sacuda la cabeza, lo de anoche y esta última semana no serán más que un sueño. ¿Cómo pueden haber pasado quince años y seguir sintiendo una conexión con alguien tan fuerte como la nuestra?

Sentir que conoces a una persona cuando, en realidad, ya no sabes mucho sobre ella es la sensación más rara de mundo. No tienes ni idea de lo que le gusta y lo que no. Cómo toma el café. Qué come cuando asalta la nevera por la noche. Qué música escucha. Sus aficiones o la compañía que frecuenta. Cómo es después de tener un mal día.

Cosas que antes sabía del hombre que tengo delante, pero que, ahora, me parecen un completo misterio.

Y, sin embargo, ninguna de esas cosas importó anoche. Ni tampoco ahora mismo, debo disfrutar del momento en lugar de analizarlo en exceso.

No sé lo que esperaba que ocurriera después de esta noche tan increíble, pero despertarme a su lado, verlo en mi cocina, no era una de las opciones.

—Os habéis expandido bastante —comenta y, después, sisea cuando el sorbo de café que acaba de dar le quema la lengua—. No recuerdo que en aquellas laderas tuvierais lavanda.

—Hubo un incendio hace unos seis años —le digo cuando se gira a mirarme. Tiene mucha facilidad para hacerlo en el momento indicado y demostrarme que me escucha—. La casa se salvó, pero perdimos casi todo lo demás. La lavanda. Maquinaria. Herramientas. Coches.

—No tenía ni idea, lo siento.

Me encojo de hombros y le doy un sorbo al café, recordando la destrucción y la carga que supuso para el abuelo. La manera en la que, después de aquello, me pareció que envejecía muy deprisa.

—Fue un desastre. La lavanda quedó arrasada y, de algún modo, el calor del fuego provocó que las semillas de una especie invasora, llamada «malva», se abrieran y comenzaran a crecer.

—¿Semillas? ¿De dónde salieron? —Da unos pasos en mi dirección.

—Lo aprendimos por las malas. Al parecer, pueden estar latentes bajo tierra durante años, y el calor extremo, como el que provoca un incendio, puede hacer que absorban agua, se abran y empiecen a crecer. —Sacudo la cabeza al recordar la desesperación del abuelo—. La malva invadió los terrenos. Comenzó a robarle los nutrientes del agua a las semillas de lavanda nuevas que intentábamos cultivar. Empezaban a crecer y, después, se marchitaban. Lo intentamos todo, pero, al final, tuvimos que utilizar herbicidas.

—Eso significa que la tierra quedó envenenada y no podía crecer nada en esa parte durante cierto tiempo, ¿no? —pregunta.

—Me impresionas —bromeo—. ¿Cómo es que un hombre que vive en una jungla de asfalto conoce los herbicidas?

—Tenemos una casa familiar en Sag Harbor y tuvimos que utilizarlos allí.

Pues claro que tiene una casa allí. Otro pequeño recordatorio de que vivimos en mundos totalmente diferentes.

—Entonces, entenderás por qué no pudimos plantar en los campos que teníamos. No nos quedó más remedio que comprar otros terrenos. —Señalo las laderas a las que se refería—. Los abuelos se estresaron mucho cuando tuvieron que pedir una segunda hipoteca sobre la casa para poder pagarlos sin lavanda viable que cosechar y de la que sacar beneficios. Por más que intentaran ocultarlo, estaban muy preocupados.

—No me extraña.

—Tardamos dos años en levantar cabeza y volver a producir igual que antes, pero todavía notamos las repercusiones de aquel año.

—Dos años —silba—. Es mucho tiempo para vivir sin vender producto.

Asiento.

—Lo fue. Y, cómo no, el abuelo no soportaba la idea de despedir a Danny o a George, porque son como de la familia, así que los sacrificios los hizo él…

—Típico del hombre al que conocí. —Sonríe con suavidad—. ¿El seguro os ayudó?

—Un poco, pero no lo bastante como para cubrir los costes de la compra de los terrenos nuevos ni del año de espera para volver a sembrar.

—Me lo puedo imaginar, siento mucho que tuvierais que pasar por eso. —Mira por la ventana y, después, vuelve a posar su mirada en mí—. Y, ahora, es todo tuyo.

—Sí.

—¿Y qué te parece?

Le sostengo la mirada y me pregunto cómo responder. Es algo que me he preguntado a mí misma muchísimas veces durante los últimos meses.

—No es lo que me imaginaba que haría en la vida, no —le digo con una sonrisa reservada—, pero eso ya lo sabías. Por otro lado…, es a donde me ha llevado el destino. Sin duda, es una lucha constante. En especial, cuando tengo que aprender sobre la marcha sin sentirme segura de lo que hago ni de cómo hacerlo. Los Campos era la especialidad del abuelo y, aunque yo lo ayudaba cuando estaba cuidando de la abuela y me encargaba de las redes sociales, nunca me involucré en los detalles.

—Y, ahora, todo recae sobre tus hombros —murmura.

Asiento, pero me levanto de la silla de golpe y me dirijo a la cafetera, incómoda por las preguntas que, por lógica, vendrán a continuación. «¿Por qué ya no dibujas?». «¿Qué pasó con tu plan de ir a la universidad y conquistar el mundo?». «¿Por qué sigues en Cedar Falls?».

Todas son válidas de pleno derecho, pero tienen respuestas que me harían revelar demasiado. Que Asher Wells, y la familia Wells, en general, es más pobre ahora que por aquel entonces, cuando su padre nos acusó justo de eso. Lo último que quiero que sepa es que lo estoy pasando mal y que puedo perder tanto la granja como la casa si no conseguimos una buena cosecha este año. Que estoy haciendo todo lo que está en mi mano para ponerme al corriente y descubrir cómo reinventar la rueda para poder sacar beneficios y mantenernos a flote.

Sin embargo, no pregunta, no husmea y, aunque agradezco que no lo haga, me planteo en qué piensa. «¿Qué ve cuando me mira, aquí en mi cocina, tan temprano?».

«¿Se arrepiente de haber venido anoche?». «¿Está siendo educado al tener esta conversación, aunque, en realidad, quiere irse?». «¿Lo de anoche fue tan increíble para él como para mí?». Porque lo fue, pero, ahora, estamos volviendo a la realidad y ¿qué demonios hacemos ahora?

Las preguntas que no le hago, junto al peso de su mirada en mi espalda, me ponen nerviosa de repente.

—Y hablando de pesos que recaen sobre nuestros hombros, estoy segura de que tú también tienes muchas cosas que hacer. No te sientas obligado a quedarte por mí —divago mientras coloco el filtro del café, cojo la esponja para limpiar la encimera y enderezo los paños de cocina. Cualquier cosa con tal de mantener las manos ocupadas.

—¿Asher? —La voz suena más cerca de lo que esperaba. No le he oído moverse.

—¿Mmm? —le pregunto mientras me dirijo a la nevera.

Me rodea la cintura con un brazo para evitar que avance.

—Lo estás haciendo otra vez —comenta.

—¿El qué?

—Ponerte nerviosa.

Levanto la cabeza para mirarlo a los ojos. Tiene razón. Me comporto como un perro callejero que tiene miedo a todo. Yo no soy así.

—Es que no se me dan muy bien las mañanas de después —digo al final.

—¿No?

—No. —Sonrío para cubrir las mejillas sonrosadas—. De hecho, no lo hago nunca...

Ladea la cabeza y me estudia el rostro.

—¿Qué quieres decir?

Puedo ver el momento en el que entiende lo que quiero decir. Que no soy de las que tienen compañía por la noche. Juro que levanta un poco más la cabeza y saca pecho.

—¿Soy el primero que pasa la noche aquí?

—Hasta hace unos meses, no vivía sola exactamente. —El abuelo se habría muerto de la vergüenza si hubiera entrado en la cocina y se hubiera topado con un hombre cualquiera despeinado y tomándose un café. Y creo que yo también. Después de la conversación que tuvimos el otro día con la abuela, me atrevo a decir que no hubiese quedado por ella.

Ledger sonríe todavía más.

—Así que, ¿esto te incomoda? ¿Que esté aquí, me beba tu café y quiera charlar contigo?

—No es que me incomode. —Intento dar un paso atrás, pero Ledger me sujeta para que no me mueva y arquea las cejas como si me dijera que no está satisfecho con mi respuesta—.

161

Es solo que… No sé lo que significa esto ni cómo termina ni… Lo que sea.

Estira el brazo y me coloca un mechón de pelo detrás de la oreja.

—Bueno, esto, o lo que sea, significa que hemos pasado una buena noche. El hecho de que no haya salido a toda prisa es una buena señal. Significa que me gustaría verte otra vez.

—¿Ibas a preguntarme algo? —bromeo a pesar del alivio ridículo que siento al oír sus palabras.

—Para nada. —Me da un beso casto en los labios—. Y así es como va a acabar, me voy a terminar la taza de café y, después, me iré a trabajar, porque tengo que averiguar nuevas y creativas formas de besarle el culo al alcalde Grossman…

—Te lo advertí.

—Pues sí. —Asiente—. Y, cuando salga por esa puerta roja de ahí, los dos pasaremos todo el día pensando en la noche tan increíble que hemos pasado mientras intentamos borrarnos la sonrisa de idiotas de la cara… Sonrisas que la gente se preguntará a qué vienen. Más tarde, volveremos a hablar y veremos qué nos parece vernos otra vez. Tan sencillo como eso.

—¿Qué? ¿Eso quiere decir que no vamos a seguir la regla de esperar tres días antes de llamar?

—Creo que ya hemos cubierto el cupo con quince años.

Río.

—¿Tengo que preocuparme por el hecho de que esto sea algo que te conozcas al dedillo porque lo haces mucho?

—No mucho, no.

Le sostengo la mirada y odio que me irrite la idea de imaginarle de pie en la cocina de otra, tomándose el café de la mañana. Es ridículo. Pues claro que lo ha hecho antes. Es extraordinariamente guapo, rico y educado.

—Un partidazo —murmuro en voz alta antes de darme cuenta de que lo he hecho.

—¿Un partidazo?

—Sí. Seguro que eres perfecto para todas esas mujeres de la alta sociedad de Park Avenue en Manhattan.

«Lo que yo aspiraba a ser una vez».

—Oye, no hagas eso. La cara que has puesto ya me ha dicho demasiado. —Que no soy lo bastante buena para él. Que no encajo en su mundo. Que su padre tenía razón. Me da el beso más tierno del mundo en los labios y apoya la frente contra la mía—. No me importan las mujeres de la alta sociedad de Manhattan, Asher. Esas son perfectas por fuera, y aburridas por dentro. Prefiero que las cosas sean un poco más complicadas, un poco más reales y con más historia. —Suspira y se inclina hacia atrás, me examina el rostro para asegurarse de que lo haya oído. Cuando está satisfecho, me acaricia el labio inferior de un lado a otro con el pulgar—. Oye, de verdad, me tengo que ir a trabajar.

—¿Así que esta es la parte en la que me das un beso de despedida?

—Es un trabajo difícil, pero alguien tiene que hacerlo —murmura segundos antes de posar los labios sobre los míos. El beso es una mezcla perfecta entre suave y exigente. Es evidente que él lleva el control, del ángulo, de la intensidad y de la duración, y, de algún modo, los tres se le dan a la perfección.

Cuando termina, se dirige a la puerta y se detiene para volverse hacia mí. Una sonrisa torcida le cubre los labios.

—Ahora es cuando empiezas a pensar en mí todo el día.

Capítulo 18

Asher

—«¿Nos vemos en Bear Valley?». ¿Eso es todo? ¿Después de hacer que todo Cedar Falls hable de lo de anoche, ese es el mensaje que me envías? —dice Nita cuando se reúne conmigo en la acera en la que he estado esperándola.

—Ha funcionado, ¿no? —Le doy un abrazo rápido—. Has venido.

—Pues sí. Has tenido suerte de que la niñera estuviera disponible hoy, si no, te habrías quedado esperando aquí con una sonrisa engreída para siempre.

—Recuérdame que le dé las gracias.

—Hecho.

—Y que le den a la gente por hablar. —Me encojo de hombros mientras comenzamos a andar despacio por la acera. Y lo digo de verdad. Me niego a dejar que sus estúpidos cotilleos influyan de forma negativa en lo que pasó anoche—. Por lo menos, esta vez, los cotilleos son por algo que me he ganado.

—Cierto —afirma y me da un empujoncito—. Entonces...

—Entonces... —Me quedo con ella—. ¿Me atrevo a preguntar qué dicen los cotilleos?

Nita se ríe.

—Wayne tiene curiosidad por saber cómo es posible que un hombre dure tanto.

¿Wayne? «El hombre que llamó a la puerta del baño en el bar de Connor».

—Pues me compadezco de la mujer de Wayne.

—Sí, ¿verdad? Y Judy Jensen se queja de que hayas sido tú la que se ha ligado al soltero nuevo, rico y disponible del pueblo, cuando es evidente que ella puede ofrecerle más que tú.

—Que le den —le respondo mientras señalo una camiseta muy mona expuesta en un escaparate.

—Eso mismo he pensado yo —dice Nita e inclina la cabeza para mirarla.

Nos dedicamos a mirar escaparates. Es lo nuestro, nuestra forma de pasar tiempo juntas y relajarnos. Cuando tienes problemas económicos, no puedes hacer mucho más, así que hemos creado esta rutina en la que vamos de un lado a otro y paseamos mientras hablamos.

—No —dice al final, y pasamos al próximo escaparate—. Ese color no me favorece.

—¿Y Carson? —Hago una mueca—. Tengo que llamarlo y pedirle disculpas.

—Está bien. —Pone los ojos en blanco y me da un golpe en el brazo—. Volvió a entrar en el bar. Un minuto intentaba curarse el ego herido y, al siguiente, mentía sobre cómo había dejado inconsciente al tipo, esto…, a Ledger.

—Cosa que, por cierto, no pasó, pero, si la gente se lo cree, también debería creer que yo solo intentaba que recobrara la consciencia, haciéndole el boca a boca —respondo con falsa modestia, batiendo las pestañas.

Nita rompe a reír.

—Si quieres mi opinión, creo que todas las mujeres del pueblo están celosas de ti, así que, sigue a lo tuyo, porque, ¿sabes qué? Que les den.

—Ahí no te voy a llevar la contraria.

—Así que, como sí que hay cotilleos y sí que desapareciste en el bar, ¿puedo suponer que resolvisteis vuestras diferencias? —Se inclina para mirar de cerca un colgante con un diamante en el escaparate de la joyería.

—En pocas palabras, sí.

—Y las respuestas que buscabas fueron satisfactorias y pasó algo más que solo unos besos…, según Wayne, vaya.

Río y señalo un anillo de diamantes amarillo que brilla.

—Wayne tiene razón, sí, pero eso ya lo sabías.

—¿Qué te hizo cambiar de opinión? O más bien, ¿qué te hizo inclinar la balanza a su favor?

—Decidí que, a lo mejor, esto es lo que necesito ahora mismo. A él. Que me estoy metiendo en lo que sea esto, sabiendo que él tiene su vida, y yo, la mía, y que se irá en dos meses.

—Así que, ¿quieres disfrutar del tiempo que tienes, sin expectativas?

—Sí.

—Muy maduro por tu parte.

—O estúpido —musito.

—Solo es estúpido si te olvidas de proteger tu corazón. Algo que, debo añadir, se te da bastante bien.

Por lo menos, en esto cuento con su voto de confianza.

—Ay, mira. —Me tira del brazo para entrar en una herboristería. Hay jabones y lociones, y otras miles de cosas para oler y probar y admirar—. Es el paraíso de los mimos.

Me quedo embelesada por la mezcla de olores, la decoración y el empaquetado de los productos. Elijo una caja y huelo la vela que hay en su interior.

—Sí que es el paraíso.

—Me compraría uno de cada.

—A mí me vendría muy bien. —Una mujer de ojos amables, que sonríe de oreja a oreja, se acerca a nosotras . Soy Sarah, la propietaria y la que se encarga de todo por aquí. Avisadme si tenéis alguna pregunta. Todos los productos son locales y están hechos en mi garaje —añade.

—Vaya, eso está muy bien. —Nita toma otro tarro de muestra y lo huele.

—Gracias. Me despidieron de la empresa en la que trabajaba y me costaba llegar a fin de mes, así que, recurrí a lo que mejor se me daba para salir del apuro: hacer jabones y aceites.

Es algo que me enseñó mi abuela cuando era pequeña. Era lo que hacíamos para pasar tiempo juntas, ¿quién me iba a decir que sería lo que permitiese salir adelante?

—Es genial que a veces pase eso —le digo—. Felicidades. A juzgar por la cola que hay en la caja y la pila de paquetes que tienes preparada para que la recoja la empresa de reparto, parece que tomaste la decisión correcta.

—La verdad es que sí. —Sara contesta y se aleja para responder a la pregunta de un cliente.

—Voy a comprar algo y llevárselo a la abuela cuando vaya a verla después —afirmo. En menos de diez minutos, ya tengo el regalo que he elegido para ella y salimos de la tienda.

—Tendré que volver aquí.

—Lo sé, es un tesoro escondido.

—Deberías decirle que cultivas lavanda —comenta Nita—. A lo mejor, podrías hacer un intercambio: lavanda por productos gratis.

—No me importaría —le respondo. Miro por encima del hombro para fijarme en el nombre de la tienda, por si acaso necesito saberlo más adelante.

—En fin, ¿qué hacemos aquí?

—¿Además de pasar un rato de chicas?

Entrecierra los ojos y me mira fijamente.

—¿Qué estás tramando?

Le señalo la *boutique* pequeña que hay al final de la calle.

—He oído que esta semana están de rebajas.

Nita arquea las cejas.

—Mira, no iba a preguntarte detalles de lo de anoche…

—Sí que lo ibas a hacer.

—Vale, sí —ríe—. Tienes razón. Pero, si estamos haciendo novillos solo para comprarte lencería, no tengo ni que preguntar.

—Lencería no. —Entrecierra los ojos como si intentara entenderme—. Aunque necesito sujetadores y bragas mejores.

—Fue tan bueno que vas a por el segundo plato, ¿no?

—O a por el cuarto o el quinto. —La miro de refilón justo a tiempo para pillarla con la boca abierta en forma de «O» por la sorpresa—. Así que sí, necesito algo más que no sea sujetadores sencillos y bragas aburridas.

—A eso se le llama «lencería». —Suelta una carcajada—. La lencería es más que medias con liga y trozos de encaje, Asher, aunque estoy casi segura de que a Ledger no le importaría que los añadieras también a tu repertorio.

Pongo los ojos en blanco mientras cruzamos la calle.

—¿De verdad no me vas a preguntar nada sobre anoche?

—Ay, cielo, pues claro que lo voy a hacer. Quiero todos los detalles. Quiero saber si es bueno en la cama, cuántos orgasmos tuviste. Y el tamaño y la forma también son detalles importantes. —Me agarra del brazo al entrar en la tienda—. Y también quiero saber todo lo demás.

Me río. No puedo evitarlo, porque Ledger tenía razón. Sonrío como una idiota.

Capítulo 19

Ledger

Nueve años antes

—Tú quédate, Ledger.

Callahan y Ford lanzan miradas furtivas en mi dirección cuando rodean la mesa de la sala de conferencias para dirigirse a la puerta. Los dos sienten la misma curiosidad que yo por saber la razón por la que nuestro padre me ha pedido que me quede mientras que ellos pueden marcharse.

Vuelvo a dejarme caer en la silla y Callahan articula la palabra «pringado» antes de sonreír y dirigirse a la puerta.

Cabrón.

Mi padre se acerca a los ventanales enormes que enmarcan la sala de conferencias. Lleva el uniforme de diario en orden: una camisa de vestir almidonada y blanca, una corbata de colores llamativos de buena calidad, los gemelos de oro que le regaló mi madre por su cumpleaños el año en el que murió y pantalones de vestir de color gris oscuro.

Lo miro con expectación y sacudo la rodilla por los nervios, parece que el cuello de la camisa de vestir me aprieta cada vez más. Y espero.

Nadie mete prisa a mi padre. Él habla cuando le parece y, cuando lo hace, más vale escucharlo.

—No ha sido lo bastante buena —afirma en tono calmado, todavía de espaldas a mí.

«¿De qué narices está hablando?».

—¿Papá? ¿Señor?

Se vuelve a mirarme y ladea la cabeza —igual que yo hago cuando observo a alguien—, y la expectación provoca que me suden las palmas de las manos.

—El profesor Blackman ha grabado tu presentación para que la vea.

¿Ha hecho que graben mi presentación de prueba para criticarla? ¿Qué cojones le pasa? ¿Hay algún sitio al que no pueda llegar su influencia? ¿Conoce hasta a mi profesor en Wharton? La madre que me parió.

—¿Conoces a Blackman?

Se toma su tiempo para responder y se le crispa un músculo en la mandíbula.

—El mundo es un pañuelo, Ledger. Será mejor que lo tengas presente.

Ahora que ya casi se me ha pasado la conmoción, empiezo a arder de ira.

—¿A qué te refieres con que «no ha sido lo bastante buena»? Blackman la calificó de excelente. El contenido, la presentación y la exposición. —Soy el mejor de mis compañeros. El primero de la puta clase. «¿A qué coño se refiere con que no ha sido lo bastante buena?».

—Yo te habría despedido. —Mi padre se encoge de hombros con indiferencia, como si no acabara de hacerme pedazos—. Ha sido poco rigurosa y muy dispersa. Tienes que trabajar más las cifras y ser más autoritario. —Da unos pasos hacia mí e intento mantenerme estoico a pesar de que sus palabras me han dejado destrozado—. ¿Qué te he dicho siempre?

—Márcate un objetivo. Cúmplelo. Cambia las reglas del juego y vuelve a empezar —repito el mantra que me ha grabado a fuego en la cabeza.

—Bien. —Asiente y se cruza de brazos a unos metros de mí—. Dime qué objetivos tienes ahora.

Por un momento, me cuesta dar con ellos.

—Graduarme en Wharton. Ocupar un lugar en Sharpe, a tu lado.

—¿Y después?

—¿Después? —pregunto.

—Sí, después. ¿Cuál será tu próximo objetivo? —Si alguien oyera nuestra conversación, pensaría que estamos hablando de un tema sin importancia. Solo mis hermanos y yo sabemos que el tono que emplea significa todo lo contrario. Se está enfadando.

«Pues yo también».

¿Por qué no está interrogando también a Ford y Callahan? Por el amor de Dios, Callahan dejó la carrera en Wharton y ahora trabaja en nuestra empresa. ¿Por qué no le pide a él que se marque objetivos nuevos? Y Ford está demasiado ocupado siendo Ford, pasando desapercibido sin la presión de ser el mayor ni la facilidad de ser el menor.

—Después de eso, hijo, ¿qué harás? ¿Me quitarás la empresa? ¿Te centrarás en expandirnos internacionalmente? ¿Conseguirás salir en la revista *Forbes* antes de los cuarenta? ¿Perpetuarás el apellido familiar? ¿Qué harás?

—Sí, papá. Haré todo eso —tartamudeo.

—No es suficiente, Ledge. —Su voz aumenta una octava—. No para ti. ¿Quieres deshonrar el apellido Sharpe con tu actitud liberalista? Mi primogénito. Mi protegido…

—Callahan ya trabaja aquí. Y Ford lo hará pronto. —Me levanto de la silla de un empujón. Necesito moverme, recorrer la sala. No estar sentado mientras él me mira desde arriba—. ¿También has tenido esta charla con ellos? ¿También les has exigido que te expliquen sus objetivos?

—No. —Vuelve a sonar relajado y eso hace que me ponga furioso.

—¿No? ¿Y se puede saber por qué?

—Controla el tono.

Me pellizco el puente de la nariz y me muerdo la lengua para no replicarle. Cuando me doy la vuelta, espero que vea el amor y la frustración de mi mirada. Las ganas de complacerle, pero también, de forjar mi propio camino. Que le respeto a él, aunque no la manera que tiene a veces de abordar los asuntos.

—Te pido esto, hijo, porque sé que eres capaz. Te lo exijo porque solo la perfección es suficiente. —Suaviza el tono de voz por primera vez en la conversación—. Los tres sois mi legado, pero tú, hijo…, tienes algo especial que no pueden comprar ni el dinero ni la educación. Quiero que defiendas el nombre de Sharpe como yo no he podido hacerlo nunca.

Odio que las emociones me anuden la garganta mientras asiento a modo de respuesta.

—Quiero que los lunes por la mañana me presentes un informe completo: tus próximos objetivos semanales y los cerrados la semana anterior. La estructura y la planificación son la base del éxito.

—Sí, señor.

Se acerca hasta donde me encuentro, me pone una mano en el hombro y aprieta.

—No hemos trabajado tanto ni mejorado tanto tu actitud para que quedes segundo, hijo. —Cuando me mira, hay tanto orgullo en su mirada que me duele el pecho.

¿Que es un cabrón y es jodido trabajar para él? Sin duda.

¿Que es un perfeccionista llevado al extremo? Claro que sí.

¿Que nos quiere a los tres de manera incondicional? Sí, a cada uno a su manera.

Entonces, ¿por qué sus elogios me forman un nudo en la garganta?

Porque es mi ídolo. Porque, cuando tu ídolo te critica, es muy difícil no sentirte abrumado.

—No te defraudaré, papá.

Asiente y me da unas palmaditas en la espalda.

—Las expectativas son algo curioso. Pueden hundirte o hacerte brillar. ¿Cómo reaccionarás tú?

Capítulo 20

Asher

—¿Abuela? ¿Estás despierta?

Llamo a la puerta de su habitación y la abro para comprobarlo yo misma.

Está recostada en la cama con los ojos cerrados, como si durmiera. El cabello le dibuja un halo plateado alrededor de la cabeza y tiene la piel inmaculada, incluyendo las arrugas, que señalan una vida bien vivida. Mi preciosa abuela.

Ha tenido un par de días duros, por lo que me alegra que esté descansando. Para no molestarla, entro en la habitación de puntillas con un ramo de lavanda fresca para reemplazar el que se marchita en el alféizar de la ventana, igual que hago cada pocos días.

—Asher, has venido.

Cuando me giro a mirarla, una de sus sonrisas asimétricas y amplias le cubre el rostro.

—¿Pensabas que iba a desperdiciar la oportunidad de pasar un rato con mi persona favorita?

—El abuelo era tu persona favorita —afirma, y ni siquiera intenta esconder las lágrimas que le brotan de los ojos—. Te daba golosinas a escondidas, te dejaba comer helado para almorzar y llamaba al colegio para avisar de que estabas enferma y luego te llevaba de pesca. Nunca pude competir con todo eso.

—No tenías que hacerlo. —Me siento junto a ella y le doy un beso en el dorso de la mano—. Tú me preparabas tratamientos de *spa* en el baño, dejabas que me sentara en la enci-

173

mera mientras preparabas tartas y me abrazabas siempre que había tormenta.

—No quiero estar triste, Ash. Cuéntame algo bueno.

—Bueno... Puede que esté saliendo con alguien.

—El señor guapetón. —Me mira a los ojos y asiento—. Cuando vino el otro día, percibí que pasaba algo. Ya sabes que nunca pudiste ocultarme ningún secreto.

—Supongo que no.

—Es por cómo te miraba. Las palabras pueden mentir, pero las miradas no. —Sabiduría de la abuela en estado puro—. Me resultó familiar. ¿Era amigo tuyo en el instituto?

Asiento y espero que no se dé cuenta de la mentira. Las palabras de Maxton de aquella noche no solo me hicieron daño a mí, también destrozaron a los abuelos. Me lo contó el otro día cuando le pregunté qué recordaba de aquello. Solo hablar de ello la inquietó. Lo último que necesito es disgustarla, ya ha sufrido bastante estos últimos meses.

—Algo así.

—¿Y te trata bien?

—Sí, pero, de momento, solo nos estamos conociendo. Nada más.

—Ajá —lo dice de forma que es evidente que no me cree.

—¿Quieres salir un rato? Podemos pasear por los jardines y tomar el aire.

—No. —Me da unas palmaditas en la mano que tengo posada sobre la suya—. Hoy estoy demasiado cansada. Me duele todo. —Bosteza—. Lo siento.

—No te preocupes. —Le doy un beso en la frente—. Me voy y te dejo descansar.

—Mmm. —Sonríe con dulzura y se le empiezan a cerrar los párpados—. Me he acordado de una cosa sobre aquella noche. Sobre la que me preguntabas el otro día.

—Ah, ¿sí? —No creo que pueda decirme mucho más, ya que su versión de los hechos fue, básicamente, palabra por palabra lo que yo recordaba.

—Cuando tu abuelo entró en casa después de hablar con aquel… hombre tan horrible, llevaba algo en la mano. Un sobre marrón.

—¿Qué contenía?

—Esa es la cosa, el abuelo me dijo que no era nada. Que solo importabas tú. Nunca lo volví a ver.

Me quedo junto a ella hasta que su respiración empieza a regularse y se le cierran los ojos.

—¿Le puedes llevar lavanda de mi parte? —susurra con voz adormilada.

La lápida del abuelo. Quiere que le lleve lavanda a él también.

Noto que se me encoge el corazón.

—Por supuesto que sí. Prometo que siempre os llevaré lavanda a los dos.

Capítulo 21

Ledger

—No va a funcionar.

—¿Por qué no? —pregunta Hillary con las manos en las caderas y el ceño fruncido.

—Porque, si ponemos cosas de artesanos locales que ya tienen una tienda en el pueblo en el hotel, nuestra comisión les restará beneficios. Y Grossman nos acusará de robarles o de aprovecharnos de ellos o de alguna gilipollez por el estilo —respondo y suspiro con frustración.

—Pues, entonces, buscaremos a gente sin tiendas físicas. Tiene que haber algún artista local al que podamos dar a conocer, alguien que acabe de empezar o sin representación en los negocios locales.

—Es una opción. —Una opción de mierda, pero algo es algo.

—Intenta no parecer tan entusiasmado —se ríe—. Creo que merece la pena intentarlo. Podríamos abrir un establecimiento solo de alimentos de proximidad, con un nombre pegadizo, en el vestíbulo principal junto al de regalos.

—Haz que alguien se ponga a trabajar en ello y a ver qué se les ocurre. La clave es que sea de calidad.

—Como todo lo demás.

—¿Qué tal va lo de la biblioteca del colegio? —pregunto, frustrado por tener que lidiar con tonterías así. El gesto de Hillary me indica que ella se siente igual, ya que debería estar trabajando a fondo en los detalles de la construcción del resort:

176

problemas con los contratistas, cuestiones de la cadena de suministros, decisiones que tienen que tomarse sobre la marcha.

Durante la hora siguiente, Hillary se dedica a ponerme al día sobre la reunión con el inspector del distrito escolar para concretar la donación de S.I.N. y darle un lavado de cara a la biblioteca. Después, pasamos a la reunión de seguimiento con la directora de la residencia asistida. Está dispuesta a aceptar nuestra generosa aportación de un nuevo sistema de climatización y ventilación, pero, antes, faltan algunos trámites.

Es increíble lo que hace el dinero.

Aunque, por otro lado, nunca he visto lo contrario.

Todas las reuniones dan paso a otras. Problemas sindicales con el personal de nuestro resort en Aspen. La opción de compra de una propiedad en Wine Country, California, un mercado en el que llevamos años queriendo entrar. Todavía queda muy lejos, pero son muy escasas las propiedades en venta allí, así que me informo de la primera gestión con mucha satisfacción. Conflictos con la cadena de suministros en nuestro resort de las Islas Vírgenes.

Y da igual lo mucho que me suelen activar estas cosas, los detalles, las complicaciones, lo esencial de nuestro negocio, a mi mente le está costando muchísimo concentrarse esta semana.

Asher.

Jesús.

Qué mujer.

Anoche.

Esta mañana.

¿Cómo puede ser que con ella cada vez sea mejor?

Es un pensamiento muy estúpido, teniendo en cuenta que, la primera vez que estuvimos juntos, yo era un adolescente torpe... Aun así, nuestros recuerdos suelen ser mejores que la realidad. Llámalo «amnesia» o «hacerse ilusiones», pero el que tengo de ella no está a la altura de la Asher que he dejado en su casa esta mañana.

«Concéntrate, Ledge».

Ja, qué gracia.

—Estás apagando fuegos por todas partes hoy —dice Callahan a modo de saludo cuando contesta al teléfono—. Deberíamos hacer que salgas de la oficina más a menudo, al parecer, tu nivel de productividad va en aumento.

—Que te den.

La carcajada que suelta resuena por la línea.

—No, ponerte a parir es muy divertido.

—Dile a Sutton que tiene que controlarte más —suelto, refiriéndome a su mujer.

—Oh, no sé yo. Ya me gusta cómo me controla.

—Sí, sí. ¿Cuándo os vais para encargaros de lo de Japón? —pregunto por la propiedad que hemos comprado a Takashi. Callahan y su mujer viajarán hasta allí para gestionar la transición del resort.

—Después de cerrar el fideicomiso.

—Sí, perdón. Un día aquí me parecen diez.

—¿Tan mal va, eh? —Se le escapa una risita—. Por lo menos, podrás escaparte a la ciudad el mes que viene para la gala.

—Mierda. Sí, eso —respondo. Me había olvidado por completo de la gala benéfica que patrocinamos para la Asociación contra el Alzheimer desde que se lo diagnosticaron a papá—. He estado muy preocupado con todas estas gilipolleces.

—¿Te has olvidado de algo? No es propio de ti. Y yo que pensaba que estarías contando los días que te quedaban para volver a la civilización.

—Como te he dicho, he estado ocupado. —Me estiro del pelo de la nuca, confundido por el deseo repentino de inventarme una excusa para no volver. «¿En serio, Ledge?».

—O preocupado. ¿Va todo bien?

—Sí, sí, claro.

Vuelve a reírse.

—¿A qué vienen tantas respuestas de tres palabras? Es lo que te delata.

—¿Me delata?

—Sí, cuando mientes sobre algo. —Hace una pausa—. Así que, ¿qué me estás ocultando?

Sacudo la cabeza y casi le hago una peineta al teléfono. Este es el problema de tener tan buena relación con tus hermanos. Saben demasiado de ti, incluso aunque no digas ni una palabra.

—No te estoy ocultando una mierda, solo intento arreglar este desastre. Sabes lo mucho que me sacan de quicio estos trabajitos insignificantes —digo en un intento de cambiar el tema.

—Aunque es un mal necesario.

—Siempre hemos tenido que sobornar a alguien durante los proyectos nuevos de un modo u otro, ya sea reduciendo el precio de las habitaciones a algún inspector o con cualquier cosa, pero estas demandas me parecen rotundamente ridículas.

—Soborno. Extorsión. Chantaje. —Hace un sonido evasivo—. Tiene sentido. Pero la pregunta que deberíamos estar haciéndonos es: «¿crees que funcionará?».

—Solo el tiempo lo dirá, pero te juro por Dios que si hacemos todas estas chorradas y Grossman nos sigue poniendo trabas, me voy a cabrear, joder.

«Márcate un objetivo. Cúmplelo. Cambia las reglas del juego».

Sin lugar a dudas, si papá estuviera en el lugar de Grossman, nos pondría más obstáculos.

—Estoy de acuerdo. Por eso tienes que trabajar lo más rápido posible y conseguir terminarlo todo antes de que se le ocurran más ideas. Tenemos que pedirle a Harrison que vuelva a comprobar el contrato para asegurarnos de que no puedan hacernos nada más legalmente.

—Gracias, papá.

—Ahora ya sabes lo que se siente.

Ford y él siempre juran que soy igual que nuestro padre. Siempre se burlan de mí por eso.

Sin embargo, después de los descubrimientos de esta última semana, la idea ya no me sienta tan bien.

—Oye, Callahan.

—¿Qué?

—¿Te acuerdas de la última noche que pasamos aquí? ¿En Cedar Falls? —le pregunto.

—¿Te refieres a cuando a papá se le torció un negocio y tuvimos que volver a casa inmediatamente para que lo salvara? ¿Esa noche?

—Sí. —Se me contrae el pecho.

—¿Por qué?

Abro la boca y siento que la necesidad de contárselo todo —por fin, después de habérmelo callado durante tantos años— me come por dentro. Aunque no digo nada. En lugar de hablar, me levanto del asiento de un empujón y me dirijo a la ventana para mirar afuera con el puño y la mandíbula apretados.

—¿Ledge? ¿Estás ahí?

—Sí, no tiene importancia. —«No puedo hacerlo». Por mucho que quiera contárselo, no puedo arruinar la imagen que tiene de él. No puedo mancillar su recuerdo para sentirme mejor.

Igual que aquella noche y todas las repercusiones, tendré que tragármelo yo solo.

—¿Estás seguro? Porque parecía importante.

Sonrío esperando que pueda apreciarse cuando hablo.

—No es nada, solo que he pasado con el coche por ese viejo terreno en el que pasábamos el rato y nos emborrachábamos.

—¿Sigue ahí?

—Solo queda una cuarta parte, porque han construido casas alrededor, pero… —hablo sin parar sobre un terreno que no nos importa a ninguno de los dos, porque tengo miedo de que, si paro, mi hermano, mi mellizo, me notará algo en la voz que le diga lo contrario.

—Te juro que pensaba que me ibas a decir que te has encontrado con Asher y que, o bien habéis hecho buenas migas, o has descubierto que tiene seis hijos o algo por el estilo.

—Eh… —El comentario me pilla desprevenido y, por un momento, me dejo llevar por la incertidumbre.

—Tiene que ser una puta broma —dice él—. La has visto, ¿verdad?

Arrugo la nariz, quiero contárselo y a la vez no.

—Sí, he tenido un lapsus. Da la casualidad de que me la encontré en un bar.

—No se te ha olvidado una mierda. —Resopla—. Siempre has sido muy reservado cuando se trata de ella. Por aquel entonces, era como si lo fuera todo para ti y, luego, de repente, puf, ya no era nada. Como si hubiera desaparecido de la faz de la Tierra. Y ahora me dices que te has encontrado con ella, ¿y es lo único que me vas a contar? —pregunta—. Porque eso significa que ahora es feísima y has salido huyendo o que habéis follado como conejos. —No respondo nada—. ¿Cuál de las dos?

Puto Callahan. No consigo evitar esbozar una sonrisa. Odio tener tantas ganas de contárselo todo. Odio seguir queriendo mantener lo de Ash en secreto.

—Ninguna de las dos —miento.

—Ajá —lo dice como solo puede hacerlo un hermano pequeño insufrible.

—Y, para tu información, está preciosa.

—Ohh. —Más comentarios del muy imbécil—. ¿Por qué estás tan susceptible?

Su risa inunda la línea.

—¿Intentas ser un capullo?

—Solo si lo que tú haces es evadir la pregunta.

—Hablamos un rato. Decidimos quedar más adelante para ponernos al día. Eso es todo.

—Mentiroso.

—Cállate.

—Y está preciosa —responde imitando mi tono de voz.

—Lo está. Y punto.

—Cuando Ledger saca el punto, sabes que va en serio.

—Te voy a dar, Callahan.

—Anda, pensaba que le darías a ella. —Su risa resuena por la línea—. Y, oye, ¿Ledge?

—¿Qué? —pregunto irritado.

—Ahora es cuando tienes que actuar como mi antiguo yo, dado que ahora soy un cabrón casado.

—¿Actuar como tú? —Me echo a reír en cuanto lo digo, porque sé lo que va a decir. Él y su predilección por asegurar que tengo un palo metido por el culo.

—Sí. Acuéstate con ella. No trabajes tanto y vete por ahí con ella. Tus listas pueden esperar. Vive un poco fuera de tu despacho.

—Me voy, Callahan.

—Claro que sí.

Miro el reloj. A ver cuánto tarda en decírselo a Ford, y él, en llamarme.

Capítulo 22

Asher

—¿Así que esta es la parte del día en la que nos ponemos en contacto y vemos si queremos vernos otra vez? —pregunto.

—Pues sí. —«Dios, adoro su voz y cómo me envuelve»—. ¿Has tenido un buen día?

—Sí, he ordenado algunas de las pilas de papeles del abuelo y le he llevado lavanda fresca a la abuela para su habitación. Después, he vuelto y he inspeccionado la lavanda con George para saber cuánto queda para cosechar las diferentes variedades.

—¿Y cuál ha sido el consenso? —pregunta.

—Una se está acercando y a otras les faltan, por lo menos, cuatro semanas más. —Miro por la ventana cómo un coche pasa junto a la granja. El tráfico en esta carretera es contando y, efectivamente, pasa de largo—. ¿Qué tal tu día? ¿Has estado muy ocupado conquistando el mundo?

—No todo.

—¿Solo un hemisferio, entonces?

—Más o menos —ríe—. ¿Te arrepientes de algo?

La pregunta me pilla desprevenida. Nos hemos visto un par de veces desde esa primera noche, por lo que el hecho de que, de repente, me pregunte eso hace que me yerga en la silla.

—¿Debería preocuparme que me preguntes eso?

—No, en absoluto. Callahan me estuvo tocando las narices el otro día con una historia y me hizo pensar, que me llevó a plantearme si... No lo sé. Si te arrepentías de algo... De esto.

—No —puedo responder sin vacilar.

—¿No?

—¿Y tú? —pregunto.

—Claro que no.

—Uf, me alegra que estemos de acuerdo —digo con dramatismo. La afirmación va seguida de un silencio incómodo durante el cual quiero preguntarle cuándo puedo verlo otra vez, pero temo parecer… ¿Desesperada? ¿Dependiente?

—Tenía la intención de pedirte que me dejaras llevarte a cenar esta noche, pero había olvidado por completo que Hillary, la jefa de proyectos, había programado una cena de trabajo con Espies.

—¿El dueño del Resort Mountain Cedar? —pregunto refiriéndome al resort de esquí más pijo que hay entre el pueblo y Billings.

—El mismo. Estamos intentando crear paquetes exclusivos para los clientes. Gangas de lujo que no podrían conseguir en ningún otro sitio.

—De lujo —murmuro distraída.

—Sí, lujo. Sibaritismo. Un destino en el que perderte. Es nuestra marca, es por lo que se conoce a S.I.N.

—Es un lema tentador. ¿Conoces a Espies?

—No. ¿Qué debería saber? —pregunta Ledger con cautela.

—Es un tipo decente. —Estoy a punto de decirle que es un niño rico y mimado, pero imagino que sería un insulto también para Ledger, así que me contengo—. Evita hablar de caza. O de trampas. O de nada que tenga que ver con animales muertos. Desencadenarás una conversación monotemática en la que te enseñará fotos de todos los que ha matado en los últimos veinte años, acompañadas de una historia muy detallada sobre cómo los vio, disparó y despellejó.

—Eh…

—No temas, urbanita. No tienes que responder. Aquí es habitual el tema de la caza, pero Espies lo lleva a otro nivel.

—Gracias por el aviso, evitaré sacar el tema.

—Y, si intentas ganarte su favor, lleva una botella de Don Julio. Eso le alegrará.

—Tomo nota. —Su suspiro suave llena el silencio—. Siento mucho lo de… esta noche.

—No te preocupes. —Echo un vistazo al despacho—. Tengo mucho trabajo que me mantendrá ocupada.

Nos despedimos y me quedo mirando la pantalla en blanco del ordenador sin nada más que mis pensamientos.

Es lo mejor. Que tenga una reunión, que estemos separados esta noche. Que haya algo de distancia para que tengamos un poco de perspectiva.

Me río. ¿A quién quiero engañar? Lo echo de menos.

Por muy ridículo que suene, es la verdad.

—No hay mejor momento que el presente para abordar más pilas de papeles del abuelo —murmuro para mí misma.

Sin embargo, hay una idea que se me sigue rondando por la cabeza. Algo en lo que no he podido dejar de pensar desde que conocimos a Sarah en Bear Valley el otro día.

«Recurrí a lo que mejor se me daba para salir del apuro…».

Frunzo los labios y miro fijamente la noche a través de las ventanas. Las palabras no dejan de repetirse en mi cabeza. Observo las siluetas de la lavanda. La sombra oscura del granero sin terminar del abuelo. El roble hosco que destaca en el cuadrante sur.

Las ideas empiezan a surgir, rodar, tomar forma.

«Lujo».

«Sibaritismo».

«Un destino en el que perderte».

Entonces aparece una luz en la oscuridad. Una forma de hacer que esto funcione. Una forma de recurrir a lo que mejor se me da para salir del apuro.

Que le den a los papeles del abuelo.

Abro el portátil y empiezo a trazar un plan.

Los sueños que tengo son una locura. Luces colgadas de un árbol a otro. Lavanda cayendo del techo del granero para secarse.

Una fila de mesas entre las hileras de lavanda, adornadas con velas eléctricas y flores frescas tejidas. Y risas, muchas risas, que flotan en el aire de la noche.

Y amor.

Un sinfín de amor.

Me levanto de un sobresalto. El corazón me late a mil por hora, pero sigo teniendo la sonrisa que me ha provocado el sueño en los labios.

El teléfono vuelve a sonar.

Rebusco en la oscuridad, con temor a que le haya ocurrido algo a la abuela, pero el nombre que aparece en la pantalla es el de Ledger.

—¿Hola?

—Estabas durmiendo, lo siento —dice Ledger—. Me olvidaba de que eres agricultora.

—Da igual —respondo, y pongo los ojos en blanco antes de dejarme caer en la cama y envolverme con el edredón, que sigue oliendo a su colonia—. No pasa nada. Hola. ¿Qué tal la reunión?

—Ha ido bien. Ha salido el tema de la caza pero, con la ayuda de Hillary, he podido encaminar la conversación lo más lejos posible del asunto.

—Menos mal que estaba ella.

—Y que lo digas, es mi salvadora. —Parece cansado y la aspereza de su voz atrae a partes de mí, las partes solitarias a las que les gusta tenerlo cerca.

—Sin duda. —Le doy la razón con una carcajada.

—¿Qué has hecho esta noche? ¿Coquetear de manera aleatoria con tíos para ponerme celoso? ¿Correr desnuda por Main Street y, así, empezar más cotilleos? ¿Pensar en mí?

Sonrío todavía más; el gesto parece ser algo habitual cuando hablo con él.

—Todas las anteriores.

—Lo que imaginaba —ríe—. Me alegra que no hayas cambiado.

—Nunca.

Pero sí que lo he hecho. Con los años, han cambiado muchas cosas.

Trozos de vida que no importan. Sucesos que me han transformado. Una soledad que no podría expresar nunca con palabras.

Cae el silencio entre nosotros.

—Cuéntamelo, Ash —murmura—. Dime por qué renunciaste a tu sueño de mudarte a la ciudad. Cuéntame todo sobre los chicos que te han roto el corazón…, cuéntamelo… todo.

—Eso es mucho pedir.

—Puede, pero quiero saberlo.

Así que, le hablo sobre la universidad, sobre el ictus de la abuela, sobre cómo tuve que cuidar de ella y cómo nos quedamos sin dinero y no pude volver.

—Renunciar a tus sueños por cuidar de ella fue mucho sacrificio —dice sin juzgarme.

—Sí, pero, cuando solo te han querido dos personas durante toda tu vida, no dudas en hacerlo, ya que ellos han sacrificado muchísimo por ti.

Hay una pausa breve y, entonces, se aclara la garganta.

—Tres personas. Yo también te quería, Asher.

La afirmación hace que se me llenen los ojos de lágrimas. Tal vez, me siento muy vulnerable al hablar de todo esto porque me resulta mucho más fácil cerrarme en banda. Cuando no te quiere ni tu propia madre, es difícil abrirse para que te hagan más daño.

—No te quedes callada ahora, no salgas huyendo.

—Estoy aquí. —«Yo también te quería». En pasado. No sé por qué me afecta tanto, pero lo hace—. ¿Qué más querías saber? Ah, sí. Mi vida amorosa. —Me responde con un suspiro hondo—. Que conste que me has preguntado tú —le advierto.

—Empiezo a pensar que no debería haberlo hecho —ríe.

—No te preocupes. No han sido muchos y tampoco nadie significativo si es lo que quieres saber. Un par de turistas, algunos locales…, pero ninguno duró más que unos pocos meses.

—¿Está mal que me alegre?

—¿Quieres decirme que esperabas que me acostara con cualquiera? —bromeo.

—No. No es... No he dicho...

—Relájate, Ledger. Solo me estoy quedando contigo.

—Qué manera de meter la pata, Jesús —ríe por la nariz—. ¿Por qué solo unos pocos meses? ¿Es porque eres muy exigente o porque te gusta conocerlos, pero no lo que viene después?

«Es porque ninguno me hizo sentir igual que tú».

—Un poco de ambas —le miento—. En primer lugar, no es fácil salir con alguien si recuerdas que se sacaba los mocos en tercero y se los limpiaba en tu pupitre.

—Joder —ríe.

—Las consecuencias de vivir en un pueblo pequeño. Y, a decir verdad, no soy la persona más adecuada para presentara mamá y papá. No tengo padres, hasta hace poco vivía con mis abuelos y la mayoría de los hombres no soporta que piense por mí misma y diga lo que creo. Al principio, les parece adorable, y después, al cabo de uno o dos meses, intentan regir mi forma de vivir.

—Creo que es una de tus mejores cualidades.

Sus palabras hacen que me sonroje.

—Ya basta de hablar de mí.

—No, no me has contado ni la mitad.

—Lo que pasa es que no quieres responder las mismas preguntas.

—Pero, eres feliz, ¿verdad, Ash? Siempre podrías volver a la universidad si quisieras. Salir de Cedar Falls. Los sueños no tienen límite temporal.

—¿Que si me pregunto qué pasaría? Claro que sí. Todo el mundo haría lo mismo. Es como si a una parte de mí le encantaría conseguir lo que quise una vez, mientras que la otra está totalmente conforme con seguir aquí, donde no tengo que fingir ser alguien que no soy.

—Creo que eres muchas personas a la vez, Asher Wells —responde con suavidad—. Y estoy casi seguro de que me gustan todas.

Sonrío y me acurruco todavía más en la cama, dejando que sus palabras me envuelvan.

—Tu turno.

—Supongo que yo he sacado el tema, ¿no? —se queja.

—Pues sí.

—Adelante, dispara.

—¿Cómo perdiste a tu padre?

Resopla.

—Empiezas fuerte, ¿eh?

—Es más fácil quitárselo de en medio. No tienes que hablar de ello si no quieres.

—No, no pasa nada. —Hace una pausa—. En cierto modo, lo perdí del mismo modo que tú perdiste a tu abuelo... Mientras dormía. Aunque la causa principal fue el Alzheimer.

—Sé por experiencia que el hecho de que te digan que lo sienten no sirve para aliviar el dolor, pero siento mucho tu pérdida, Ledger.

—Cierto, pero te lo agradezco. En especial, después de lo que te hizo... No espero que lo lamentes.

—Lo que siento hacia él es irrelevante, puedo compadecerme de ti, de tu pérdida, y entender tu dolor. —Suavizo el tono de voz—. ¿Sufrió mucho?

—No, por suerte, supongo. Si es que se puede tener suerte en una situación así. —Suelta un suspiro tembloroso—. Sin embargo, fue estremecedor lo rápido que empeoró. Empezó olvidándose de algunas cosas. Después, momentos cruciales. Y luego..., todo lo demás.

—Tuvo que ser muy difícil.

—Sí. A mis hermanos y a mí nos costó asimilarlo. Todavía nos cuesta.

—¿Y cómo llevas... todo... con la mentira que te contó?

—No sé muy bien cómo expresarlo.

—Si te digo la verdad, ojalá pudiera bloquearlo, fingir que nunca ha pasado para mantener esa imagen idílica que siempre he tenido de él, pero pasó. Somos la prueba de ello. —Empieza a decir algo y se detiene. Le doy un minuto para ordenar sus pensamientos, porque no puedo ni imaginar cómo me sentiría si hubiera sido el abuelo quien lo hizo. Si sus mentiras hubieran sido las que nos destruyeron.

—Incluso tu padre no se hubiera entrometido, habríamos roto en algún momento de todas formas. Durante esos años, descubres quién eres de verdad. Además, tú te ibas a la universidad al mes siguiente y conocerías un montón de compañeras nuevas monas para salir del paso.

—¿Eso crees? —pregunta.

—Éramos de dos mundos completamente diferentes, Ledger. Tu padre tenía razón en ese sentido. Pensar que habríamos durado es ser ingenuo.

—Mmm. —Es lo único que dice, pero me pregunto si piensa lo mismo que yo. «¿Funcionaría ahora?».

—¿Y qué me cuentas de las mujeres que te han roto el corazón? ¿O de las que tú se lo has roto? —Me río—. Me sorprende que no tengas un ático en la ciudad, una mujer preciosa y sofisticada, y dos críos y medio para llenarlo de risas y amor.

Su risita adormilada resuena por la línea.

—Tengo el ático, pero ni mujer ni hijos. Todavía no. No hasta que tenga unos treintaiocho años.

—Lo dices como si tuvieras el matrimonio programado —bromeo.

—No como tal, pero sí que he elaborado un plan de diez años.

—Así que, ¿crees que puedes planear cuándo te enamorarás? —«No planeaste nuestro amor cuando éramos adolescentes»—. ¿Como si fuera una tarea que llevar a cabo tras una reunión de la junta directiva? —Mi tono es una mezcla de incredulidad y confusión.

No porque espere ser la persona de la que se enamore (bueno, a lo mejor sí), sino porque suena muy cínico, viniendo de un hombre que es más que apasionado en otros aspectos.

—Oye, no es así. Haces que parezca frío y calculador. Me gusta planificar, es lo que se me da bien. Me marco objetivos y tengo que cumplirlos para luego pasar a los siguientes. Eso es todo y tengo muchos por cumplir antes de sentar cabeza.

—No puedes planear el amor, Ledger. O lo hay, o no lo hay. Y, a veces, no se da y acaba floreciendo. —Mi comentario es un duro recordatorio de que hay mucho que no sé de él. El chico al que conocí hace años sigue ahí, pero, igual que a mí, las experiencias que le han tocado vivir lo han cambiado.

—No se me da bien lo desconocido o lo que no puedo controlar —afirma y noto que se siente frustrado, porque no lo estoy entendiendo—. Siempre fui un poco así, pero, después de aquella noche, después de la amenaza que creí que era real, cambié. Durante un tiempo, viví en un estado constante de desconocimiento. Muchas cosas se escapaban de mi control y la única forma de recuperarlo era planearlo todo.

Intento ponerme en su situación, entender el miedo de la acusación y la amenaza constante de un proceso, que se cernía sobre la cabeza de un adolescente. Igual que las palabras de su padre me marcaron, con Ledger lo hicieron todavía más.

Así que se lo concederé. Puede que no lo entienda. No tengo que estar de acuerdo, pero debo respetarlo, porque yo no estuve allí durante todos esos años. No fui testigo de las repercusiones del engaño cruel de su padre.

—Así que no, no ha habido amor en mi radar, Asher. Salgo por ahí. Quedo con algunas mujeres como tú con los hombres. Pero no me ato a nadie, no etiqueto las relaciones si es lo que quieres saber.

—¿Nunca? ¿Nunca has dejado que se te acerque nadie? —le pregunto. Me resulta imposible creer que un hombre como Ledger no se haya enamorado nunca.

—Me rompieron el corazón una vez —responde, y una parte pequeña y egoísta de mí espera que esté hablando de mí, mientras que, si no es el caso, la otra está celosa de esa persona—. No creo que ella sepa hasta qué punto, pero, a decir verdad, quedó prácticamente hecho añicos. Quizá eso influyó después en mis decisiones amorosas, no lo sé. Aunque me encantaría que avanzáramos y dejáramos a un lado este tema.

Río.

—Eres tú el que ha querido hablar de esto, no yo.

—Oye, ¿Ash?

—Dime.

—¿Recuerdas que siempre hacíamos lo mismo? Hablábamos por teléfono durante horas de nada y de todo a la vez hasta que uno de los dos se quedaba dormido. Y lo hacíamos solo para saber que el otro estaba allí. —Sus palabras me envuelven como una manta calentita.

—Sí, ¿verdad?

—Ajá. Y tú siempre te quedabas dormida primero.

—No es cierto.

—Sí que lo es —ríe.

—Cuéntame más sobre la reunión —le digo.

A continuación, hablamos como si los años no hubieran pasado.

La conversación fluye con facilidad.

Con una comodidad que es difícil de encontrar.

Y sí, yo me quedo dormida primero.

Capítulo 23

Asher

Dieciséis años antes

—¿Ledger? —Las hojas marchitas del suelo crujen bajo sus pies al abrirse paso hasta el claro. Me pongo en pie en cuanto veo la marca roja e inflamada de su mejilla—. Madre mía, ¿qué te ha pasado?

Le cojo del brazo, pero se zafa de mí y camina hasta la orilla del riachuelo. Se pone en jarras y los hombros le suben y bajan debido a la respiración agitada por el enfado.

Esbozo una mueca por su rechazo, no sé muy bien qué hacer o decir. Es evidente que está cabreado y que se ha metido en alguna pelea, o, por lo menos, le han dado un puñetazo.

No se me da muy bien lidiar con los egos heridos.

—¿Te has peleado con alguno de tus hermanos? —le pregunto al fin.

—No —responde con brusquedad y doy un paso atrás.

—¿Estás bien?

Responde con otro «no» brusco.

Me remuevo en el sitio y frunzo los labios. Supongo que será mejor dejarlo solo. Es evidente que ha pasado algo y, por mucho que quiera saber qué, no merezco que me hablen mal solo por preguntar.

«¿Qué consejo sabio me daría la abuela ahora? ¿Que le dé espacio? ¿Que lo deje solo? ¿Que los sentimientos necesitan un tiempo para poder verbalizarse?».

Decido esperar, así que me siento al pie del viejo sauce y me apoyo en el tronco.

«Es nuestro sitio».

No puede enfadarse conmigo si estoy sentada en nuestro sitio especial, ¿verdad?

—¿Esto es lo que tienes que aguantar? ¿En tu propio pueblo? —pregunta y, después, se vuelve hacia mí con los ojos ardiendo de ira.

—¿Qué has hecho? —El temor me inunda el estómago.

—Le he roto la nariz a un hijo de puta.

—¿Que has hecho qué? Ledger. —Me cuesta encontrar las palabras—. ¿A qué te refieres con que «le has roto la nariz a alguien»? ¿A quién?

—A un capullo que hablaba mal de ti.

—¿Qué ha dicho? —susurro y respiro profundamente con la misión de prepararme para una respuesta de la que doy fe que he oído diferentes variaciones durante los dieciséis años que llevo en la Tierra.

La mirada que me lanza es implacable y la rigidez de su mandíbula solo sirve para acentuar la marca roja de la mejilla.

No puedo mirarlo. No quiero que nuestros ojos se encuentren y ver que me mira diferente ahora que ha oído lo que la gente dice de mí.

«Es una zorra, igual que la escoria de su madre».

«Es una bastarda a la que ni su propia madre quería».

«Se parece un poco a fulanito de tal. ¿Crees que podría ser su padre?».

«¿Te imaginas querer darle un beso? Puede que sea tu hermanastra. Qué asco».

Las he oído todas. He llorado por todas.

Me concentro en el aire que hace crujir las hojas del sauce. En los pétalos blancos de la margarita silvestre que tengo en la mano mientras los arranco de uno en uno. En el canto de los pájaros que revolotean por encima de mi cabeza.

Cualquier cosa, excepto permitir que sea testigo de la vergüenza que me reconcome por dentro. Cualquier cosa, excepto averiguar que se cree alguno de los comentarios.

El verano pasado pude mantenerlo alejado de los comentarios. He sido una idiota al pensar que podría hacer lo mismo este año.

Me cuesta mucho hablar, así que, sigo mirando fijamente lo que queda de la margarita, borrosa por las lágrimas que me brotan de los ojos, y me preparo para lo que viene a continuación.

Las zapatillas ridículamente caras de Ledger aparecen en mi campo de visión cuando se acerca a mí y se pone en cuclillas. Sigo sin poder mirarle.

—No te mereces nada de esto, Ash. No escogiste la madre que te tocó, igual que yo no pude elegir lo afortunado que soy por haber nacido en mi familia. Es una lotería. Es... —Gruñe por la frustración y lanza una piedra lo más lejos que puede. Entra en el agua con un golpe seco muy fuerte—. Me cabrea muchísimo que tengas que lidiar con eso. Que tengas que oír semejantes gilipolleces.

Me encojo de hombros.

—No es para tanto.

—Sí que lo es —dice prácticamente gritando—. Es horrible, y está mal, y...

—Y he vivido aquí toda mi vida y, por lo general, después de dieciséis años, no me lo dicen a la cara. Algo es algo.

Sacude la cabeza. Tiene las manos contraídas en puños, y los dientes, apretados.

—¿Qué han dicho? —vuelvo a preguntar.

—Nada. —Se deja caer a mi lado, me rodea los hombros con el brazo y me atrae hacia él—. No es nada.

—¿Cuál ha sido? ¿Asher la Bastarda? ¿Es una guarra igual que su madre? ¿Es una rompehogares y debería marcharse? —Me giro para mirarlo y mis rodillas golpean las suyas—. Una esperaría que, después de tanto tiempo, se les hubieran ocurrido frases nuevas. —Suelto una risita autocrítica para ocultar que me estoy desmoronando por dentro.

—No ha sido nada. —Y la forma en la que emite esas cuatro palabras y en la que me mira me lo dice todo: el insulto ha sido muy fuerte, incluso para él.

—Dímelo.

—No.

—Ledger, tengo que saberlo para poder protegerme. —Mira al frente, hacia el riachuelo, y lo tomo de la mano—. Por favor.

—Han comentado que debes de ser muy fácil, porque eres igual que tu madre, y me han preguntado si no me da miedo que me pegues algo.

Pestañeo para contener las lágrimas, no soporto que no me mire.

No dejaré que las palabras me afecten.

No dejaré que sienta lástima por mí.

No…

—Olvídalo. —Le sostengo la cara y le doy un beso en los labios. Al principio, los suyos permanecen rígidos y enfadados, pero, después, los suaviza y me devuelve el beso.

Cuando Ledger me besa, es como si explosiones de calor me recorrieran el cuerpo. Pequeños reconocimientos de que ve a mi verdadero yo. De que le gusto por cómo soy. Es el único momento en el que siento que me miran y no me juzgan. En el que puedo bajar la guardia.

Cuando se acaba el beso, le apoyo la cabeza en el hombro y nos quedamos así durante un rato, cada uno en su mundo.

No le pregunto quién ha hecho el comentario.

No necesito saberlo.

Porque, independientemente de la persona que haya sido hoy, mañana será alguien diferente. Y otra, la siguiente vez.

Los abuelos me han enseñado que nadie más que yo puede definir mi valía.

A pesar de todo, duele muchísimo.

—Gracias por defenderme, no tenías por qué. Siento que te hayan hecho daño —susurro y le doy un beso en la mejilla—. ¿De verdad tienes que irte la semana que viene?

Entrelaza los dedos con los míos y suspira. Su inevitable marcha a Manhattan y al colegio privado pijo es el tema que hemos estado evitando estos últimos días. Ya lo hicimos el año pasado, nos despedimos antes de que empezara el instituto y, de algún modo, nos mantuvimos en contacto. El hecho de saber que volvería este verano me dio algo a lo que aferrarme. Y sus llamadas cuando no estaba aquí ayudaron a que pasara el tiempo. Solo espero que, esta vez, también consigamos que funcione.

—Volveré el verano que viene. Podemos hablar por teléfono, por mensaje y Skype, igual que este año. Haremos que funcione, Ash.

—No quiero dejar que te vayas.

Ríe y volvemos a nuestra rutina habitual.

—Pero tienes que hacerlo.

—Con una condición. —Arqueo una ceja en su dirección, optando por el humor para ocultar la tristeza que siento.

—¿Cuál?

—Que me prometas que volverás el año que viene, que no me olvidarás. —Se me quiebra la voz con las últimas palabras. No puedo dejar de pensar en las chicas ricas, sofisticadas y preciosas que habrá en su nuevo colegio. Chicas que tienen madre, a las que nadie llama «zorras» y que disfrutarían de los besos y la atención de Ledger tanto como yo.

¿Cómo puedo competir con eso? ¿Cómo van a superar unas llamadas y unos mensajes a sentarse junto a él en clase todos los días?

Extiende el brazo y me acaricia la mejilla con el pulgar. El gesto va acompañado de una sonrisa tenue y una mirada cariñosa.

—Eres mi Chica de la Lavanda, ¿cómo voy a olvidarme de ti? —Me besa en los labios—. Deja de preocuparte tanto. Son todas unas presumidas y tan superficiales que resulta ridículo —responde como si me leyera la mente—. Me aseguraré de hablar tanto de ti que estarán todas celosas. —Me da otro beso suave—. No te olvidaré. No podría ni aunque quisiera.

Capítulo 24

Asher

Estoy soñando despierta otra vez.

Aunque, ¿se puede decir que sueñas despierto si la fantasía ha pasado de verdad y ha sido tan buena que lo único que puedes hacer es repetirla en tu cabeza una y otra vez?

La cena en el restaurante de Bessie. Enrollarnos en el columpio del porche a la luz de la luna. Hablar por teléfono hasta la madrugada. En muchos sentidos, el tiempo que paso con Ledger me hace sentir como una adolescente otra vez, y en otros, como una mujer muy apreciada.

—¿Asher? —Levanto la cabeza y veo que George está en el umbral de la puerta—. Vaya. —Echa un vistazo al despacho—. Creo que nunca lo había visto tan... despejado.

—He avanzado, ¿verdad? —Sonrío de oreja a oreja porque he progresado y no me avergüenza aceptar los elogios. Repasar cada pedazo de papel, recibo o servilleta con garabatos, e intentar averiguar su importancia ha sido una experiencia de aprendizaje agotadora y confusa. ¿Es una factura recurrente? ¿Es una factura de suministros mensuales para la que tengo que ahorrar? Es, es, es...

—Estoy impresionado. ¿Puedo enseñarle una cosa?

—No si vas a arruinar mi buen humor.

Una sonrisa le recorre el rostro.

—No, se lo prometo.

—Uf —exclamo. Me levanto de la silla y cierro el portátil. No estoy lista todavía para que nadie vea en lo que estoy tra-

199

bajando. No hasta que sepa que puedo conseguir que funcione de verdad.

Sigo a George por las escaleras y hacia los campos.

—¿Cómo está Angel? —le pregunto por su mujer.

—Bien. De los nervios por el resort nuevo. No lo sé. —Se pasa una mano por el pelo e intenta esbozar una sonrisa como si no ocurriera nada, pero...

—¿Por el resort?

Asiente.

—Es la encargada del *catering* en Lakefront —comenta refiriéndose a un resort más pequeño en el lago—. Cree que El Refugio va a arruinar el negocio y tiene miedo de que la despidan.

No sé ni qué decirle. No hay duda de que es algo que preocupa a muchos negocios del pueblo.

—A lo mejor pasa lo contrario, puede que sea el único resort económico en el que se organicen eventos si El Refugio resulta demasiado caro.

—Puede ser. —No parece muy convencido.

Le doy unos golpecitos en el hombro.

—Esperemos que sí.

Asiente cuando doblamos la esquina y, al levantar la mirada, me flaquean las piernas.

—George —pronuncio su nombre con la voz entrecortada mientras miro el granero.

—¿Verdad que ha quedado muy bien?

Paso la mirada del granero a él, y después, al granero otra vez. La madera envejecida del exterior parece nueva. Ha mantenido el encanto original, la ha barnizado, pero no la ha pintado como se suele hacer para que parezca moderna.

—¿Lo habéis hecho vosotros?

—Sí. Lo hemos limpiado a presión y rociado con un tratamiento para protegerlo de los bichos que intentan buscar un nuevo hogar. —Los ojos le brillan de orgullo.

—¿Y todo esto en dos días?

Asiente y sonríe todavía más.

—Los campos se están portando, así que hemos tenido algo de tiempo. Es bonito, ¿eh?

—Vaya. —Me acerco un poco más, sorprendida porque algo tan simple haya supuesto un lavado de cara para el granero.

—¿Está contenta?

—Decir que estoy contenta no se acerca a lo que siento.

—Vale. Quería asegurarme de que le parece bien antes de que empecemos a trabajar en el interior.

—Adelante, George. —Sacudo la cabeza, incapaz de apartar la vista del granero.

—Eso es todo, entonces. ¿Ve? Le he dicho que eran buenas noticias.

—Muy buenas. De verdad…, muchas gracias. —Me he quedado boquiabierta.

—¿Qué planea hacer con esto?

—Quiero convertirlo en un destino turístico, George.

—¿Un destino turístico?

Asiento.

—Todavía intento averiguar cómo, pero quiero que otras personas disfruten de este lugar. Que sean felices y construyan recuerdos aquí.

Cuando vuelvo a la casa, sonrío tanto que me duelen las mejillas.

Por primera vez, pienso que podré sacarlo adelante.

«¿Qué opinas, abuelo?».

Espero que él también se sienta orgulloso.

Al lado del portátil, tengo la plantilla de un plan de negocio que he encontrado en internet. Con tantas declaraciones de objetivos, gráficos y fijaciones de precios, me parece confuso e imposible. Ahora depende de mí trasladarlo a la pantalla en blanco que está justo delante, en la que solo parpadea el cursor.

Tengo que empezar por algún sitio, ¿no?

Llaman a la puerta y me sobresalto.

—Un segundo, George... —Me interrumpo cuando levanto la vista y encuentro a Ledger en el umbral de la puerta.

Verle es como si recibiera un golpe inesperado en el estómago y se me encendiera la libido de golpe.

Siempre igual.

Lleva ropa informal: unos vaqueros azules, una camiseta verde pálida con el cuello en pico —que le queda de maravilla— y unas chanclas, que le adornan los pies. No puedo evitar sonreír al ver su elección de calzado.

Es lo más informal que puede ir Ledger Sharpe, y le queda muy bien.

Aunque le queda muy bien todo.

—Hola. —Su sonrisa podría iluminar la habitación—. ¿George? ¿Debo suponer que ese es el hombre que acaba de cruzar la verja con su camioneta?

Es la primera vez que me fijo en que la luz del sol ha perdido intensidad y el color del cielo ha cambiado, lo cual indica que ya son más de las siete de la tarde.

—He perdido la noción del tiempo.

—¿Estás trabajando en algo importante? —pregunta. Tiene el sol a la espalda y la luz dibuja un halo alrededor de su silueta.

—Sí. No. Puede ser.

—Con esa respuesta, no te puedes equivocar —ríe. Me levanto de la silla y me dirijo a él—. ¿Quieres contármelo?

—No es más que un sueño imposible e intento descubrir cómo convertirlo en realidad.

—Cuéntame más —murmura cuando me acerco y lo beso en los labios. En parte como distracción, y sobre todo, porque no puedo pensar en otra cosa más que en él y en esa magnífica boca.

Y, así sin más, los presupuestos y los números y gráficos que he estado toda la tarde intentando descifrar se esfuman de mi mente.

Solo existe él. Solo Ledger.

—Tenemos que parar antes de que me olvide de la sorpresa que te he preparado —murmura contra mis labios antes de volver a besarme.

—Solo si me prometes que podemos continuar por donde lo dejamos más tarde.

—Trato hecho.

—Espera, ¿has dicho «sorpresa»?

—¿Damos un paseo? —añade misteriosamente y me tiende la mano.

Lo miro y, después, lanzo una ojeada a su mano.

—¿Aquí? ¿En la granja?

—Sí.

Caminamos despacio hasta la parte de atrás de la propiedad, casi hasta el final de la plantación de lavanda folgate. Sopla una brisa que hace que parezca que está en el fondo del océano, las hojas flotan de un lado al otro como el agua. Es una marea de color morado.

Se pueden decir muchas cosas sobre Los Campos, pero lo que destaca son las vistas, el olor y la tranquilidad que lo acompañan y dejan una marca imborrable.

Mi corta estancia en el Instituto Pratt fue lo que me hizo darme cuenta de ello.

Y el hecho de volver a casa a cuidar de la abuela y ocuparme de la pena por haber perdido mi sueño lo reforzó.

—Esto es precioso —dice Ledger.

—Lo es. Y muy distinto de tu vida cotidiana.

—Cierto —afirma con un gesto de la cabeza—, pero eso no significa que no reconozca la belleza cuando la veo. —Me mira de un modo que demuestra que se está refiriendo a mí.

Me sonrojo como una idiota y miro a mi alrededor, con curiosidad por saber a qué viene lo del paseo. «¿Qué está tramando?». Sin embargo, en lugar de darme alguna pista, solo balancea nuestras manos de un lado a otro.

—¿Cuándo habéis arreglado el granero? —pregunta—. Por lo general, soy una persona observadora. ¿Se me ha escapado que siempre ha tenido ese aspecto o ha cambiado algo?

—He pensado que tenía que dar mejor impresión. —No estoy lista para contarle mi idea, necesito más tiempo para descifrarlo todo. Lo último que quiero es hacer el ridículo por apuntar demasiado alto. Sobre todo, ante alguien como Ledger, que se gana la vida construyendo y transformando resorts.

—Está genial. ¿Qué más tienes pensado?

—Intento averiguarlo —respondo y no puedo sentirme más agradecida de que no insista más—. ¿Cómo te va a ti? ¿Algún progreso con el alcalde y sus ridículas exigencias?

—Alguno. Hemos empleado a contratistas locales que quieren trabajar con nosotros. Es una jugada que nos ha salido muy cara, dado que hemos tenido que cancelar los proyectos con las empresas contratadas. Ahora bien, estamos haciendo que funcione e intentamos enmendar nuestros errores, ya que prometimos de más y hemos dado de menos.

—Es admirable.

Se encoge de hombros.

—Es lo correcto. ¿Quiere decir eso que Grossman tenía derecho a chantajearnos y a obligarme a estar aquí dos puñeteros meses? Ni de coña, pero nos enorgullecemos de cumplir con nuestra palabra…, así que, eso haremos.

«Dos puñeteros meses».

De su comentario, es lo que más me ha llamado la atención. En lo que se ha centrado mi mente. Sabía que era así. Ledger me dijo cuánto tiempo iba a estar aquí aquella primera noche en el bar de Hank hace casi tres semanas, pero volverlo a oír ahora después de… todo hace que la realidad me golpee con más fuerza.

«Se va a ir otra vez, Asher».

No viene de sorpresa, ya lo sabías. Disfrútalo mientras puedas… pero protege tu corazón.

Aunque del dicho al hecho hay un trecho, porque, a pesar de mi propósito y de las pocas semanas que llevamos juntos, ya sé que mi cabeza y mi corazón no se han puesto de acuerdo.

Es ridículo. ¿Cómo es posible que un amor, que muchos considerarían de juventud, vuelva de repente y con tanta fuerza al ver a esa misma persona de adultos?

Cálmate.

Esto no es amor.

Es lujuria acompañada de un poco de historia.

Y, como si Ledger hubiera cronometrado la revelación de su secreto para detener mi mente sobreanalítica, echo un vistazo para averiguar por qué ha dejado de caminar. Ha extendido una manta en mitad del claro. En una de las esquinas, hay una cesta y unas cuantas botellas de vino junto a ella.

Lo miro y lo único que puedo hacer es sacudir la cabeza. Me he quedado sin palabras.

—Es aquí, ¿no? El lugar donde veníamos para perdernos el uno en el otro y no pensar en nada más —pregunta como si mi silencio significara algo malo.

—Sí. —La palabra está cargada de sorpresa, afecto y… amor—. ¿Cómo…, es decir…, qué…?

—Te merecías una cita y, en especial, una en la que todo el pueblo no esté pendiente de cada uno de tus movimientos. Y este sitio, nuestro antiguo lugar especial, venía como anillo al dedo. Por lo menos, no tendremos que preocuparnos de que tu abuelo nos pille tonteando.

—Madre mía —respondo. Doy un paso al frente y nuestras manos entrelazadas cubren la distancia que nos separa—. ¿Te acuerdas de aquella vez…?

—Que yo te había metido la mano debajo de la camisa, y tú, en mis pantalones, y tu abuelo vino… con una linterna —Me río—. Es imposible que no supiera lo que estábamos haciendo.

—Ni soñarlo. —Ledger esboza una sonrisa nostálgica y caigo en la cuenta de que es un gesto extraño viniendo de él.

Siempre se muestra inalterable e intenso. Le queda bien expresar algo distinto—. Creo que no me he movido tan rápido en mi vida.

—Lo que más me gustó fue la sudadera que te pusiste en el regazo para esconder la erección.

—Me había olvidado de eso —ríe.

—¿Qué dices? Si no dejabas de tartamudear una excusa tras otra de por qué no podías ponerte en pie e ir con él cuando te pidió que lo acompañaras a ver el nuevo columpio de rueda…

—No. Era el nuevo tractor, porque dijo que los chicos de ciudad debían aprender lo fácil que es que ocurran accidentes en una granja. Estoy casi seguro de que quería añadirme a la estadística y empujarme debajo de las ruedas solo para evitar que volviera a tocarte.

—Como haría cualquier padre.

Ambos reímos, y me doy cuenta de que es la primera vez que he pensado en el abuelo y me he reído de verdad al recordarlo en lugar de sentir tristeza.

Me estoy curando.

Minuto a minuto. Día a día. Recuerdo a recuerdo.

Y creo que, en gran parte, es por tener a Ledger aquí y poder hablar del abuelo con él.

Mientras nos acercamos a la manta, le aprieto la mano y él se detiene.

—Ha sido todo un detalle por tu parte y es justo lo que necesitaba. Gracias. —Me pongo de puntillas y le doy un beso en los labios. Me recorre la espalda con las manos antes de agarrarme el pelo en un puño a la altura de la nuca e incrementar la intensidad del beso.

Mi cuerpo reacciona a sus caricias, a sus labios, a todo él como no recuerdo que lo haya hecho con nadie nunca. Nada de él me parece suficiente. El roce. Los gemidos de placer. La tensión de los músculos bajo las palmas de mis manos cuando le recorro el pecho de arriba abajo.

—Si esto es lo que voy a recibir a cambio de organizar un pícnic en un campo, puedes estar segura de que la próxima vez planearé algo mucho más elaborado.

Capítulo 25

Ledger

Quince años antes

—Mira, una estrella fugaz. —Señalo lo que queda de ella mientras se extingue al caer.

—Pide un deseo —responde Asher y aprieta nuestros dedos entrelazados.

—Es ridículo, nadie cree en esas estupideces.

—Vale. Pues ya lo pido yo por ti.

—Adelante.

Giro la cabeza para mirarla. Estamos tumbados en una manta en mitad de los campos de lavanda para mirar las estrellas. O, por lo menos, ella las está mirando mientras yo intento averiguar cuándo lanzarme. El autocontrol tiene sus límites cuando la chica con la que estás es como Asher: preciosa, divertida y única.

Una chica que me mira como si fuera un chico normal en lugar de un niño de papá de escuela pija, cuyo padre forma parte de la élite de Nueva York.

Es más, nunca me ha pedido nada. Ni una sola vez. En casa, hay chicas que me han pedido chorradas de lujo cuando pueden permitírselas ellas mismas. Y, después, está Asher, que no tiene ni pide nada. Si lo hiciera, se lo daría en un abrir y cerrar de ojos. Sin dudarlo. Además, no es que papá compruebe en qué nos gastamos el dinero.

Si fuera así, estaríamos jodidos por la cantidad que hemos derrochado en cerveza durante estas vacaciones.

Asher cierra los ojos y arruga la nariz. Es adorable.

—¿Qué has pedido? —le pregunto cuando deja de arrugar la nariz. Al parecer, es su cara de pedir deseos.

—No te lo voy a decir. —Me da un golpecito juguetón, pero su mirada sigue fija en el cielo—. De lo contrario, no se cumple.

—Venga, quiero saberlo. «¿Qué pide una chica como Ash?».

—No.

—Anda, porfa. —Me apoyo en el codo para poder mirarla fijamente y que no me pueda ignorar.

—Que no.

—Ah, has sonreído —añado. Le pongo una mano en la cadera y la balanceo de un lado a otro—. Sabes que quieres decírmelo.

—Necesito ese deseo más de lo que tú quieres que te lo diga —me responde con diversión.

—¿Lo necesitas? —alargo la palabra—. Entonces, me has pedido a mí, ¿no? Ya que me necesitas.

—Ay, Dios. —Pone los ojos en blanco—. ¿De verdad acabas de decir eso?

—Sí, y estoy bastante seguro de que tengo razón.

Me da unas palmaditas en el dorso de la mano, que sigo teniendo posada en su cadera.

—Por el bien de tu ego, dejaré que sigas creyendo eso.

—No te preocupes por mi ego, las cosas le van bien. —Me dejo caer de espaldas al suelo, miro las estrellas igual que ella lo hace y resoplo—. Qué poco divertida eres.

Los grillos cantan a nuestro alrededor y los escarabajos emiten los chasquidos que los caracterizan, pero lo único que oigo de verdad es la respiración regular de Asher a mi lado.

Sintiéndome ligera y ridículamente alicaído porque no me lo cuenta, me quedo callado.

—He pedido poder dejar huella de algún modo. —Estoy a punto de preguntar a qué se refiere cuando sigue hablando con una voz apenas perceptible—. Quiero que la gente me mire y me admire, que admire lo que he hecho, lo que he conseguido por mí misma, en lugar de mirarme y sentir lástima por mí por ser la hija de Lydia Wells, la fulana del pueblo.

Se le quiebra la voz y se me parte el corazón. Nunca entenderé cómo se siente porque somos polos opuestos. Mientras que ella sufre la presión de que la gente no espere nada de ella, yo lo hago porque espera demasiado de mí.

Somos de dos mundos completamente distintos, y, de algún modo…, funcionamos.

—Ash. —Vuelvo a apoyarme en el codo y le acaricio el brazo de arriba abajo con la otra mano. Ni siquiera sé qué decir, cómo responder.

Sacude la cabeza y esboza una sonrisa que no me creo.

—Ha sido una estupidez, olvida lo que he dicho.

—No, es importante —murmuro y le doy un beso en los labios—. Y quiero que sepas que yo ya te miro así. —Otro beso—. Eres Asher Wells, mi Chica de la Lavanda, artífice de su propio destino.

Y le doy uno más.

Y más tarde, cuando vemos otra estrella fugaz, pido mi propio deseo: que el de Asher se haga realidad.

Capítulo 26

Asher

—¿La has visto? —pregunta Ledger. Con la mano que tiene libre, señala cómo una estrella cruza el cielo antes de consumirse.

Estamos tumbados en la manta. Me ha rodeado con el brazo y tengo la cabeza apoyada en él. Nos hemos bebido dos botellas de vino, hemos comido una bandeja de embutidos y estamos disfrutando de la tranquilidad de la tarde. Del momento perfecto que ha creado al traerme aquí esta noche.

—Sí —murmuro.

—¿Vas a pedir un deseo? Recuerdo que antes te encantaba hacerlo.

Esbozo una sonrisa agridulce. ¿Cómo es ser joven e ingenua, y creer que el mundo te va a tratar tal como te mereces?

—Soy demasiado mayor para eso, Ledge.

—¿Qué? No, nunca se es lo bastante mayor para pedir deseos. —Me aprieta con el brazo con el que me rodea—. O sueños. Tienes que pedir uno.

Me siento ridícula, pero, aun así, cierro los ojos y arrugo la nariz.

Sin embargo, recuerdo el último deseo que pedí. Y cómo, no mucho después, Ledger se marchó de repente de Cedar Falls —después de que perdiera la virginidad con él— y que, en los días y las semanas siguientes, empezaron a correr los rumores por el pueblo. Que Ledger había conseguido lo que quería de esa pueblerina antes de volver con su novia atractiva de la alta sociedad. Que le había arruinado el verano a las chicas que le habían echado el ojo a Callahan y Ford porque ellos también se fueron. Que era gentuza, igual que mi madre, e intentaba escalar acostándome con hombres, ya que, de lo contrario, nunca iba a llegar a ninguna parte, así que me merecía las palabras crueles y las opiniones duras. Me lo había ganado como si fuera una medalla de honor. Y les había demostrado que tenían razón: que nunca llegaría a ninguna parte.

Y aun así, con los ojos cerrados, pido un deseo.

Deseo que esto fuera real, que nunca tuviera que acabar. Deseo lo mismo que pedí hace quince años.

Cuando abro los ojos, sigue allí, mirándome igual que lo hizo entonces. Pero, esta vez, hay algo más en su mirada. Devoción. Lujuria. Respeto. Deseo. Esperanza.

Para cualquier mujer, es muy importante saber que alguien se siente así al mirarla.

Necesito tocarlo, así que estiro la mano y le acaricio un lado de la cara. Necesito saber que es de verdad.

Gira la cabeza hacia mi mano y me da un beso en la palma. Relájate, corazón mío.

Me pongo de rodillas y él me observa con los ojos entrecerrados y llenos de curiosidad cuando me inclino hacia él y lo beso en los labios.

Sabe al vino que acabamos de beber y a la certeza que ansío. Poco a poco, me muevo para sentarme a horcajadas sobre él y aumento la intensidad del beso.

Noto el calor de su cuerpo debajo del mío y el aire de la noche de verano sopla con un ligero frescor que agradezco.

Me devuelve el beso con la misma delicada exigencia con la yo lo hago. Me acaricia el pelo y, después, acuna mi rostro. Nuestras lenguas bailan la una contra la otra y nuestros cuerpos suben de temperatura mientras nos enrollamos a la luz de la luna entre las hileras de lavanda.

—Asher —murmura contra mis labios en un suspiro reverente entre besos.

Me separo un poco de él y me quito la camiseta. Quiero sentir la proximidad física de sus manos cuando me acaricia la piel. Necesito sentirla.

Lo miro, bañado por la luz de la luna, y sé que es como más me gusta verle. Con los ojos cargados de deseo y una sonrisa suave y algo torcida.

—¿Qué? —me pregunta.

—Solo quiero mirarte. —Me inclino y le beso en los labios. Desciendo hasta la barbilla, y después, hasta el cuello—. Necesito tocarte, Ledger —murmuro contra su piel. Le bajo las manos por el pecho—. Probarte. —Mis labios sigue el descenso y vuelvo hasta donde tiene el pene, erecto y apretado contra la costura de los pantalones. Al bajarle la cremallera, contrae los músculos bajo mis labios, le libero la polla y se la acaricio con la mano—. Devorarte.

Su respiración entrecortada llena el aire nocturno cuando me la introduzco entre los labios y me la llevo hasta el fondo de la garganta. Tensa los muslos y lo único que oigo es el gruñido gutural que emite mientras extiende los brazos y me sujeta por el mentón.

Levanto la mirada y, gracias a la luz de la luna, veo que los ojos se le oscurecen y cierran por el deseo. Con la mirada fija en la suya, le doy el placer que se merece. Le lamo la punta con la lengua, le succiono el resto con los labios y le acaricio cada grueso y duro centímetro con las manos.

Hacerle una mamada a Ledger es una sensación embriagadora: es excitante saber que soy la causante de la gotita de líquido preseminal que me roza la lengua y ver cómo un hombre, normalmente tan comedido, se deja llevar por las sensaciones que yo le provoco.

—Ash. —Mi nombre no es más que un sonido áspero y fatigado en la noche mientras lucha por mantener el control. Y yo le provoco para que se deje llevar.

Lo hago al dejar que el pene me golpee la parte posterior de la garganta. Al dejar que mis dedos hagan su magia alrededor de la base. Y al tararear para añadir vibraciones al ataque de sensaciones que creo para él.

Se endurece e hincha, me coge del pelo y cierra la mano en un puño.

Succiono con más fuerza y le acarició más rápido. Mi cuerpo ansía que termine para que se centre en mí. Para poder disfrutar de su cuerpo.

Porque nunca tengo suficiente cuando se trata de Ledger. Ni de caricias ni de los sonidos que hace cuando está a punto de correrse ni de cómo me hace sentir, tanto física como emocionalmente.

—Ash. —Le cuesta decidirse—. Joder. —Con una mano, me sigue agarrando del pelo—. Sí. —Y, con la otra, me tira del brazo para que me ponga encima de él—. Ahora.

Se me escapa un grito de sorpresa cuando me levanta e intenta desabrocharme los pantalones en un baile torpe de desesperación y risas, todo mientras intenta dejarme sin respiración con un beso.

Ahora es mi turno para gemir de placer. Por la forma en la que me expande cuando me acomodo muy despacio sobre él. Por la sensación de plenitud que me provoca. Por el ardiente deseo que temo no saciar nunca.

—Ledge… así —murmuro contra sus labios, y él me clava los dedos en la piel de las caderas mientras intento ajustarme a él.

—Madre mía, vas a acabar conmigo —gime.

Empiezo a mover las caderas.

Por lo menos, me aseguraré de que sea por una buena causa.

Capítulo 27

Ledger

—Los manifestantes han vuelto. —Hillary asoma la cabeza al despacho.

—¿En serio? —Apenas levanto la mirada del portátil, eso es lo mucho que me importa una mierda quién esté protestando ahora—. ¿Qué dicen esta vez los carteles?

—A ver. —Hillary se dirige a la ventana y echa un vistazo a la calle—. En uno, pone «Protejamos la orilla del lago». En otro, «Fuera los sindicatos», lo cual es muy gracioso si tenemos en cuenta que no hay ninguno. «La avaricia de la gran ciudad es la ruina del pueblo». Vaya —dice mientras se gira a mirarme con las cejas arqueadas—. Ese es nuevo.

—Tiene gancho, ¿no crees? —Me reclino en la silla e intento dejar de pensar en Takashi y en los detalles que intenta esquivar, para centrarme en el desastre que tengo delante—. ¿Crees que los sacan de alguna página web?

—Quién sabe. ¿A lo mejor, en Eslogan.R.Us?

—O en vetealamierda.com.

—Voto por esa —ríe y vuelve a mirar por la ventana—. Tienen que aclararse, porque todos los días cambian de mensaje.

—Y, por eso, creo que el alcalde está detrás de todo.

—Le pones mucho, ¿no? —comenta. Se aparta de la ventana y se sienta en la silla que hay delante de mi escritorio.

—La pregunta es: «¿por qué?». Mi suposición es que la visibilidad es clave cuando optas a una reelección.

—La mía es que tiene que perder solo por principios.

Me río. Adoro a Hillary y su irónico sentido del humor. Lleva en S.I.N. casi diez años y es un activo increíble para la empresa.

—Ya que estás, ¿cómo vamos con el proyecto «hacer partícipe al pueblo»? —Pongo los ojos en blanco para enfatizar lo mucho que me entusiasma el tema.

—Hemos repartido folletos a todos los negocios locales, publicado un anuncio en los periódicos de Cedar Falls y Bear Valley y lo hemos notificado a la Cámara de Comercio. Puede que recibamos algunas propuestas de artistas y artesanos locales y consigamos exponer su trabajo en el resort. O quizá no.

—Es una lotería. La pregunta es: «¿qué hacemos si solo recibimos horteradas como propuesta?».

Hillary ríe.

—¿No aceptarlas? O las ponemos en paredes secundarias y no a plena vista. Hemos pagado una fortuna a la diseñadora de interiores. Lo último que quiero es afear la estética para hacer hueco al nuevo capricho de Grossman.

—Estoy de acuerdo. —Doy un trago al agua cuando se levanta de la silla—. Y gracias. —Se detiene y me mira—. Sé que estás demasiado atareada intentando que terminemos a tiempo y sin pasarnos del presupuesto, y yo voy y añado todo esto. Estás haciendo un gran trabajo.

Hillary me mira con la expresión más rara del mundo en el rostro.

—¿Qué pasa? —le pregunto.

—Trabajé para tu padre durante más de ocho años y, aunque era un hombre muy amable, también era muy exigente. Me pagaba bien y entendía que, a veces, necesitara tiempo para mis hijos o lo que fuera, pero no me dijo ni una sola vez nada como lo que acabas de decirme. Gracias, Ledger —habla con voz suave y mirada sincera—. De verdad.

Se dirige al otro lado del pasillo, a su despacho, y yo sonrío al repetir sus palabras en la mente.

Cuando vuelvo al portátil, a escribir respuestas que a Takashi no le van a gustar, un par de piernecitas, cuyo torso está escondido detrás de una pancarta, entran en mi despacho.

—Me parece que te has equivocado —les digo.

—Soy yo, Tootie. —Asoma la cabeza por detrás del cartel y me dedica una sonrisa mellada.

—¿Has pensado que me gustaría que vinieras con esa pancarta?

—Es mi tapadera —replica. Apoya el cartel contra la pared y se cruza de brazos.

—¿Tu tapadera? —pregunto.

—Sí. —Se da un paseo por el despacho y, durante el proceso, lo toca casi todo. Las paredes, el alféizar, la esquina de mi escritorio. Es como si lo evaluara, lo cual es ridículo—. Necesitaba una forma de entrar y he pensado que esta era la mejor manera.

Hillary regresa a mi oficina con expresión perpleja, puede que preguntándose cómo ha pasado Tootie por delante de ella sin que la vea, pero levanto la mano para detenerla. Le hago un gesto con la cabeza para indicarle que no pasa nada.

—¿Tu madre sabe que estás aquí? —le pregunto a Tootie mientras termina la inspección y ocupa el asiento que Hillary ha dejado libre hace unos minutos. Se toma un momento y remueve el trasero en la silla para probar si es cómoda.

La forma en la que frunce los labios me dice que le da el visto bueno.

—Sí, le he dicho que iba a venir a engatusarte para que vengas a cenar, pero no vengas. Nunca. La especialidad de mi madre son las tostadas quemadas. No te dejaría que comieras nada de lo que preparase, no le haría eso ni a mi peor enemigo.

—Gracias por la advertencia.

—De nada. —Cruza las manos en el regazo mientras intenta arrastrar el cuerpecito hasta el respaldo de la silla—. Además, la gente habla.

—¿De qué?

—De ti.

—Ah, ¿sí?

Suspira con fuerza.

—Bueno, yo intento no escucharlos o, por lo menos, digo que intento no hacerlo, pero lo hago de todas maneras.

—Cómo no. ¿Debería preguntarte qué dicen o me lo vas a contar cuando te apetezca?

La risita que emite hace que sacuda la cabeza.

—Dicen que tienes una mujer.

—Primera lección de vida, Tootie. Si alguna vez sales con un hombre que te dice que «tiene una mujer», déjalo de inmediato.

—¿Por qué?

—Porque un hombre no te «tiene». Eres independiente y con ideas propias. Él puede disfrutar de ti y de tu compañía. Quizás quiera pasar tiempo a tu lado y reír contigo. Jamás te «tiene». ¿Entendido?

—Creo que estás exagerando. ¿Lo digo de otra manera? Lo voy a decir de otra manera. —Se aclara la garganta y se pone recta—. Ellos, la gente del pueblo, dicen que disfrutas de la compañía de una mujer.

«Listilla».

—Lo que yo disfrute no es de su incumbencia. —Me impongo. Ante una niña de ocho años.

—Tienes razón, no lo es. Pero es un pueblo pequeño, así que todo el mundo piensa que sí. —Baja la mirada. Ha empezado a arrancarse el esmalte de uñas amarillo—. ¿Me vas a explicar por qué el alcalde Grossman te está dando tanto por culo?

Me atraganto.

—Tootie.

—¿Qué? —pregunta con aire inocente—. ¿Prefieres que diga que te está jod...?

—No, el «por culo» ya vale. Ya me sirve. —Joder, vaya niña—. ¿Por qué dices que quiere darme por culo?

—Estaba en la cafetería cuando mamá le contaba a Ellie May lo del hombre del que quiere... eh... disfrutar. —Guiña el ojo y sonríe, pero se le sonrojan las mejillas—. Y el alcalde estaba sentado detrás de mí, hablando y hablando sobre cómo tiene que seguir presionándote porque le hace quedar bien.

Ahí está la respuesta a la pregunta que Hillary y yo nos hacíamos hace un momento. Levanto la mirada y veo que Hillary asiente desde el otro lado del pasillo, es evidente que está escuchando el torbellino de palabras de Tootie.

—No es que forme parte de mi club de fanes exactamente.

—¿Tienes un club de fanes? ¿Cómo es que no lo sabía? —Se yergue un poco más—. ¿Hay que pagar una cuota? ¿Tienes alguna suscripción de pago en la que reveles más cotilleos? ¿Cómo. Es. Que. No. Lo. Sabía?

—Es una expresión, Tootie. Un dicho. No es verdad.

—Y pensar que me has emocionado para nada. —Hace un gesto con la mano en mi dirección.

—¿Querías decirme algo más sobre el alcalde? —pregunto.

—Tienes que matarlo con amabilidad. Es lo que me dice mamá que haga cuando Alex se burla de mí. —Pone los ojos en blanco con dramatismo—. En mi opinión, suena mejor darle un puñetazo en la nariz, pero, al parecer, matarlo con amabilidad funciona mejor.

—Sí, claro. Por qué no. —No puedo decirle que voto por pegarle un puñetazo a Alex en la nariz, pero sí.

—¿Y qué le has hecho para caerle mal?

—No tengo ni idea. —Me encojo de hombros—. Es un oportunista y un...

—¿Cabrón? ¿Es lo que ibas a decir?

Ahora es el turno de Hillary de toser para disimular la carcajada.

—Algo así. —Lucho por no sonreír—. ¿Por qué intentas ayudarme, Tootie Frutti?

La niña sonríe de oreja a oreja al escuchar el apodo.

—Alguien tiene que hacerlo porque, por si no lo sabías, esto es una selva, Ledger.

—Evidentemente. —Asiento e intento mantener cara de póker. Y entonces, se me ocurre—. Oye, ¿quieres ayudarme en un plan?

—¿Como una agente secreta o algo así? —Vuelve a erguirse en la silla.

—No tanto. —Río—. En un intento de matar al alcalde con amabilidad, Hillary y yo —digo señalando a Hillary— vamos a renovar la biblioteca del colegio.

—Ah, ¿sí? —Pone los ojos como platos.

—Sí, y creo que eres la persona perfecta para ayudarnos a decidir qué es lo que necesita exactamente.

—¿Te refieres a, por ejemplo, un sofá para leer, un puf, unos taburetes que se balanceen y otra colección de *Harry Potter*, porque siempre está cogido? ¿Algo así?

—Eso es.

—La mejor forma de conquistar a una mujer es con libros. Eso seguro.

Me quedo mirándola fijamente, parpadeando. No puedo hacer otra cosa.

Tootie se cruza de brazos y frunce los labios, sin duda, inmersa en sus pensamientos.

—¿Tengo un presupuesto o puedo hacer lo que quiera?

¿Cómo se le ocurren estas cosas?

—¿Qué te parece si haces una lista…?

—Sería más fácil que creara un documento de Word y te pusiera los enlaces para comprar los objetos.

La miro perplejo.

—¿Qué?

—Sí, es lo que me pide mamá que haga en Navidad. Dice que es mucho más fácil para Papá Noel si ya tiene los enlaces, porque tiene que comprarle juguetes a muchos niños. Así, me compra exactamente lo que quiero.

No puedo culpar a mamá por la idea.

—Vale, si te parece bien hacer eso…

—Los niños dominamos el ordenador ahora. No dudes de mis habilidades.

—No, no lo hago. Te aseguro que no dudo de ti.

—Bien. —Se pone en pie y asiente con decisión—. Tengo que volver con mamá. Seguro que piensa que me he perdido en algún sitio y que estoy en peligro. Escucha muchos pódcast de crímenes reales. —Pone los ojos en blanco—. Pero me voy a poner con eso inmediatamente, porque supongo que tienes que progresar para que el alcalde te deje en paz.

—Algo así, gracias por la ayuda.

—Sabes, si lo de la mujer de la que disfrutas no da resultado —dice mientras se detiene a recoger el cartel y, después, me mira por encima del hombro—. Estoy disponible para ocupar su lugar en unos veinte años. Nos vemos.

Dicho esto, Tootie sale de mi despacho y se va por el pasillo dando saltitos.

Mi mirada se cruza con la de Hillary desde la distancia.

—Quiero ser como ella cuando sea mayor —afirma.

Capítulo 28

Asher

Los días pasan con demasiada rapidez.

Odio admitir que haría lo que fuera para ralentizarlos, para poder pasar más tiempo con Ledger cada día, pero es la verdad. El reloj sigue avanzando, las horas siguen pasando y los días se convierten en noches.

Y, por mucho que me duela admitirlo, sé que tiene que volver a su vida de Nueva York. Cuando estamos juntos, apenas utiliza el teléfono. De hecho, creo que se esfuerza por estar desconectado. Pero, en caso de que tenga que responder una llamada que espera, me acuerdo de inmediato de su estatus e importancia en un mundo que a mí me resulta muy extraño. Recita de corrillo hechos y números en un tono práctico que debe de resultar intimidante para quienquiera que esté al otro lado del teléfono, pero que, para mí, es excitante.

No hay nada más *sexy* que un hombre seguro de sí mismo.

Sin embargo, en esos momentos en los que está solucionando un problema o negociando con vete a saber quién, recuerdo que tiene una vida de verdad, un ático que probablemente sea muy lujoso y actividades sociales a la que regresar.

Me duele el pecho solo de pensarlo.

Busco consuelo en el ritmo que hemos encontrado. Pasamos los días trabajando en solitario; las tardes, conociéndonos otra vez a pesar de que parece que nunca hemos estado separados, y las noches, disfrutando del cuerpo y aprendiendo los placeres del otro.

Aunque parece que, tácitamente, hemos establecido una norma que los dos acatamos. Una que nos obliga a dar un paso atrás para descansar cada uno o dos días, casi como si los dos tuviéramos miedo de acercarnos demasiado.

Creo que es inútil.

Pero, igualmente, sigo el juego.

Y continúo intentando convencerme de que no es más que un encaprichamiento.

—Madre mía, Ash —exclama Nita mientras se acerca a mí con los brazos extendidos y la cabeza levantada hacia al cielo. La mirada de asombro que me dirige cuando termina de dar vueltas bajo las tenues luces hace que se me ponga la carne de gallina—. Es increíble.

Sigue paseándose por el claro donde George y los chicos han terminado de colgar las luces, de árbol a árbol en zigzag, hasta el granero. Son tenues y emiten un brillo suave en la noche cada vez más oscura, y su luz llega hasta las macetas antiguas y desgastadas que hemos ido comprando en los mercadillos de los pueblos vecinos. Las flores que emergen de ellas añaden un toque de color a la madera barnizada con pátina contra las que están apoyadas.

Recorre el interior del granero. De las vigas del techo, cuelgan filas y filas de manojos de lavanda para secar entre las lámparas de araña elegantes y desgastadas que iluminan el interior de madera.

Pasa las manos por la barandilla recién pintada que lleva al altillo del granero y por las pilas de objetos de decoración que todavía tengo que colocar.

—¿Te gusta? —le pregunto, aunque no me importa si le gusta o no, porque a mí sí. Ha pasado mucho tiempo desde la última vez que me ocupé de un proyecto con buen resultado, y me había olvidado de lo bien que sienta hacerlo. Con cada idea y elemento que he colocado, he vuelto a sentir en las venas la emoción familiar de cuando dibujaba.

Es una idea creativa. Tengo libertad de inventar e inspirar, y de hacer realidad una visión. Nunca me había dado cuenta de lo mucho que echaba de menos esa sensación, de lo feliz que me hacía y lo mucho que me calmaba el alma hasta que empecé este proyecto.

¿Quién me iba a decir a mí que volver a lo que mejor se me daba iba a incluir la lavanda y los bocetos?

—Me he quedado pasmada, sin palabras —responde. Sigue deambulando de un lado a otro para contemplarlo todo—. Lo van a reservar para bodas y celebraciones, y... muchísimas cosas.

—Esa es la idea. —«Lujo. Sibaritismo. Un destino en el que perderte». Las palabras de Ledger fueron las que me impulsaron a imaginarlo. Y los comentarios de Sarah en la tienda hicieron que se me encendiera la bombilla—. Y, después, una vez nos hayamos asentado, he pensado en construir otro anexo por allí —añado y señalo en la distancia.

—¿Para qué?

—Para hacer nuestros propios jabones o aceites, y venderlos a empresas, como la tienda de Sarah. Para que la gente venga a ensuciarse las manos y fabricarlos ellos mismos. —Me encojo de hombros y sonrío con timidez—. Más sueños imposibles.

—Esto no es un sueño imposible. Eres tú, que recurres a lo que mejor conoces, la única constante en toda tu vida. La lavanda. —Me da un abrazo rápido y lanza un gritito cuando se da la vuelta y lo contempla todo otra vez—. La gente podría casarse allí, junto al árbol.

—He pensado lo mismo, las ceremonias se celebrarían allí, y el banquete, en el granero.

—Sería precioso con la lavanda de fondo y el viento soplando a través de ella. A tus abuelos les encantaría, ¿a que sí?

Esbozo una sonrisa agridulce.

—Ya le he enseñado algunas fotos a la abuela y la han hecho llorar de felicidad. No se creía que fuera nuestra granja. He hablado con el personal para traerla cuando esté terminada y que pueda verlo.

—Nadie podrá contener las lágrimas ese día.

Asiento, porque ya lo tengo todo planeado en mi mente. Traer a la abuela para que vuelva a ver su querida lavanda. Llevarla a escondidas a que haga una visita al abuelo a la vuelta.

El abuelo. Él ya sabe qué aspecto tiene ahora la granja, puesto que ha estado conmigo en cada paso, guiándome por el camino.

—Cruzo los dedos para que me aprueben el préstamo y tenga dinero para comprar el resto de cosas que necesito. Mesas y sillas. Quiero añadir un baño para los invitados y una cocina en la parte trasera del granero, y así dar cabida a las empresas de *catering*. Y pavimentar el camino de tierra para que sea más fácil acceder al recinto. —Me restriego las manos por la cara, lo he visualizado todo cientos de veces—. Si me lo deniegan, todo esto habrá sido en balde.

Es lo que más temo. Si uso la granja como aval para el nuevo préstamo, no solo arriesgaré la sangre, el sudor y las lágrimas de mi familia, sino también mi hogar.

Y ¿si no lo consigo? Por experiencia, sé que es casi más cruel tener un sueño y que te lo arranquen cuando ya lo has saboreado un poco que simplemente soñarlo y no tener la oportunidad de hacerlo realidad nunca.

—Si no te lo aprueban, encontrarás otra solución. Ya va siendo hora de que coseches buena suerte por aquí. —Hace una pausa y arquea una ceja—. Aunque, por otro lado, te has reencontrado con Ledger, así que parece que, a lo mejor, ya has gastado un poco de esa suerte.

—Por el momento —intento bromear, pero Nita me conoce lo bastante como para saber qué pretendo cuando cambio de tema… Evadir, como siempre—. También estoy redactando una propuesta para ofrecer precios especiales a los clientes de El Refugio. Banquetes, fiestas, lo que sea. El resort recibiría una comisión por las reservas y yo conseguiría más clientes. Cuando la termine, se la presentaré a la persona a cargo.

—¿Te refieres a Ledger? —dice con sarcasmo y me lanza una mirada de soslayo como si estuviera loca.

—No, Ledger no. No quiero que tenga nada que ver con esto.

—Sabes que es una locura, ¿verdad? ¿Es el dueño del maldito resort y crees que no se va a enterar?

—No me importa que lo sepa cuando me hayan aceptado la propuesta, pero antes no. Ni de broma. Quiero conseguir la colaboración por méritos propios, no porque él me dé una limosna.

—Que te eche una mano y que «te dé una limosna» son cosas muy distintas —afirma.

—Prométeme que no le dirás nada si lo ves.

—Vale, como quieras. Pero ¿cómo vas a ocultarle todo esto cuando se pase por aquí?

—Ha visto el exterior del granero, pero no el interior. Le diré que he añadido las luces porque esta parte de la propiedad es más oscura y quería iluminarla. —Me encojo de hombros—. Es un tío, no se fijará en los detalles hasta que se los señale de uno en uno.

—Cierto —ríe—. ¿Dónde está el hombre del momento? ¿Por qué no estás tirándotelo hasta la saciedad entre las filas de lavanda?

—Eso fue hace tres noches —respondo con despreocupación y su sonrisa se hace más amplia.

—Lo dices en serio, ¿verdad? —pregunta. Asiento y ella suspira—. Estoy celosa con «C» mayúscula. ¿Qué pasa con él?

—¿A qué te refieres?

—Me refiero a que te conozco desde hace muchísimos años, Ash, y esto es diferente.

—¿Diferente cómo? —pregunto, aunque ya sé la respuesta. Porque no consigo dar en el clavo y ella tampoco podrá.

—Por el tiempo que pasas con él sin sentirte asfixiada. Porque quieres más que el sexo increíble que disfrutas con él. Y por el hecho de que estás probando suerte con la granja —señala el granero y las luces que nos rodean— cuando, hasta ahora, estabas dispuesta a conformarte. No puedo decirte por qué exactamente, pero es la realidad y me encanta.

Le sonrío con suavidad y sacudo la cabeza.

—Odio cuando las mujeres dicen que un hombre les ha ayudado a tener confianza en sí mismas y esas gilipolleces, así que no lo voy a hacer, pero, no lo sé, Nita. Con Ledger aquí, algo ha cambiado en mí. Ignoro si tengo más confianza en mí misma y si no me importa una mierda la gente del pueblo o lo que digan de mí… He vuelto a ser la que era antes de tener que volver aquí.

Asiente.

—Aférrate a ello, ¿vale?

Ojalá pueda hacerlo.

—Es raro pensar que hemos llevado vidas completamente distintas los últimos quince años y nos hemos reencontrado, y…

—Y es mágico.

—Yo no iría tan lejos. Solo somos… nosotros. Es como si lo hubiéramos retomado donde lo dejamos. La amistad. La facilidad para comunicarnos. La risa. Todo sigue ahí, pero… mucho mejor que antes. Puede que sea por el sexo, pero no lo creo. Es como si no hubiera las mismas restricciones que había antes. Ya no pueden interferir ni su padre ni mis abuelos. Ya no me importa lo que piensen los demás. Ya no me preocupa nada, salvo nosotros.

—Bueno, me alegro por ti. De verdad. Nadie se merece más que la traten como a una reina más que tú.

—¿Eso quiere decir que estarás aquí para ayudarme a recoger los pedazos cuando se vaya? —Lo digo de improviso, pero de verdad.

—Sabes que sí. —Extiende el brazo y me aprieta la mano—. Aunque algo me dice que, en lugar de romperte en pedazos, lo que habrá hecho será volver a completarte.

Miro fijamente cómo las luces se balancean en el cable negro y grueso, y respiro hondo. Ledger siempre ha tenido un efecto profundo en la manera de verme a mí misma. Atractiva. Adorable. Alguien a quien puedes dejar atrás… incluso aunque, al final, eso no haya sido verdad desde su punto de vista.

Pero ahí está el problema de lo que ha dicho Nita.

Que ya sé lo mucho que duele perder a Ledger.

Capítulo 29

Asher

Ledger: ¿Estás libre el sábado por la noche?

Yo: No, voy a ver cómo se seca la pintura.

Ledger: No me creo que estés haciendo bromas.

Yo: Por ti lo que sea, querido.

Ledger: Cancela la cita con la pintura. Tenemos planes.

Yo: ¿Seguro? Me apetecía mucho.

Ledger: Listilla.

Yo: ¿Qué me pongo?

Ledger: Ya te lo diré.

Yo: Vale. Estaré desnuda hasta que me digas algo.

Ledger: No me voy a quejar por eso.

Yo: Chico listo.

Capítulo 30

Asher

No puedo dormir.

La mente me va a toda máquina y la emoción que siento por el nuevo proyecto me ha provocado insomnio. Un tipo de agitación que solo el cansancio de una buena sesión de sexo con Ledger podría arreglar.

Me planteo enviarle un mensaje. Puede que siga trabajando, sé que tenía que quedarse despierto por una conferencia con alguien del extranjero, pero decido no hacerlo.

Es posible que me haga preguntas sobre el motivo por el que no puedo dormir de repente. Y no quiero tener que mentirle.

En lugar de eso, decido deambular por la casa y admirar los cambios que he hecho en la decoración para hacerla más mía.

He rastreado mercadillos, ventas de patrimonio y mercados en línea para convertir la basura de otras personas en mi tesoro. Me ha llevado tiempo, pero no pasa nada. Creo que sería demasiado difícil cambiarlo todo de golpe, sería como si intentara eliminar el rastro de los abuelos por completo.

En vez de eso, hago un cambio, me acostumbro a él y, después, paso al siguiente. La haré mía poco a poco y conservaré elementos de la que una vez fue su casa.

El despacho. Me doy cuenta de que me he dejado encendida la lamparita del escritorio y, cuando me dirijo allí para apagarla, me topo con otra de las pilas de papeles del abuelo.

La miro un instante.

«Abórdala y acaba de una vez. Borrón y cuenta nueva. Arranca la tirita. Conservarla no va a hacer que el abuelo vuelva a la vida milagrosamente».

Sonrío y sé que tengo razón. Respiro hondo, me siento y me preparo para hacerle frente.

En una hora, he separado las pilas más grandes en varias más pequeñas. He elaborado un sistema: pongo los recibos para impuestos en un mismo sitio, archivo las facturas por orden alfabético y guardo la información para las nóminas de los empleados en carpetas en la estantería. Tengo una solo para papeles varios que me da miedo tirar por si son importantes, pero que todavía no sé si son relevantes.

Y, después, hay una pila de cosas del abuelo de las que todavía no estoy lista para desprenderme. Una notita en la que la abuela le había escrito «Te quiero». La entrada de la última película que vimos juntos. No me había dado cuenta de lo sentimental que era el abuelo hasta que empecé este proyecto.

Hace que lo quiera todavía más… si es posible.

Canto en voz alta con la música que sale de los altavoces y me contoneo mientras añado los objetos a la carpeta «Motivos por los que quiero al abuelo». En una de esas, me contoneo demasiado y uno de los papeles se me cae por accidente entre dos de las carpetas pendientes. Meto la mano entre ellas y rebusco a tientas para ver si consigo encontrarlo.

Lo encuentro y lo toco… Aunque también me topo con algo más rígido que un recibo. Pensando que es otro documento que se me ha caído, lo cojo para colocarlo en el lugar correcto. No obstante, al sacarlo de entre las carpetas de color verde apagado, veo que se trata de un sobre marrón con los bordes desgastados.

Se me para el corazón.

«Cuando tu abuelo entró en casa después de hablar con aquel… hombre tan horrible, llevaba algo en la mano. Un sobre marrón».

Sé que es el mismo sin más prueba que su color. Tiene que serlo. Durante un momento brevísimo, me planteo dejarlo estar y no abrirlo. Ya sé que Maxton Sharpe era un cabrón sin escrúpulos. ¿Habrá algo bajo la solapa que me dé otra imagen del abuelo? En lo más profundo de mi corazón sé que nada haría que mi opinión sobre él cambiara... pero, aun así, me hace dudar.

No obstante, me invade la curiosidad, así que me dirijo al escritorio, me siento y paso el dedo por debajo de la solapa. Inhalo con fuerza y sacó el único objeto que hay en el interior.

Un cheque sin cobrar.

A nombre del abuelo.

Firmado por Maxton Sharpe.

Con la fecha de aquella noche en la que todo cambió.

Un cheque de cuarenta mil dólares.

Miro fijamente el rectángulo azul y desteñido, y no estoy segura de cómo me siento. ¿Sorprendida? ¿Indiferente? ¿Disgustada?

¿Esto es lo que costaba salvar a su hijo de, según él, la deshonra que creyó que suponía que saliera conmigo? ¿Esto es lo que pensó que yo valía?

Se me llenan los ojos de lágrimas y todas esas malditas inseguridades que Maxton me plantó en la mente aquella noche asoman su fea cabeza. Sin embargo, las lágrimas son por buenos motivos. Por el abuelo.

No lo cobró.

Siempre tuvimos problemas económicos. Este dinero habría ayudado mucho a una familia como la nuestra, que no siempre llegaba a fin de mes.

Lo ocultó y guardó durante años, hasta mucho después de que venciera.

Pienso en la experiencia universitaria que me perdí. En los sueños que se me escaparon entre los dedos.

Podría haberlo depositado en una cuenta de ahorros. Podría haber usado los fondos para ayudarme a pagar la universidad.

«¿Y si lo hubiera hecho, Ash? ¿Cómo te sentirías si supieras que el valor de tu autoestima destrozada fue lo que te llevó a la universidad?».

Exhalo y me reclino sobre la silla del despacho, intentando procesar las emociones contradictorias de mi interior. Arrepentimiento y alivio. Pasa el tiempo. Pasa un instante tras otro en las horas de la madrugada y yo sigo jugueteando con los bordes del cheque. Estudio los garabatos. Miro fijamente el nombre que aparece en el concepto: «Asher».

¿Habríamos tenido una vida más fácil si el abuelo hubiera cobrado el cheque? ¿Lo habría usado para mí? ¿Para cuidar mejor de la abuela? ¿O para aliviar nuestra economía después del incendio?

Pues claro que habría sido más fácil.

Pero echo un vistazo a mi alrededor, a todo lo que tengo, y considero esas veces en las que pasarlo tan mal nos unió todavía más. Los recuerdos que hicimos porque tuvimos que ser más creativos. Los Campos y todo lo que aspiro a crear aquí… Y sé que no habría querido que fuese de otra manera.

¿Perdí un sueño?

Así es.

«Los sueños cambian». ¿No es eso lo que le dije a Ledger la primera noche en el bar de Hank? Resulta irónico que lo hiciese para desviar la conversación, para poner una excusa de por qué no había ido a la universidad.

Y, ahora, lo creo de verdad.

Sí pueden cambiar.

Y estoy completamente segura de que, pase lo que pase, este sueño se hará realidad. Es lo último que puedo hacer para honrar al abuelo por ser el hombre que fue. Por tener integridad. Por ayudarme a levantarme cuando alguien me destrozó.

Por quererme como me quería.

Tras mirarlo un rato más, vuelvo a meter el cheque en el sobre y lo guardo en la carpeta de «Motivos por los que quiero al abuelo». Donde pertenece.

Mientras me arrastro al piso de arriba, cansada, al fin, y lista para irme a dormir, solo me atormenta una pregunta.

Si debo contarle lo del cheque a Ledger.

Ya le está costando querer e idolatrar a un hombre que le hizo tanto daño. ¿Sumo algo más a ese dolor o me lo guardo para mí?

Las dos opciones están mal.

Ahora, debo decidir cuál de las dos es el menor de los males.

Capítulo 31

Ledger

—Napa es arriesgado —musita Ford—. ¿Crees que en Cedar Falls se necesita mucho papeleo? No es nada en comparación con Napa.

—Genial. Pues a lo mejor deberíamos abortar ese proyecto y centrarnos en los que ya tenemos durante un tiempo —respondo. Los tres nos encontramos en una de nuestras teleconferencias semanales para asegurarnos de que la mano derecha sepa lo que hace la izquierda.

—¿Acabo de oír decir a Ledger que se va a tomar un descanso en su misión de conquistar el mundo? —bromea Callahan—. ¿Está demasiado limpio el aire por allí? ¿Te está estropeando las neuronas? «¿Abortar el proyecto?».

—Creo que nunca había oído esas palabras de su boca —añade Ford.

—Debe de ser el sexo —dice Callahan—. Le está pudriendo el cerebro.

—O eso, o no está pillando cacho, y son las pajas lo que le están provocando un lapsus en el juicio.

—¿Habéis acabado? —pregunto. Echo un vistazo a la puerta del despacho, esperando que Asher entre en cualquier momento—. Tengo cosas que hacer. Está claro que, cuando yo no estoy, los dos descuidáis vuestras obligaciones si esas son las gilipolleces que os preocupan.

—Oh. ¿Estás sacando pecho? ¿Intentas demostrarnos que tú eres el jefe? —Callahan me reta como si tuviéramos doce años—. Cien dólares a que Asher acaba de entrar.

—Mil —añade Ford y, tal como era de esperar, cuando vuelvo a mirar hacia la puerta, Asher está en el umbral.

Pierdo el hilo de la conversación. En lugar de los vaqueros y camiseta de tirantes habituales, lleva un vestido veraniego de color amarillo pálido. Es ceñido por el pecho, con vuelo hasta las rodillas y deja al descubierto sus piernas torneadas. Las sandalias blancas con tiras solo sirven para que el conjunto sea todavía más *sexy*.

—Tierra llamando a Legder —dice Ford.

—Está demasiado ocupado imaginándose cómo se la va a follar en el escritorio cuando se vaya todo el mundo —ríe Callahan.

—Que os den. Me voy.

Cuelgo sus protestas dramáticas y ruidos de besitos.

Son unos cabrones.

Aunque unos cabrones con muy buenas ideas.

Miro el escritorio y, después, levanto la mirada hacia Asher y sonrío.

Sin duda, es una buena idea, pero una que tendrá que esperar.

¿Quién me iba a decir a mí, cuando le pregunté si quería venir a ver las obras del resort, que estaría embobado durante todo el recorrido por el balanceo de su culo, el escote expuesto y por los comentarios que hace? ¿Y quién me iba a mí a decir que eso podía ser *sexy*? Sugerencias inteligentes, preguntas realistas sobre cómo funcionarán las cosas, así como consultas que me dan que pensar y para las que todavía no tengo respuesta.

—¿De verdad va a estar acabado en un mes? No parece tiempo suficiente para todo lo que queda por hacer. —Asher se gira para mirarme y hay algo en su pregunta que hace que me flaqueen los pies.

Acabado en un mes.

—¿Qué? —pregunta cuando me quedo ahí, mirándola fijamente.

—Nada, he perdido el hilo —digo y me saco la idea de la cabeza—. El último mes siempre es caótico. Por lo general, a estas alturas, ya está hecho lo más importante, pero, entonces, quedan muchos detallitos que hay que cerrar al mismo tiempo.

Acaricia el mostrador de cuarzo del balneario con la mano.

—¿Alguna vez no habéis cumplido el plazo?

—Alguna vez. Casi nunca. No me gusta inaugurar si no está perfecto. —Me encojo de hombros. Me encanta verla aquí, en un sitio tan lujoso. Le pega—. Aunque, a veces, hay que hacerlo. Los clientes nunca se darían cuenta…, pero yo sí.

—Eres perfeccionista.

—Hasta decir basta. —Igual que mi padre.

Hace un mes, esa idea me habría llenado de orgullo. Ahora, todavía me cuesta saber cómo me siento.

Pero tengo la mejor distracción posible: Asher.

Recorremos el resort. Le enseño las tiendas de regalos con los estantes vacíos, porque la mercancía está de camino. Recorremos cada sección y yo le suelto más información, que no estoy seguro de que le interese, pero deja que me explaye sin parecer aburrida. Suspira con cada una de las cuatro piscinas. Y, en una habitación con forma de cúpula, con las paredes de cristal, se deja caer en un sofá delante de la chimenea que, muy pronto, estará en funcionamiento.

—Será una pasada cuando nieve y puedas sentarte junto al fuego. Estarás calentito, pero te sentirás como si estuvieras fuera.

—Esa era la idea —murmuro. No le aparto la vista de encima mientras ella observa todo lo demás.

«Acabado en un mes».

«¿Y, cuando acabe el mes, qué, Sharpe? ¿Qué pasa con lo que quiera que sea esto?» ¿Cómo te aferras a algo que no te pertenece y que tiene su propia vida aquí?

No forma parte del plan de diez años.

Ella nunca ha estado incluida en el plan, y, aun así… No lo sé. De verdad.

«¿Qué pasa si no quiero cambiar de objetivo todavía?».

Estoy muy confuso. Pienso en las cosas que quiero. En las que creía que quería. Y en ella: lo inesperado.

Sacudo la cabeza mientras la observo. Está acurrucada en la silla, con el cuello apoyado en el respaldo y los ojos cerrados.

Asher.

Me hace sentir cosas.

Desear cosas.

Se suponía que iba a ser una forma divertida de pasar el tiempo que tuviera que estar aquí. Una relación basada en lo físico.

¿A quién cojones quería engañar?

¿Cómo puede seguir siendo igual de fuerte una conexión que empezó hace más de diecisiete años?

Me paso la mano por el pelo y estoy a punto de dejarme llevar por el impulso de acercarme y besarla para acallar los pensamientos, pero, por suerte, me gana el sentido común porque, segundos después, oímos unos pasos.

—Disculpe, ¿señor Sharpe? —Me vuelvo y me topo con Nate, la mano derecha de Hillary, en la entrada de la habitación que en S.I.N. llamamos el «Globo de Nieve».

—Ya te lo he dicho, Nate, llámame Ledger.

—De acuerdo, señor Sharpe —añade y sonríe.

—¿Qué puedo hacer por ti?

—Sé que de esto se encarga Hillary, pero quiero ponerle al día sobre los puntos de la reunión de esta mañana. —Me muestra un portapapeles con una lista.

—Te lo agradecería.

—Ya nos han entregado las plantas y el paisajista vendrá mañana para empezar a trabajar con su equipo. El viernes, nos llegarán el equipamiento y los muebles del balneario. Una parte del equipo comenzará a instalarlos el sábado. Los electricistas del pueblo casi han terminado las instalaciones eléctricas. —Me mira a los ojos—. Lo único que falta, bueno, por lo menos de la lista de hoy, es llamar al jefe de Bomberos para que compruebe y dé el visto bueno a las alarmas contra incendios. Ah, y también ponerse en contacto con el pintor para que vuelva en unas semanas a dar los últimos retoques.

Repaso la lista mentalmente a fin de comprobar si se ha dejado algo, y no.

—Gracias, Nate. Muy bien hecho.

Esboza una sonrisa llena de orgullo, como debería ser. Es su primer proyecto con nosotros y, aunque es evidente que me tiene un miedo de la hostia, está haciendo un trabajo excelente.

—Bien, gracias. ¿Le parece bien que me encargue del resto mañana o…?

—Claro, con una condición…

—¿Me prometes que irás al árbol? —Sus ojos grises escrutan los míos.

—Con una condición.

—¿Cuál? —Ladea la cabeza y se muerde el labio inferior mientras espera la respuesta.

Levanto las manos hacia los lados.

—Que me querrás siempre —exclamo, deseando que la felicidad que me hace sentir dure eternamente.

En cuanto pronuncio esas palabras, el recuerdo me viene a la mente. Es una escena que repetí miles de veces en mi adolescencia, pero no había recordado las palabras hasta ahora. «Con una condición…».

Miro a Asher de soslayo, pero está de espaldas a mí.

—¿Señor Sharpe? —pregunta Nate, y me devuelve al presente—. ¿Qué me decía? ¿Qué condición?

Sonrío.

—Solo iba a decirte que puedes irte a casa, siempre y cuando pases una buena noche.

—¿Esa es la condición? —Es evidente que está confundido.

—Eso es.

Una sonrisa le cruza el rostro, siempre demasiado serio.

—Sí, señor. Lo haré.

Lo observo mientras recorre el vestíbulo en dirección al pasillo y los otros trabajadores de la empresa y el personal de la construcción se arremolinan a su alrededor.

Esta vez, cuando miro a Asher, me devuelve la mirada y sonríe con nostalgia.

«Ella también lo recuerda».

Guardo silencio. Incluso aunque supiera qué decir, no creo que ayudara.

Igual de rápido que ha aparecido, el momento se desvanece cuando oímos unas voces en el pasillo, pero nos seguimos mirando un segundo más. Otro instante en el que reconocemos lo que una vez hubo e intentamos averiguar qué somos ahora exactamente.

—¿Quieres ver más o te estoy matando de aburrimiento y prefieres dejarlo? —le pregunto, tratando volver a dondequiera que estábamos antes de que surgieran esas tres palabritas.

Extiende el brazo y esboza una sonrisa sincera.

—Enséñamelo todo.

Y lo hago. Dedico los siguientes treinta minutos a intentar impresionarla. Es ridículo que quiera hacerlo, pero no puedo evitarlo.

Quiero que se sienta impresionada con todo esto. Y lo que es más importante, conmigo.

Nunca me ha importado lo que la gente piense de mí. Soy un Sharpe. Y eso ya es imponente de por sí para la mayoría.

Pero a ella eso le da igual.

Nunca le ha importado.

Así que espero hacerlo siendo yo mismo.

Joder, parezco tonto. Tonto y patético, cuando, en realidad, nunca hemos definido lo que hay entre nosotros, así que, ¿qué cojones importa?

—Es increíble. Tú, Ledger Sharpe, eres increíble —dice Asher. Echa un vistazo rápido al exterior de mi despacho y, después, me agarra de la camisa y me atrae hacia ella. Sus labios se unen a los míos en un beso delicado. Sabe a hierbabuena y huele a luz del sol.

Qué mujer.

Joder.

Ese vestido amarillo.

Esos labios tan sexis.

Su cuerpo contra el mío.

Sus elogios.

Echo un vistazo al reloj y, después, con las manos de Asher todavía en mis caderas, estiro el brazo hacia atrás y cojo el móvil del escritorio.

—¿Sí, señor Sharpe?

—Hola, Bernie. ¿Hay algún manifestante en la puerta principal? —pregunto. Cuento con que me ponga al tanto, igual que hace siempre.

—¿Ahora mismo? Ninguno, señor. Según la hoja de registro, en el recinto, solo quedan usted y una… Señorita Wells.

—Genial, gracias. No me he dado cuenta. Supongo que hemos estado tan centrados en nuestra discusión que he perdido la noción del tiempo.

—Debe de ser importante.

—Lo es. —Miro a Asher. Está a punto de ser muy importante—. ¿Puedes avisarme si llega alguien más?

—¿Espera a alguien en particular?

—Por el momento, no, pero nunca se sabe.

—Cierto. No hay problema, señor.

Y, si Bernie tiene la corazonada de que le estoy pidiendo estar solo para poder follarme a Asher en el escritorio, no dice nada. Es un hombre inteligente, así que no me sorprendería que lo supiera.

Cuelgo el teléfono y, cuando me vuelvo hacia Asher, tiene una ceja arqueada y una sonrisa traviesa en los labios.

—«¿Puedes avisarme si llega alguien más?» —repite en tono coqueto y me acaricia en mitad del pecho con una uña—. ¿Por qué, señor Sharpe? ¿Es que tiene algún plan?

En un segundo, la beso y le subo las manos por la piel desnuda de los muslos para agarrarle el culo por debajo del vestido.

—Tengo muchos.

—Ah, ¿sí? —me pregunta entre besos.

—Follarte en el escritorio. —Le muerdo el labio—. Que me montes en la silla. —Le introduzco la lengua entre los labios—. Muchísimos planes.

—Sí, señor Sharpe.

Capítulo 32

Asher

«Con una condición».

Cuando ha pronunciado esas palabras esta tarde, ha sido como regresar a aquella noche de luna llena cuando todo parecía estar bien, y la vida, justa.

Él también recuerda lo que dijo.

El momento que compartimos.

Pero había algo más en su mirada. ¿Incertidumbre? ¿Confusión? No estoy segura.

Lo más maduro sería decir algo al respecto. Aclarar el tema para que, tal vez, los dos pudiéramos seguir con unos parámetros en mente.

Pero no quiero ser madura. No quiero arruinar el tiempo que me queda con él; soy más que consciente de que es limitado.

Un mes más.

Cuatro semanas más.

Y luego, ¿qué?

¿Salimos de la vida del otro igual que hicimos la última vez? Sus responsabilidades laborales terminarán, lo mismo que las vacaciones de verano. La diferencia es que, esta vez, no me basta con una llamada o mensaje durante nueve meses y suspirar por su presencia los otros tres.

Merezco más que eso.

Merezco algo mejor.

A pesar de que entre Ledger y yo las cosas fluyen con facilidad, todo este asunto se ha complicado. Me he convertido en la reina de mentir por omisión. A la abuela, cuando me pide más detalles sobre el hombre con el que salgo. A Ledger, al no decirle lo del cheque.

Y lo que utilizo para justificarme es lo mismo que me genera conflicto: que Ledger se irá más pronto que tarde.

—¿Llevas un minuto mirándome fijamente por algún motivo? —bromea Ledger y me mira con los ojos entrecerrados por encima del envase de pollo Kung Pao.

«Contrólate, Ash».

—No te estaba mirando fijamente.

«Deja de darle tantas vueltas a las cosas».

—Estabas distraída. ¿Es porque tengo comida en la cara o algo entre los dientes?

«Disfruta de su compañía y resuelve lo demás más adelante».

—No, lo siento. —Sonrío y doy vueltas a la comida en el recipiente para llevar—. Estaba en mi mundo.

—Seguro que estás pensando «Ledger se está poniendo un poco rollizo, ya que lleva aquí semanas y no se ejercita como debe».

—Creo que ya haces bastante ejercicio conmigo, muchas gracias.

Esboza una sonrisa rápida como un rayo, deja la comida, gatea y me da un beso suave en los labios. Cuando me mira, tiene los ojos oscurecidos por el deseo.

—Me encantaría volver a ejercitarme contigo muy pronto.

«Disfruta de su compañía».

—¿Muy pronto? Creo que estás perdiendo el toque, Ledger Sharpe. —Le tomo la mano y la pongo entre mis muslos.

El gruñido que se le escapa es un afrodisiaco en sí mismo.

—¿El toque? —ríe por la nariz—. Hace unas horas no decías eso.

Me vienen imágenes a la cabeza.

Mi culo desnudo en su escritorio inmaculado. Mis piernas abiertas. Mis dedos, que le tiraban del pelo. Sus ojos ambarinos, que me miraban desde entremedio de mis muslos mientras me recorría la hendidura con la lengua antes de introducirla en mi interior.

La intensidad suntuosa.

El placer extraordinario.

El puro éxtasis del orgasmo que me golpeó, intensificado por la emoción y el miedo de que entrara alguien en El Refugio y nos pillara.

Y luego, cómo no, estaba el sexo en sí. La forma en la que Ledger me ha inclinado sobre el escritorio con el vestido remangado por las caderas. La manera en la que me ha introducido su magnífico pene mientras mi sexo seguía palpitando por el clímax que me había provocado momentos antes. La forma en la que me ha sujetado por el hombro con una mano y me ha agarrado la cadera con la otra a la vez que me tentaba, provocaba y se restregaba contra mí una y otra vez hasta que los dos hemos quedado agotados, sin aliento y momentáneamente satisfechos.

Al recordarlo, mi cuerpo ansía volver a tenerlo.

Porque, cuando se trata de Ledger, la satisfacción siempre es momentánea. Siempre deseo más, necesito más. Ansío que vuelva a probarme, tocarme o besarme.

Es como la mejor adicción de la peor manera posible. Una que anhelas, pero de la que temes la abstinencia.

—¿Hace unas horas? ¿Ha pasado algo? —pregunto coqueta, pestañeando lentamente y con una sonrisa burlona—. Ah, sí. Se me había olvidado por completo.

—¿Te has olvidado? —responde con tono de sorpresa fingida. Me agarra la pierna con la mano libre y me baja hasta el suelo, donde se encuentra él. Me interrumpe la carcajada con los labios—. Entonces, será mejor que te ayude a recordarlo.

Me muerde el hombro y grito de sorpresa.

—¿Y la comida?

Me frota el pene cubierto entre las piernas.

—A la mierda la comida, está mejor recalentada.

—Seguro que sí.

Capítulo 33

Asher

Repaso la presentación que he creado. Las fotos nuevas que he hecho de Los Campos son simplemente deslumbrantes. Las he mirado una y otra vez, y sigo sin poder creer que sea el mismo lugar del que recorrí cada centímetro de pequeña.

Juro que debe de ser por la magia de la fotografía, pero todas las imágenes parecen delicadas y románticas; es un lugar en el que a mí me encantaría organizar un evento. Lo cierto es que las fotos no muestran los elementos que conseguiríamos con el préstamo, pero enseñan un fondo acabado y precioso para una celebración.

Echo un vistazo a la sala de espera. Es curioso que estuviera aquí el otro día y no me fijara en las sillas. Aunque agradezco la distracción, porque no dejo de mover la rodilla de arriba abajo y las palmas de las manos me sudan que tengo que limpiármelas en el único par de pantalones de vestir que creo que tengo. En general, es un momento muy importante, pero para mí, todavía más. Quiero salir de El Refugio antes de que Ledger regrese de su almuerzo de trabajo.

—¿Señorita Wells? —Levanto la cabeza y sonrío a la mujer que hay en el pasillo. Me lanza una mirada peculiar, una que dice «¿por qué te vas a reunir con Hillary si el otro día estabas aquí con Ledger?», pero yo le sigo sonriendo—. Hillary se reunirá con usted ahora.

—De acuerdo, gracias. —Me pongo en pie con las piernas temblorosas, el portátil y una copia impresa de la presentación en las manos, y la sigo.

Hillary me dedica la misma mirada curiosa cuando entro en su despacho, pero no dice nada hasta que tomo asiento.

—¿Supongo que tiene un buen motivo para pedirme que me reúna con usted justo cuando Ledger no está aquí?

Hillary es una persona imponente. Alta, con rasgos marcados y mirada implacable. Haberla visto reír con Ledger antes me ayuda, si no, estaría mucho más nerviosa de lo que estoy ahora.

—Sí, para mí es un buen motivo. A usted puede que la ponga en una situación comprometida y, por eso, le pido disculpas de antemano.

—Continúe —dice con un gesto de la cabeza, y junta y separa las manos delante de ella en el escritorio.

—Lujo. Sibaritismo. Un destino en el que perderte. Esa es su marca. Por lo que se conocen las propiedades de S.I.N. —repito la descripción que me dio Ledger y he tenido metida en la cabeza desde que decidí emprender el proyecto—. Y, en Los Campos, no solo compartimos esa visión, sino que queremos ofrecer la oportunidad a sus huéspedes de que la experimenten desde la perspectiva de un pueblo pequeño. Ya sea con una cata de vinos bajo las estrellas en un campo de lavanda fragante, una reunión familiar con música en directo o una ceremonia y un banquete de bodas, podemos adaptarnos a sus necesidades.

Respiro hondo y continúo con mi presentación para Hillary, aunque con dificultad, porque su expresión estoica no deja entrever nada. Cuando termino de explicar la premisa, paso a hablar de mis futuras aspiraciones de fabricar productos de lavanda para vender.

Me obligo a ir más despacio varias veces y espero que la emoción que siento por esta nueva aventura sea mucho más evidente que mis nervios.

Cuando termino, Hillary se reclina en la silla, con los labios fruncidos y mirada implacable.

—¿Y por qué iban a preferir nuestros huéspedes celebrar sus eventos en la granja en lugar de en este resort multimillonario que ya están pagando?

—Algunos querrán, otros no. Los Campos solo proporciona otra opción para aquellos que deseen una auténtica experiencia rural. Tal como verá cuando lea toda la propuesta, he incluido estudios comparativos de otros resorts de lujo con colaboraciones similares, además de un análisis de la típica demografía de S.I.N., y cómo esta colaboración puede satisfacer sus necesidades.

Otro gesto de la cabeza.

—¿Y por qué no se lo ha presentado a Ledger?

La miro fijamente y pestañeo durante un momento. Pienso que la respuesta es bastante obvia, pero me explico de todas maneras.

—Si quisieran colaborar con Los Campos, preferiría que fuese por méritos propios y no por obligación. Tal como bien sabe, Ledger y yo nos conocemos personalmente. Quiero que me den esta oportunidad porque sea válida, buena y beneficiosa, no porque se sienta obligado a aceptarla.

—¿Y cree que yo puedo ser imparcial, aunque sea la novia de mi jefe?

—No soy su..., no estamos... —Me aclaro la garganta y sacudo la cabeza. «Mierda. No esperaba que fuera tan directa»—. Es evidente que usted es una mujer de negocios muy buena o no estaría a cargo del proyecto. Así que sí, creo que es más que capaz de tomar una decisión imparcial sobre lo que es lo mejor para su resort en lo que respecta a colaboraciones u oportunidades externas. También sé que el alcalde Grossman les está presionando para que, de algún modo, hagan partícipe al pueblo en El Refugio.

—¿Y cree que esto nos ayudará?

—Creo que, sin lugar a dudas, Sharpe International Network es receptiva y astuta, y que ya tienen un plan en curso con el que cumplir las peticiones de Grossman. La gente del pueblo habla y considero que la opinión pública va cambiando poco a poco a su favor. Añadir Los Campos a las... opciones de sus huéspedes no les va a afectar en modo alguno. Pero ¿qué daño puede hacer? El Refugio recibirá una comisión solo por ofrecer la oportunidad y sus clientes vivirán una experiencia única.

—Y usted gana clientela.

—Sí. Al fin y al cabo, esa es la idea —concluyo sin disculparme. Los nervios se han convertido en confianza en mí misma. Lo conseguiré con o sin la colaboración con el resort.

—¿Y cómo se supone que vamos a encajarlo con El Refugio?

—No tienen que encajarlo. Somos una granja de lavanda, y esto, un resort exclusivo. Tan solo será otra opción para los clientes, como esquiar o los paquetes de actividades al aire libre que ofrecen en la recepción del hotel.

—¿Y el recinto está listo?

—Lo estará el mes que viene. —«Espero». Si consigo el préstamo. Confiemos en que las preguntas del banco que he respondido de camino a aquí sean otro paso más para ello.

Se hace el silencio en el despacho de Hillary mientras hojea la versión en papel de la presentación. Se me acelera el pulso y empiezo a sacudir la pierna otra vez.

Es la primera vez que he tenido la oportunidad de hacer algo así en mi vida adulta. La granja siempre fue de mis abuelos. Siempre la llevaron a su manera, porque no hace falta arreglar algo si no está roto. No obstante, ahora es mía y, hasta este momento, no me había dado cuenta de lo mucho que quiero conseguir que funcione.

De lo mucho que necesitaba algo más para definirme a mí misma.

—No es una mala idea —dice Hillary con aire pensativo, todavía echando un ojo a la propuesta—. Los números son justos, y las ideas, sensatas.

—Gracias.

—Ahora mismo, estoy revisando otras muchas propuestas para completar los paquetes que Ledger y yo queremos contratar. Tendré muy en cuenta su propuesta cuando tome una decisión. —Levanta la mirada y esboza una sonrisa resuelta—.

No quiero que suene como un cliché cuando le diga que «me pondré en contacto con usted», pero me pondré en contacto con usted.

—Gracias. —Me levanto y extiendo la mano por encima del escritorio para estrechar la suya—. Gracias por su tiempo.

Hasta que no salgo del edificio, no exhalo de verdad.

Ahora, a pasar algo de tiempo con la abuela para distraerme y no pensar todo el tiempo en la respuesta.

Capítulo 34

Asher

—Está quedando muy bien.

—¿El qué? —le pregunto a Nita. Me dejo caer en el sofá justo enfrente de donde está sentada ella.

—La casa. La estás haciendo tuya poco a poco.

—¿Te refieres a que he quitado todas las fotos mías vergonzosas que los abuelos tenían colgadas por todas partes?

—Bueno, sí —ríe—. Pero, ahora, parece más tuya que suya.

—Lo sé. Ha sido un proceso gradual y el hecho de empezar a hacerlo ha sido una decisión muy difícil, pero tuve que hacerme a la idea de que la abuela no va a volver a casa y de que el abuelo se ha ido. Pensé que, si iba a reformar el granero, también podía incorporar más de mí aquí dentro.

—¿Y cómo te sientes?

—Orgullosa. Triste. Resuelta. El abuelo y yo nunca hablamos de qué haría cuando ellos no estuvieran, pero siempre me decía que le encantaba mi «estilo Ash». Y, ahora, la casa es de ellos y mía. Lo que ellos construyeron y un poco de mí en la mezcla.

—Pues está muy bien. Luminosa y limpia con toques de color. Me gusta y creo que a él también le habría gustado. —Menea los hombros para quitarle seriedad a la conversación—. Últimamente, es como si fueras una nueva Asher en muchos sentidos.

—Bueno, pues la nueva Asher se está poniendo nerviosa, esperando a que Ledger haga lo que sea que va a hacer.

—*Hola. No esperaba hablar contigo hasta más tarde. ¿Qué pasa?*

—*Pues… Sé que te vas a cabrear, pero sígueme el rollo* —dice Ledger.

—*¿Con qué?* —*¿Por qué me voy a cabrear?*

—*Con la sorpresa que te he preparado. No pretendo decirte que no me gusta cómo eres…, solo quiero mimarte un poco.*

—*Eh…, vale.* —*Me dirijo a la ventana de la casa y veo que George está trasteando algo. Me ha despertado la curiosidad—. ¿Debería preocuparme?* —bromeo.

—*No, para nada. Solo quería hacer algo especial por ti.*

Me da un vuelco el corazón.

—*Vale* —arrastro la palabra—. *¿Cuándo llegará la sorpresa?*

—*Pronto lo sabrás.*

—¿A qué se refería con «pronto lo sabrás?» —pregunta Nita.

—Sabes lo mismo que yo.

—¿Pero tiene que ver con el sitio secreto al que te va a llevar esta noche?

—Sí. Anoche le pedí que me sugiriera qué ponerme. Y lo que me dijo cuando me llamó fue su respuesta.

—*Sexy*, rico y misterioso. ¿Estás segura de que no puedo tirarle los tejos a alguno de sus hermanos? —ríe.

—En fin. —Pongo los ojos en blanco y extiendo los brazos a los lados para enseñar el par de pantalones cortos de correr y la camiseta de tirantes negra y simple que llevo puestos—. Si lo que sea que ha preparado no da señales de vida pronto, este va a ser mi atuendo para la cita.

Nita se ríe, pero se vuelve a dejar caer en el sofá y me dedica una sonrisa con melancolía.

—Aunque es emocionante, ¿no? Tener una cita secreta planeada por un hombre atractivo.

La miro y frunzo los labios.

—Creo que es lo más romántico que han hecho nunca por mí. Y no es mucho decir teniendo en cuenta que lo segundo es cuando, en sexto, Brad Wheelan me metió corazones de caramelo en el almuerzo todos los días durante un mes.

—¿En serio? ¿Brad? ¿Brad, Brad? —pregunta abriendo mucho los ojos.

—Sí, ese Brad —respondo. El mismo Brad que ahora está casado con su marido y vive felizmente con sus dos hijos adorables.

—Bueno, creo que…

Unos golpes en la puerta la interrumpen y yo me sobresalto. Las ventanas están cerradas y el aire acondicionado encendido, pero el hecho de que alguien haya llegado hasta la puerta sin que me dé cuenta me alarma.

—¿Esperas a alguien? —Nita me pregunta mientras abro la puerta.

—¿Hola? —le digo a la mujer del porche. Lleva el pelo recogido en un moño impecable, va vestida toda de negro y maquilada a la perfección. Parece completamente fuera de lugar en el umbral de mi casa.

—¿Asher Wells?

—¿Puedo ayudarla en algo?

Su sonrisa aumenta y solo entonces me fijo en que, a la derecha, hay un perchero con ruedas, dos mujeres más y unas cajas portátiles enormes.

Extiende la mano y se la estrecho.

—Me llamo Millie Paulsen y estas son Jayne y Fran, mis ayudantes. Somos tu equipo de belleza. —Guiña el ojo con picardía—. Ledger nos ha enviado con la misión de que te vistamos y te arreglemos para esta noche.

Miro a Nita, que articula las palabras «Madre mía» como respuesta.

¿Estilistas personales? ¿En serio? No he vivido nada así en toda mi vida.

—Yo… No me puedo permitir…

—Cariño, ¿de verdad piensas que un hombre nos va a enviar a tu casa y esperar que nos pagues tú? De ser así, te recomendaría que lo mandaras a paseo, pero no es el caso.

—Asiente y esboza una sonrisa rápida. Me da la impresión de que nadie puede estar en desacuerdo con esta mujer—. ¿Comenzamos? —pregunta, aunque pasa por mi lado y entra en la casa antes de que responda.

Jayne y Fran van justo detrás, haciendo todo el trabajo sucio: empujan el vestuario y las cajas hacia el interior de la casa. Solo entonces me fijo en los vestidos de noche que cuelgan del perchero. En el vistazo rápido que consigo echar, veo que los hay de todos los estilos y eso me dice que, sea cual sea nuestro destino, debe de ser bastante lujoso.

Me llevo una mano a la barriga cuando me invaden los nervios y la emoción.

«Madre mía».

¿Todo esto por mí?

Es, sin duda, el gesto más romántico que nadie ha hecho por mí nunca.

Las últimas horas han sido borrosas. Me han acicalado, arreglado y embellecido como nunca antes. Tras un pequeño desfile de moda —durante el cual me he probado todos los vestidos—, hemos votado como favorito al azul con cuentas, escote *sexy* y una abertura hasta medio muslo.

Y yo me he alegrado para mis adentros, porque era con el que me sentía mejor.

Nita se ha puesto cómoda y lo ha observado todo, sacudiendo la cabeza con una sonrisa.

Se ha mostrado igual que yo: pasmada, incrédula, adorada.

Es una sensación que toda mujer debería experimentar en algún momento de su vida…, una que no recuerdo haber sentido desde… desde aquella última noche con Ledger hace quince años.

El recuerdo me provoca una suave sonrisa y cierro los ojos para evitar que se me derramen las lágrimas. Lo último que quiero es estropear el maquillaje. Es una locura que el mismo hombre me haya hecho sentir así dos veces.

Cuando estoy segura de que las lágrimas sentimentales han desaparecido, abro los ojos y veo que el chófer del coche que Ledger ha enviado a recogerme se dirige a las puertas del aeropuerto.

Miro a mi alrededor, esperando que se detenga en la pequeña terminal, pero sigue conduciendo.

Cruza las puertas.

Y recorre la pista.

Hasta un avión privado negro con las palabras «Sharpe International Network» escritas en la cola.

—Hemos llegado, señorita —anuncia el chófer antes de parar el coche.

Capítulo 35

Ledger

Me deja sin aliento.

Parecerá un cliché, pero, cuando Asher sale del coche, me deja sin respiración. El vestido azul que ha elegido se le ciñe a cada curva. Es *sexy*, pero elegante: igual que ella. Lleva un recogido suelto, pero elaborado, y me pregunto cómo voy a mantener las manos alejadas de él para no deshacerlo cuando la bese.

«Porque eso es lo que voy a hacer».

De hecho, no sé cómo coño voy a evitar ponerle las manos encima.

El maquillaje solo sirve para añadir atractivo al conjunto. Lleva más de lo que estoy acostumbrado a verle, pero sigue siendo mi Asher.

—Deslumbrante —es lo único que puedo decir en el momento en el que mira en mi dirección y nuestros ojos se encuentran. La forma en la que sonríe. Su mirada. Cómo gira el cuerpo hacia mí de manera instintiva—. Absolutamente deslumbrante. Tú, el vestido, todo.

Cuando le doy un beso en la mejilla, noto que me da un vuelco el estómago. Hay algo en ella, en este momento y en el hecho de que la voy a llevar a ver a mis hermanos esta noche, que me abruma.

Es increíble en todos los sentidos de la palabra. Asher me deja pasmado en su día a día, pero... encaja conmigo. «Y no sé qué hacer al respecto. Todavía».

¿Cómo consigo fusionar nuestros mundos cuando son tan distintos?

Porque empiezo a pensar que se va a convertir en una necesidad absoluta.

—Mírate —dice, por suerte interrumpiendo mis pensamientos, y me tira con suavidad de la solapa del traje—. Tan guapo como de costumbre.

—Bueno —respondo con las manos en los bolsillos y balanceándome sobre los talones—. Sé lo que conseguí con un pícnic en el campo... —Me encojo de hombros—, así que he pensado que podía apuntar un poco más alto esta vez y ver qué pasa.

Ríe por la nariz, es un gesto tan propio de Asher... Va vestida de punta en blanco y sigue siendo ella.

—Supongo que tendrás que esperar para averiguarlo.

Le ofrezco el brazo para que se aferre a él.

—¿Vamos?

—No me vas a decir adónde todavía, ¿verdad?

—No. —Quiero que vea los rascacielos de la ciudad que adora y admirar su reacción al averiguarlo por sí misma.

Cuando me hago a un lado para dejar que suba las escaleras primero, se para en seco y observa detenidamente el avión que tenemos delante.

—Madre mía —murmura.

—¿Qué?

—Esto será normal para ti, Ledger Sharpe, pero para mí es de locos. Totalmente descabellado.

Su expresión es una mezcla de asombro e incredulidad, y hace que me quede clavado en el sitio mientras empieza a subir las escaleras para embarcar.

Hemos tenido un avión privado a nuestra disposición toda la vida. La mayoría de los niños con los que fui al colegio o tenían uno como nosotros, o lo utilizaban cuando viajaban.

He pensado que iba a ser algo especial para los dos, para hacer una escapada e ir al lugar que adoro. Para estar juntos.

Ni en un millón de años pensé que iba a disfrutar tanto de ver la manera en la que lo observa todo como lo estoy haciendo, de consentirla con cosas que yo siempre había dado por sentadas.

Al llegar al último escalón y ver que está observando cada minúsculo detalle del interior del avión, no puedo dejar de sonreír.

Se merece mucho más.

—Oye, Asher —digo al situarme detrás de ella y rodearla con los brazos—. Prométeme que vas a dejar que te mime toda la noche.

Se da la vuelta con una sonrisa muy traviesa.

—Con una condición…

La frase me frena en seco. El choque de pensamientos, ideas y recuerdos me hace sonreír.

—Ah, ¿sí? —Arqueo las cejas, más que dispuesto a cumplir cualquiera que me ponga—. ¿Cuál?

—Que me ayudes a unirme al *mile high club*.

—Trato hecho. Tus deseos son órdenes. ¿Dónde tengo que firmar?

Cuando echa la cabeza hacia atrás y comienza a reírse, me doy cuenta de que es un sonido que no me importaría escuchar toda la vida.

Capítulo 36

Asher

La vista panorámica de la ciudad es sencillamente impresionante. No puedo dejar de mirarla, igual que cuando me he asomado por la ventanilla y me he dado cuenta de adónde me llevaba Ledger.

Tampoco hizo daño el hecho de que me estuviera recuperando de uno de los orgasmos más alucinantes que he tenido nunca.

¿Quién me iba a decir que los aviones privados tenían dormitorios, o que el hecho de que hubiera miembros de la tripulación justo al otro lado de la puerta podía aumentar la adrenalina que te corre por las venas cuando estás inclinada y te están follando desde atrás?

¿Y quién me iba a decir a mí lo bien que se le iba a dar a Ledger hacérmelo sin destrozarme el peinado o el vestido mientras me arruinaba otras partes de la mejor forma posible?

—Te va a costar correrte sin hacer ningún ruido, ¿verdad, Ash? —murmura Ledger y me recorre la espalda, expuesta por el vestido abierto, en línea descendente con la punta de la nariz.

Jadeo cuando se introduce más en mi interior. Tengo el cuerpo muy preparado y la excitación en alerta máxima porque sé que Sally, la azafata que, muy generosamente, me acaba de servir una copa de vino hace unos minutos, está al otro lado de la puerta.

Y no hay duda de que sabe lo que pasa aquí dentro ahora mismo.

Ledger me rodea con el brazo y me pasa los dedos por la piel húmeda para añadir la fricción que necesito y, así, llegar al clímax.

Dejo caer la cabeza cuando el placer me consume.

—Va a ser difícil no estropearte el pelo. —Me da un beso húmedo en el hombro—. No darte la vuelta y mirarte. —Me besa el otro hombro—. No taparte la boca para acallar tus gritos. —Me acaricia el clítoris con más rapidez—. No ver cómo te muerdes el labio inferior cuando te corres.

Se aparta para mantener solo la punta del pene en mi interior y me provoca así durante unos instantes antes de volver a embestirme de golpe.

—Ledger. —Su nombre no es más que un gemido. Una súplica. Un gruñido de apreciación.

—Pero no me voy a quejar de las vistas. —Vuelve a apartarse—. Ni de cómo tu coño se amolda a mi alrededor. —Me embiste de nuevo—. Ni de lo mucho que me aprieta. —Mueve las caderas—. Ni de ver lo húmeda que estás.

Mueve los dedos con más rapidez.

—¿Lo oyes? ¿Oyes lo húmeda que estás gracias a mí?

Mueve las caderas con más fuerza.

—Sí, justo ahí. Es justo donde lo necesitas.

Me agarra con más fuerza.

—Quiero que te corras, Ash. No te contengas, joder.

Crecen las emociones e incrementa el placer.

Me corro en un torrente de sensaciones. Abandono todo pensamiento mientras mi cuerpo se deja llevar por cada oleada que lo golpea. Y, antes de que recobre el aliento, el gruñido de Ledger recorre la pequeña habitación cuando se corre dentro de mí.

Durante unos segundos, parece que el mundo se ha detenido. Solo existen Ledger, este momento y el placer. Un placer simple y descarado.

Me sobresalto cuando sus labios vuelven a rozarme el cuello segundos antes de que la calidez de su aliento me golpeé la oreja al reírse.

—Bienvenida al mile high club.

259

Es evidente que el *mile high club* es tan maravilloso como lo pintan.

Aunque puede que se deba a Ledger y no tenga nada que ver con el avión.

Pero aquí estamos. En la ciudad que abandoné a toda prisa hace doce años, pensando que volvería y a la que nunca regresé.

Oigo los sonidos de la gala a mis espaldas. Las charlas sin importancia. Las risas corteses. Las exclamaciones ruidosas de la gente que no se ha visto en mucho tiempo. Los elogios sobre lo divinos que están los canapés. Los agradecimientos cuando rellenan las copas de champán. La bajada de tono en las voces antes de los comentarios maliciosos.

Me aparto de la vista de la ciudad y me centro en la fiesta lujosa que tengo delante. Es evidente que, con el vestido impresionante y la sesión de maquillaje y peluquería, encajo aquí, pero, mientras espero a que Ledger vuelva del baño, me siento un poco fuera de lugar.

—Ash, Ash, Flash. ¿Eres tú? —Me giro y me encuentro a alguien clavado a Ledger, pero que evidentemente no es él, dado que lleva una mujer despampanante del brazo.

—Nunca ha dejado de ser un adolescente —dice la mujer antes de dar un paso adelante con una sonrisa afable y la mano extendida—. Asher, es un placer conocerte. Soy Sutton Sharpe. Y este es Callahan.

—Hola, encantada de conocerte —respondo y, después, me vuelvo hacia Callahan con gesto de sorpresa—. ¿Has sido el primero en casarte? Nunca lo habría imaginado.

Callahan me sonríe de oreja a oreja antes de darme un beso en la mejilla.

—Ni yo que volvería a verte. Y con Ledger. Los años se han portado bien contigo. —Su sonrisa se vuelve sincera—. Estás preciosa.

—Gracias. —Me invade una nostalgia inesperada al volver a ver a otro hermano Sharpe.

—Y, para serte sincero, a mí también me sorprendió ser el primero, pero esta mujer de aquí —dice mirando a su esposa con adoración—, merece que se la tenga en cuenta. Me hizo morder el anzuelo. Soy un hombre con suerte.

—Pues sí —responde Sutton sin vacilar, pero, después, me guiña el ojo.

—Aquí está —dice otra voz y Ford se nos une en la terraza—. Eres tú de verdad, ¿no?

—Es de locos, ¿a que sí? —respondo. Me siento un poco más cómoda ahora que conozco a algunas personas.

—Mucho. —Sacude la cabeza rápidamente como si intentara reconciliar el pasado con el presente, igual que yo—. De los tres, ¿escogiste a Ledge? —bromea.

—Eh, que lo he oído. —Ledger aparece a mi lado, me coge de la cintura y me atrae hacia él.

Cuando me he enterado de que veníamos a la gala benéfica anual que sus hermanos y él organizan para recaudar fondos contra el Alzheimer, he sentido curiosidad por saber cómo actuaría delante de ellos. ¿Sería una amiga a la que ha traído de acompañante o me trataría como a su pareja?

El beso que me da en la sien y las palabras «Me alegra que me escogieras a mí» que me murmura al oído me dicen que, sin duda, se trata de lo segundo.

Hablamos de cosas sin importancia durante un rato. Casi todo el tiempo es como vivir un *déjà vu,* los recuerdos regresan con intensidad.

—La cena está a punto de empezar —comenta Ford—, ¿vamos a la mesa?

Y la cena es magnífica. *Filet mignon* y patatas con aceite de trufa. Una gran variedad de postres. Vino caro que corre como el agua.

Igual que los hermanos Sharpe esperan que lo hagan las donaciones para la organización.

Cuando Ledger, Ford y Callahan terminan sus discursos y los abordan personas que requieren su atención, vuelvo a salir a la terraza para admirar la vista de la ciudad que adoro. Le he dicho a Ledger que se tome su tiempo y cumpla con sus obligaciones, que no me importa tomar el aire fresco o sentarme a contemplar la belleza de la ciudad.

Estoy a punto de llegar a la puerta, pero me quedo atascada detrás de un grupo de unas cinco mujeres que habla frenéticamente sobre un tipo llamado Theodore y de que, el otro día, una de ellas lo vio con alguien que no era su esposa.

—Disculpen, ¿puedo pasar, por favor? —pregunto cuando se produce una pausa en la conversación.

—Ay, perdona —dice la del vestido plateado y entrecierra los ojos al mirarme—. Me parece que no te habíamos visto antes.

—¿De qué familia eres? —me pregunta la del vestido negro hortera, que parece que se haya dibujado la raya del ojo con un rotulador. Es evidente que el dinero no va unido al buen gusto.

—¿Familia?

—Sí, querida —insiste la del vestido verde—. ¿Quién eres? ¿Una Rothschild? ¿Montgomery? ¿Vanderbilt? ¿Quién?

—Una Wells —comento con una sonrisa engreída a juego con las que me dedican ellas—. No somos de por aquí.

—Ah —responde la del vestido negro mientras trata de parpadear con las extensiones de pestañas enredadas—. Entonces, ¿con quién has venido?

—Con Ledger Sharpe.

—Claro que sí. —La del vestido dorado les pone los ojos en blanco a sus amigas—. Lo siento, pero las asistentas personales están en la sala adyacente. Seguro que te sentirías más cómoda si hablaras con gente como tú y os compadecéis de lo triste que es trabajar para nosotros. Además, he oído que la comida de allí también está bien.

Durante un instante, regreso a la granja. Al abuelo, de pie frente a Maxton Sharpe. A las duras palabras que hicieron que no me sintiera suficiente durante tanto tiempo.

—Seguro que la comida también está buena, los Sharpe tratan a todo el mundo con amabilidad. —Esbozo una sonrisa engreída—. Y, para que conste, soy la acompañante de Ledger, pero me aseguraré de decírselo a su asistenta cuando la vea. —Sigo sonriendo, aunque ni siquiera sé si tiene asistenta personal aquí en Nueva York.

—Ay, no lo sabía —dice la del vestido verde—. Entonces, ¿estás con él por dinero? Haznos caso, la vida no resulta sencilla si la pasas dedicándote a adular a tu marido para alimentar su ego.

—No se trata de dinero. Tengo mi propio negocio y me puedo mantener perfectamente. —Me yergo un poco—. Y, por si no lo habíais notado, los Sharpe no necesitan que nadie los adule, es algo que le sale de forma natural a la gente que los rodea. Además, adular sería caer muy bajo para vosotras. —Miro por encima del hombro y veo que Ledger sigue ocupado. «Me alegra que me escogieras a mí»—. Disfrutad del resto de la noche. Apreciamos de verdad vuestras donaciones.

Dicho esto, me largo con la cabeza bien alta y una sonrisa en los labios.

Capítulo 37

Ledger

El día de hoy ha supuesto una mezcla de emociones para mí.

Es la primera vez que vuelvo a casa desde que descubrí lo que había hecho mi padre: las mentiras y los engaños que nos mantuvieron separados a Asher y a mí. Resultaba más sencillo no pensar en ello cuando estaba fuera, pero, ahora que estoy en una gala en su honor, me resulta más difícil ignorarlo.

Me siento dolido y traicionado. Y tengo una necesidad apremiante de contárselo a mis hermanos, pero gana el deseo aún mayor de no mancillar la opinión que tienen de él, ya que los humanos solemos canonizar a las personas que queremos después de su muerte.

Y el hecho de tener que subir ahí arriba esta noche y hablar de él sin recalcar ninguno de sus defectos me ha parecido bastante hipócrita.

En especial, con Asher allí mirándome fijamente.

¿Es por eso que le he pedido que venga esta noche, porque sabía que iba a ser difícil para mí? Aunque ¿no me convertiría eso en un cabronazo? Joder. ¿Por qué no lo he pensado antes? La he invitado a una ceremonia que honra a un hombre que le dijo cosas horribles.

No se me ocurre mejor manera de hurgar en la herida.

¿Cómo he podido ser tan egoísta? ¿Cómo he podido estar tan ciego?

Tengo que encontrarla.

Tengo que disculparme.

Habrá visto los rascacielos de Nueva York y habrá pensado que íbamos a salir los dos solos. No venir aquí.

Qué capullo.

—¿Estás bien, tío? —me pregunta Callahan con una palmadita firme en la espalda mientras echo un vistazo a la sala en busca de Asher.

—Sí, bien. Genial —respondo e intento dejar de pensar en el tema.

—Has respondido con tres palabras, eso significa que mientes.

—¿Sobre qué está mintiendo? —pregunta Ford al acercarse a nosotros.

—Ni puta idea. —Callahan se encoge de hombros—. Apuesto a que tiene que ver con Asher.

—¿Asher? —Ford arquea las cejas como si se sorprendiera—. ¿Qué pasa con ella? ¿Vas a romper el plan de diez años? Creo que el artículo 6.5 de la sección 2 afirma: «No me enamoraré ni casaré hasta que cumpla los cuarenta».

—Déjalo ya. Esta noche no.

—¿Por qué? Si fuera al revés, aprovecharías cualquier oportunidad para meterte con nosotros a saco —responde Ford.

—Entonces, ¿qué? —pregunta Callahan—. ¿Es algo serio o temporal?

—Porque, si vas en serio, ya sabes que Callahan y yo tendremos que investigar y aprobar su versión adulta.

—Salir con ella una noche e interrogarla para saber si es digna de nuestro hermano. Asegurarnos de que...

—Que lo dejéis —les digo en voz baja. No estoy de humor para esto, para aguantarlos a los dos, y menos cuando la he cagado tanto esta noche y tengo que cumplir con mis obligaciones para salir pitando de aquí.

—No, ni de broma. —La sonrisa de Ford ya es una mofa de por sí. No es el momento ni el lugar.

Y ni de coña es asunto suyo, y más teniendo en cuenta que no conocen la historia completa.

—Mirad, lo nuestro… No es nada serio. —Lo digo para que lo dejen estar, pero, aun así, siento como si las palabras me quemaran el estómago—. Solo es un rollo que terminará en tres o cuatro semanas, cuando acabe el castigo y pueda salir de Cedar Falls y volver a casa. Simple. Fácil. Hecho.

Capítulo 38

Asher

—Mirad, lo nuestro… No es nada serio —le dice Ledger a sus hermanos. Escucho atentamente y mis pasos vacilan a unos metros del trío—. Solo es un rollo que terminará en tres o cuatro semanas, cuando acabe el castigo, pueda salir de Cedar Falls y volver a casa. Simple. Fácil. Hecho.

Ahí está.

La respuesta a la pregunta que me daba demasiado miedo hacer.

O, mejor dicho, que he sido demasiado gallina para hacer.

Se me cae el alma a los pies. No hay otra forma de describirlo. Nuestra negativa a etiquetar lo que hay entre nosotros ha sido por un motivo.

Para él, no es más que un rollo.

Para mí, es… Trago para deshace el nudo que se me ha formado en la garganta por la emoción. Una que, en este momento, preferiría ignorar.

Retrocedo unos pasos a fin de esconderme en la esquina y recuperar la cordura. Para poder respirar hondo y contener las lágrimas que me arden en los ojos. Para convencerme de que he sido una estúpida al pensar que esto podía ser algo más que un rollo conveniente a corto plazo y con sexo increíble.

Porque, a pesar de nuestro pasado, el buen sexo no equivale a amor.

—Asher, aquí estás —dice Ledger cuando gira la esquina y me ve allí de pie, preparándome para enfrentarme a él.

—Hola. —Espero que la sonrisa que le dedico sea convincente—. Solo he parado para darle un descanso a mis pies, no están acostumbrados a llevar tacones toda la noche.

—¿Te duelen mucho? —pregunta, pero, cuando se acerca más a mí, me sujeta el rostro con el pulgar y el índice. Sus ojos escrutan los míos—. Te he hecho daño, ¿verdad?

«¿Cómo sabe que he oído lo que ha dicho a sus hermanos?». Lucho por encontrar una respuesta, pero él se adelanta.

—Te pido perdón por traerte a honrar a un hombre al que, seguramente, no tienes mucho afecto. A decir verdad, yo tampoco estoy muy seguro de qué pienso de él ahora mismo. He sido un egoísta al hacer que pases por esto, al pedirte que vinieras. Quería que me acompañases y no he pensado en cómo te sentirías.

—No pasa nada, me alegro de haber venido —murmuro, en parte aliviada de que no sepa que los he oído, y en parte, no.

—Gracias. —Me besa en los labios con suavidad, de un modo que hace que quiera fundirme en él, incluso después de oír su proclamación—. No ha sido una cita en la ciudad que amas. Déjame compensarte.

—Ledger…

—Shh. —Vuelve a besarme con ternura—. Nada me apetece más.

Me toma de la mano y se dirige hacia el ascensor.

—¿Ledger? No podemos irnos, eres el anfitrión. —Entra en el ascensor vacío y me ofrece la mano—. Tienes que estar aquí.

Tira de mí y me caigo contra él. En cuanto se cierran las puertas, posa los labios sobre los míos en un beso ardiente, lleno de anhelo y deseo y unas diez cosas más de por medio.

—Pueden encargarse mis hermanos —murmura contra mis labios. Va a pasarme las manos por el pelo y se detiene cuando se da cuenta de las muchas horquillas que se lo impiden—. Tenemos que estar en Cedar Falls a las seis de la mañana.

—Pero son casi las once. ¿Dónde…?

—Estamos en la Ciudad que Nunca Duerme, Asher. En mi ciudad. Será mejor que aprovechemos el rato que nos queda.

«Su ciudad. El rato que nos queda».

Nos atiborramos de copas de helados en Serendipity 3, todavía con nuestra ropa elegante. Después, paramos en una tienda —Ledger me lleva a caballito por los pasillos— para que me compre un par de chanclas, porque los pies me están matando y no quiero que los tacones nos frenen. Ledger me coge de la mano mientras recorremos la ciudad, guiándome entre la gente a la vez que observo los edificios que se elevan sobre mí. Nos sacamos selfis haciendo tonterías en Times Square. Espera paciente mientras miro los escaparates oscuros de Park Avenue. Me da un vuelco el estómago cuando me lleva a la terraza panorámica del Empire State. Paseamos por la que considera la parte más segura de Central Park.

Es agotador y reparador, y me permito centrarme en el aquí y el ahora. No en nuestro rollo ni en la fecha límite que antes ha impuesto Ledger sin darse cuenta.

Y, cuando nuestros cuerpos están exhaustos y la luna desaparece del cielo, iluminado por los rascacielos, nos dirigimos, a regañadientes, al aeropuerto y al avión privado que nos espera. La tripulación, que estoy segura (aunque nunca se sabe) de que, a estas alturas, esperaba haber hecho ya el trayecto de ida y vuelta a Montana, nos recibe sonriente.

Estamos en el aire en minutos. Poco después, Ledger reclina los asientos y me atrae hacia él. Me tapa con una manta y me rodea con los brazos para que le apoye la cabeza en el pecho.

Nos quedamos así durante un rato, pero, cuando me da un beso en la cabeza y murmura mi nombre, me golpea la verdad.

No respondo para hacerle creer que estoy dormida.

Se me llenan los ojos de lágrimas, aunque no sé muy bien por qué. ¿Es solo porque necesito un momento o porque me escondo de él?

«Me alegra que me escogieras a mí».

Ahora que estamos en silencio y puedo reflexionar, soy consciente de todo lo que ha pasado esta noche. Y es reconfortante. Me encanta pasar tiempo con él. Hace que me sienta genial.

Pero también me asusta por... por lo mucho que lo quiero.

El hecho de admitirlo me pilla por sorpresa.

Aunque ya lo sabía, ¿verdad? Que era fácil amar a Ledger. A lo mejor, no me había dado cuenta de que estaba enamorada de él, pero, de algún modo, ha ocurrido. Poco a poco. Discusión a discusión. Beso a beso. Risa tras risa. Me he vuelto a enamorar de Ledger Sharpe. No puedo atribuirlo solo a la lujuria, a una simple atracción. Al deseo de verlo a cada minuto. Porque sí, todo eso me pasa de verdad, pero también siento un deseo profundo de estar con él. Me da un vuelco el corazón cada vez que lo veo y lo noto vacío cuando no estamos juntos.

Me quedo así, aturdida, durante un tiempo, tratando de ordenar mis pensamientos, mis opciones, y dándome cuenta de que todas me dejarán devastada de una forma u otra. Y, cuando la respiración de Ledger se estabiliza y sus suaves ronquidos resuenan por el avión, me atrevo a mirar al único hombre al que he querido de manera romántica.

Un hombre con el que, durante un breve momento, pensé que tenía un futuro. Un hombre que esta noche ha declarado públicamente querer estar conmigo, al admitir que se alegraba de que yo lo hubiera escogido a él. Y pensar que me lo he creído.

Voy a dejar que se vaya.

Disfrutaré del tiempo que nos queda juntos. Le querré solo dentro de los confines de mi corazón.

Esta vez, terminaré la relación a mi manera.

Porque, por una vez en mi vida, no me pillará por sorpresa el hecho de que alguien a quien amo se vaya.

Esta vez, seré yo la que escoja volver a estar sola.

Capítulo 39

Ledger

—*Dime una cosa, hijo.*

Miro a mi padre, que está sentado en la proa del velero. Hoy brilla el sol en Sag Harbor, pero la brisa del océano ha atenuado el calor. Parece mayor. Es lo primero que pienso. Lo segundo: «¿cuánto tiempo estará conmigo esta vez?».

Últimamente, sus episodios son cada vez más frecuentes. Siempre que pasamos tiempo juntos, suele sufrir ataques de pérdida de memoria, seguidos por la confusión de no saber dónde se encuentra.

Sin embargo, el agua siempre lo ha hecho feliz, por lo que mis hermanos y yo hemos intentado poner de nuestra parte para que pase todo el tiempo que nos permita el trabajo cerca del mar.

—*¿Qué, papá?*

—*¿Alguna vez has hecho algo creyendo que era por un buen motivo, con buenas intenciones, pero que, con el paso del tiempo, nunca te ha llegado a parecer bien?*

Miro a mi padre fijamente y me devuelve una mirada implacable mientras la brisa le revuelve el pelo plateado.

—*¿Quieres decir en el trabajo? Claro, todos hemos hecho algo que, al final, hemos acabado cuestionando. A veces, pasa…*

—*No, hablo de algo que hice para asegurarme de que tú… Me daba miedo que tomaras decisiones equivocadas.*

—*Papá, no te entiendo. ¿De qué hablas?*

—*No pasa nada, Callahan.* —*Sonríe y yo ignoro que me haya confundido con mi hermano. Tal como hemos aprendido en todo este tiempo, corregirle solo sirve para ponerle nervioso.*

—¿*De qué decisiones equivocadas hablas?* —*pregunto. Sé per-fectamente que Callahan ha tomado muchas de esas.*

—*Debería haber confiado en ti, hijo. Debería haber sabido que eres el que tiene la cabeza mejor amueblada de los tres y que habrías tomado la decisión correcta.*

—*Vale.* —*Me he perdido, pero sonrío y asiento, porque sé que es lo único que puedo hacer cuando su mente dañada empieza a divagar.*

—*Siento haber interferido. Siento haber pensado que sabía más que tú. Siento haber mentido para asegurarme de que no cometieras un error.*

—*No pasa nada, papá. Da igual lo que hicieras, estoy seguro de que fue con buena intención.* —*¿De qué diablos está hablando?*

—*Gracias. Lo siento mucho, Ledge. Solo tenía que decírtelo.*

Me despierto sobresaltado por las turbulencias, con el corazón acelerado y el cerebro frenético. Me había olvidado por completo de esa conversación con mi padre en los meses antes de su fallecimiento. La había atribuido a la confusión, a la enfermedad que le robaba la memoria y a que pensaba que yo era Callahan.

Pero no era ninguna de las tres cosas.

Se refería a mí. A la mentira que había contado. A lo que ocurrió en Cedar Falls.

Lo siento en el alma. Se estaba disculpando. Intentaba reparar el daño, enmendar sus errores antes de morir.

¿Cómo me siento al respecto? ¿Aliviado de que tuviera conciencia? ¿Disgustado porque le angustiase lo que hizo? ¿Satisfecho porque la culpa lo carcomiera a lo largo de los años?

No tengo ni puta idea.

¿Me basta eso para perdonarlo? No. Pero, tal vez, sea suficiente para que intente dejarlo en el pasado y no se me haga un nudo en el estómago cada vez que Asher me sonríe.

Y, después, está la mujer que tengo a mi lado. La mujer a la que he traído conmigo esta noche.

No puedo dejar de pensar en cómo se le ha iluminado el rostro al darse cuenta de que estábamos en Manhattan.

En lo aliviado que me he sentido al darme cuenta de que sigue adorando la ciudad.

Porque así será más fácil cuando… qué, ¿le iba a pedir que se mudase aquí conmigo?

¿De eso iba lo de esta noche?

¿Era una prueba?

¿Para ella o para mí?

Me vuelvo a mirarla y la veo a centímetros de mi cara. Me fijo en el contraste de las pestañas oscuras contra la piel pálida. Y los labios, que me derrumban cuando se curvan en una sonrisa.

Me inclino hacia ella para besarla. Me responde. Incluso dormida, responde a mi contacto. Aunque noto el momento en el que toma conciencia. En el que se da cuenta de dónde estamos, de que le estoy recorriendo el muslo con la mano, de que la estoy besando.

Lo noto en el suspiro que se le escapa.

En la forma en la que alarga el brazo y me acaricia la mejilla.

En la suavidad con la que pronuncia mi nombre.

—Te necesito, Asher. Joder, te necesito.

Sin mediar palabra, y con nuestros labios todavía tentando a los del otro, Asher se mueve y se levanta el vestido hasta las caderas para poder sentarse a horcajadas sobre mí. Su cuerpo encaja encima del mío y la penetro como si estuviéramos destinados a estar así.

Nos besamos igual que si fuera lo único que nos quedara por hacer en el mundo. Es como si su sabor fuera lo único que he anhelado en mi vida, como si sus labios fueran lo único que quiero sentir.

Hacemos el amor con movimientos suaves cargados de emoción: frota las caderas contra las mías y, en la cabina del avión, solo se oye el suave zumbido del motor.

Nos convertimos en una sola persona sin mediar palabra. Lo que tengamos que decirnos lo hacemos a través de suspiros suaves y acciones comedidas.

Un beso en su clavícula. Un estremecimiento de placer. Un movimiento de caderas. Su frente contra la mía mientras se muerde el labio para reprimir el gemido.

En el cielo, en este avión, el tiempo no importa. Solo existe ella. Solo existo yo. Solo existimos los dos.

El reloj volverá a correr cuando aterricemos. Cuando toquemos la pista de aterrizaje, el sueño empezará a desvanecerse.

Lo sé.

Y lo odio con todas mis fuerzas.

Así que, me centro en ella y caigo en su hechizo. En el olor de su piel. La exigencia en sus caricias. En cómo se le entrecorta la respiración cada vez que la embisto hasta el fondo. La forma en la que contrae los músculos a mi alrededor como si quisiera que nunca estemos separados.

Un sentimiento, una desesperación, que yo también experimento. Y que me asusta a más no poder.

Cuando empieza a llegar al clímax, le enredo los dedos en el pelo para obligarla a reclinarse hacia atrás y mirarme mientras lo hace.

Para ver el efecto que tengo sobre ella y la emoción en la profundidad de sus ojos, que creo que los dos sentimos, pero que no hemos expresado en voz alta. Para poder recordarla siempre, justo así.

Mía.

Nada me complace más que ella.

Nada.

Capítulo 40

Asher

—No saber nada es bueno, ¿no? —me dice la experta en préstamos del Banco de Cedar Falls.

—Eso no me hace sentirme mejor —respondo divertida.

—Lo sé, pero espera un poco. Ya tienes una deuda muy grande...

—Pero esos préstamos, las hipotecas, están a nombre de mis abuelos. Este estaría a mi nombre, en mi cuenta...

—Con su granja como aval, así que están relacionados.

Me pellizco el puente de la nariz y suspiro.

—Lo sé, gracias. Te lo agradezco. Es solo que estoy nerviosa y quiero empezar ya.

—Estoy segura de que saldrá bien —afirma ella.

—Vale —respondo sin sonar muy convencida—. Espero tener noticias tuyas pronto.

Cuando la llamada termina, entierro la cabeza en las manos. Últimamente, me siento como si esperara para todo: la aprobación del crédito, la respuesta de Hillary. Que pasen los días para acercarnos más y más al final del mes.

Sin embargo, los folletos que he hecho tienen muy buen aspecto y cuentan con el sello de aprobación de mi abuela, que lloró al verlos y, después, sonrió a pesar de las lágrimas. Y ya he encargado el nuevo cartel, que estará listo para colocar la semana que viene.

No sé por qué pienso que es indispensable que haga todo esto, que lo consiga en este momento de mi vida, pero lo es.

He conseguido ordenar las pilas de papeles del abuelo, encontrarles el sentido y organizarlas para que lo tengan también para mí. Ya veo mucho más claro las deudas de Los Campos y he creado hojas de cálculo y un presupuesto con la misión de empezar a pagarlas. He convertido la casa más en mi hogar que en el de mis abuelos.

Lo único que me queda ahora es conseguir que el próximo capítulo de Los Campos sea oficialmente mío. Combinar el pasado y el presente.

Y, a lo mejor, no se trata solo de demostrarle al abuelo que puedo conseguirlo o a mí misma que soy capaz. Quizá intento tomar el control. A lo mejor, sé que necesito algo a lo que dedicarme de lleno cuando me enfrente al peor desengaño amoroso que he vivido nunca.

«…No es nada serio…, solo es un rollo que terminará en tres o cuatro semanas…».

¿De verdad pensaba que iba a quedarse? Claro que no. Pero tal vez había asumido que, de algún modo, conseguiríamos que funcionara. Que encontraríamos un término medio.

Aunque, ¿creía sinceramente que iba a funcionar? Si hubiera estado dispuesta a meterme de lleno en una relación con alguien que evidentemente no puede divorciarse de la ciudad de Nueva York por su negocio, ¿me habría lanzado de cabeza a convertir Los Campos en un destino turístico como estoy haciendo?

A lo mejor, lo sabía desde el principio.

Porque, seamos realistas, esto no iba a salir bien ni antes de que empezara, por mucho que yo me dijera lo contrario.

Capítulo 41

Ledger

—¿Alguna vez pensaste en volver a la universidad? —Le recorro la espalda a Asher de arriba abajo con un dedo. Está tumbada boca abajo en mi cama, con la mejilla apoyada en la almohada y el rostro vuelto hacia mí. El sol de madrugada que se cuela por las persianas le dibuja un halo alrededor del pelo. Tiene los ojos soñolientos y las mejillas sonrosadas, y creo que nunca la había visto más preciosa. Más en paz.

Se encoge de hombros.

—Sí, durante un tiempo. Me encantaría, desde luego, pero creo que no es posible. ¿Para qué iba a volver? Ya no dibujo, así que no tengo un porfolio con el que puedan admitirme y... después está la granja.

—¿Administración y Dirección de Empresas? ¿*Marketing*? No lo sé. Hay muchos grados que te ayudarían a gestionarla.

—Pero, al fin y al cabo, ¿de verdad importa que tenga una carrera para dirigirlo? Bueno, a menos que tenga que solicitar un empleo en el futuro. Y, si ese es el caso, significaría que he llevado Los Campos a la ruina.

—Lo sé, pero siempre habías querido ir. A lo mejor, hacerlo por ti misma es un motivo más que suficiente para volver.

—Los sueños imposibles son para niños sin responsabilidades, Ledger. Yo ya no soy así.

Nos miramos fijamente durante un momento y, de repente, se incorpora para sentarse en la cama con la sábana alrededor del pecho.

Ya está otra vez. Trata de cambiar de tema. No puedo evitar pensar que intenta distanciarse de mí. Me he sentido así desde hace una semana, más o menos, es como si antes me hiciera un hueco y ahora siempre estuviera ocupada.

Pero hay algo más.

Y no consigo descubrir qué exactamente.

—¿Y tú? —pregunta e interrumpe mis pensamientos—. ¿En qué consiste tu plan de diez años?

Mierda. Me había olvidado de que se lo mencioné hace un tiempo. Me encojo de hombros.

—Solo son objetivos, cronologías, cosas que quiero lograr.

Asiente.

—Como...

—Como entrar en el mercado asiático, y ahora mismo acabamos de firmar a un acuerdo. O que escriban un artículo sobre mí en la revista *Forbes*. —Retuerzo el labio y después me río—. Es una estupidez, pero es uno de mis objetivos... —Mi padre lo mencionó una vez y siempre he pensado que tenía que estar a la altura—. Lo he querido desde el máster. Que se me reconozca por mi trabajo y no solo por ser el hijo de Maxton Sharpe.

—Lo entiendo. ¿Qué más hay en el plan? —pregunta. Tira de la sábana con los dedos y frunce los labios.

«¿Por qué no me miras?».

—No lo sé. Hace tiempo que no pienso en ello y no me acuerdo —le miento, y no sé muy bien por qué.

«Porque no quieres hablar de la parte personal. De la de casarte a los cuarenta».

«¿Y eso por qué, Ledger?».

—Ah.

—¿Asher?

—¿Qué? —No deja de toquetear las sábanas con los dedos.

—Mírame.

—¿Eh? —Cuando me mira, tiene las cejas arqueadas y la sonrisa le ha vuelto a la cara. Se inclina y posa los labios sobre los míos—. Tengo que irme a trabajar.

—No te vayas. —Alargo el brazo y le cojo la mano—. ¿Por qué no hacemos novillos hoy? Podemos coger el coche e ir... No sé a dónde, pero a alguna parte y comer unos helados sentados en el capó del coche, y pasar tiempo juntos.

«¿Quién soy ahora mismo? ¿Cuándo me he escaqueado del trabajo para hacer novillos? ¿Cuándo he querido hacer algo sin un propósito establecido?».

Se le oscurece la mirada.

—Lo siento. —Vuelve a darme un beso en los labios—. No puedo.

—¿Por qué no? —pregunto. Le pongo la mano en el cuello y la atraigo de nuevo hacia mí.

—Porque... no puedo. —Me mira y daría lo que fuera por saber qué piensa. Hay algo que no me quiere contar.

—¿Asher?

Esta vez, cuando me besa, no se detiene. Acalla mi pregunta sentándose a horcajadas sobre mis caderas y, después, me recorre despacio el cuerpo a besos, me rodea la polla con los labios y me la chupa hasta que me olvido de todo.

Cada lametón de su lengua, succión de sus labios y arañazo de sus uñas en los testículos me embriagan de deseo y alejan la preocupación de mi mente.

Aunque el olvido dura poco.

No me voy a quejar de la mamada increíble que me ha hecho, pero, mientras recorre el camino hasta el coche con nada más puesto que mi camiseta hasta la mitad del muslo, no consigo dejar de pensar.

No porque tenga que ir a trabajar.

No porque tenga reuniones.

No porque tenga que tratar ningún asunto con Hillary ni con cualquier otra persona del mundo, sino porque soy incapaz.

Asher siempre ha sido muy generosa a la hora de mostrar cariño. Con besos. Con caricias.

Es todo lo demás lo que protege como una fortaleza.

Y, ahora mismo, está levantando muros mucho más rápido de lo que yo los puedo derribar.

Arranca el coche y se despide con un pequeño gesto de la mano antes de irse. La observo hasta que desaparece del todo y, después, me sobresalto cuando veo a Tootie de pie en el acceso a mi casa. Está de brazos cruzados y tiene la ceja arqueada en un gesto de consternación.

—Joder, enana. Me has dado un susto de muerte.

—Pensaba que habías dicho que no eras de los que trae a casa a mujeres que se escabullen cuando empieza el cole.

—Nunca he dicho eso. —Me paso una mano por el pelo. No estoy preparado para soportarla, todavía no me he tomado el café.

—Mamá lo llama «paseo de la vergüenza».

—No es un paseo de la vergüenza cuando piensas ver a la mujer otra vez.

Se tapa la boca y finge una arcada.

—Oh, por favor.

—Por favor, qué.

—La gente solo dice esas cosas cuando está enamorada. Puaj. Que asco, voy a vomitar. —Tose—. ¿Estás enamorado de Asher?

La miro un instante: el corazón me late a mil por hora y miro de un lado a otro, después, me echo a reír.

—Deberías hacer teatro, eres muy buena actriz.

Se yergue y sonríe.

—Lo sé. Soy una Bette Davis. Por lo menos, eso dice mi abuela, pero no tengo ni idea de quién es, así que, sonrío y finjo que lo sé.

Uf, cambio de tema, ya ha pasado.

«¿Por qué te molesta tanto, Sharpe?».

Se encoge de hombros.

—¿Así que vas a verla otra vez? ¿A la mujer de la lavanda?

—Sí, aunque no tengo por qué responder a esa pregunta.

—¿No has dormido lo suficiente? —pregunta y ladea la cabeza—. Estás un poco gruñón.

Me paso una mano por la barba incipiente.

—Estoy bien, solo necesito tomarme un café. —«Y más Asher».

—Mamá también es un ogro antes de tomarse el café.

—Como la mayoría de los adultos —respondo para entablar conversación y levanto una mano para saludar a su madre, que nos observa desde la ventana de la cocina.

—Pero Asher no, ¿verdad? Porque ella no parecía de mal humor. —Extiende la mano para darme algo—. Toma.

—¿Qué es esto? —pregunto mientras cojo la memoria USB.

—Es una memoria USB —responde ella, muy despacio y a todo volumen como si estuviera senil y no pudiera oírla.

«Será mocosa». Le lanzo una mirada sarcástica.

—No, tonta, ¿qué hay aquí dentro? Recuerda que no me he tomado el café, sigo siendo un ogro.

Suelta una risita.

—Son los enlaces de lo que necesitamos en la biblioteca. No sabía tu correo, así que no podía lanzártelo.

«¿Lanzármelo?».

Sonrío y asiento.

—Gracias, eres estupenda. Lo has hecho muy bien.

—¿Cómo lo sabes si no lo has abierto todavía? Podría no servirte para nada y yo ser una incompetente.

—Lo dudo mucho, pequeñaja.

—Ya lo tienes. Y creo que ponerle mi nombre sería el mejor pago por todo lo que he trabajado.

Está vez, me río de verdad.

—Ah, ¿sí?

—Sí. —Se pone en jarras y me ofrece una sonrisa de oreja a oreja como gancho comercial.

—Lo tendré en cuenta.

—Bien. —Se aleja unos pasos y luego se gira a mirarme—. ¿Sabes quién es Jason?

—¿Jason? —Me encojo de hombros—. Ni idea, es un nombre bastante común. ¿Por qué?

—Por nada.

—¿Qué es lo que no me quieres contar, Tootie?

—El otro día, presumía en la cafetería de que se iba a vengar por fin o algo así. Me pareció raro. —Mira hacia atrás, hacia su casa—. Tengo que irme antes de que mamá se enfade. Otra vez se le están quemando las tostadas del desayuno. Reza por mí. Hasta luego, Sharpe.

—Hasta luego, Tootie.

¿Jason?

¿Quién narices es ese?

Capítulo 42

Asher

—Vaya. —Me vuelvo y veo cómo Ledger para junto al bordillo de la calle que tengo detrás. Tiene el codo apoyado en la ventanilla abierta y sonríe de oreja a oreja al ver la plataforma elevadora desde la que están colgando un nuevo cartel en la entrada de Los Campos.

—¿Te gusta? —Me inflo de orgullo. En especial, porque viene de él.

—Es una pasada. —Aparca el coche y se acerca a mí—. Empieza a parecer un sitio totalmente nuevo, lo has transformado mucho.

Me muero por explicarle el motivo de tantos cambios, pero Hillary no me ha respondido todavía. Es fundamental que consiga la colaboración por méritos propios. En el pueblo, siempre me han mirado desde una perspectiva distinta y lo último que quiero es que, la primera vez que me atrevo a hacer algo por mi cuenta, asuman que lo he conseguido por acostarme con alguien.

—Eso intento. —Me encojo de hombros—. Era evidente que necesitaba un lavado de cara. Eso y que quería sentir que, en cierto modo, es mío. Sé que parece una tontería, pero... siempre ha sido de los abuelos. Actualizarlo y darle un poco de vidilla hace que sienta que he contribuido de algún modo.

—Lo entiendo, es admirable. —Me atrae hacia su lado y me da un beso en la sien—. Estoy orgulloso de ti, de verdad.

—Gracias. —Echo un vistazo a su coche, y después, a él—. ¿Qué haces aquí? Pensaba que ibas a estar ocupado todo el día.

—Y lo estoy. —Asiente—. Pero me apetecía mucho más verte.

El corazón se me sube a la garganta. Yo siempre quiero verlo, pero, últimamente, proteger a mi corazón me parece igual de importante. Una cosa es decirme a mí misma que tengo que disfrutar del tiempo que me queda con él y no estresarme por lo que venga, y otra muy distinta es escucharme de verdad y creérmelo. De hecho, me resulta cruel desear a alguien tan desesperadamente, querer estar con él, disfrutar de él y reír con él, y saber que cada segundo que pasamos juntos me enamoro más. Y odio pensar en que algún día ya no estará.

—Sabes cómo hacer que una chica se sienta especial. Nunca me quejaré de que vengas a visitarme. —Le sonrío mientras admiro su belleza pura.

¿Cómo voy a dejar que se marche?

—¿Tienes tiempo para escaparte a comer? —me pregunta.

—No puedo —respondo, tanto por supervivencia como por sinceridad—. Los operarios tardarán una hora en colgar los carteles nuevos, tengo que quedarme. ¿Podemos vernos después?

—Tengo una cena de trabajo.

—Si quieres, te dejo la llave debajo del felpudo para cuando acabes.

Capítulo 43

Ledger

Todo está en silencio cuando abro la puerta principal de la casa de Asher. La luz de la cocina está encendida y la moderna lámpara de araña dibuja sombras de formas extrañas en las paredes de madera blanca mientras subo las escaleras.

Me detengo en el umbral de la puerta.

Está dormida, tumbada de lado y con el pelo abierto en abanico sobre la almohada blanca. Tiene el hombro al descubierto, y los labios rosa pálidos, entreabiertos; lo único que se oye en la habitación es su respiración regular.

Agradezco el silencio maravilloso. Por lo general, no puedo soportarlo, pero, aquí, en la granja, hay algo que hace que me suene totalmente distinto. O, a lo mejor, es por Asher.

La mayoría de días, acallar mi mente es tarea imposible. Nunca dejo de pensar, de elaborar listas de cosas por hacer. Le doy vueltas a los hechos y resuelvo cifras. Defino detalles.

Es como funciono.

Es como soy.

Y, aun así, este es el único lugar en el que he estado donde el silencio me tranquiliza en lugar de irritarme. Y es incluso más poderoso por las mañanas, cuando me despierto junto a Asher y, sencillamente, disfruto de verla dormir. De abrazarla. De quererla… Joder.

¿Es por eso que me enfadé tanto con mis hermanos en la gala benéfica? ¿Se dieron cuenta mientras que yo me negaba aceptarlo?

La quiero.

¿Cómo no me había dado cuenta antes? Estoy enamorado de Asher Wells.

La misma chica de la que lo estuve hace quince años.

La pregunta es: «qué voy a hacer al respecto».

Me quito la ropa, incapaz de apartar los ojos de ella, me meto en la cama a su lado y la atraigo hacia mí.

—Te quiero —susurro contra la parte posterior de su cabeza.

«Te quiero y no tengo ni puta idea de qué voy a hacer al respecto».

Capítulo 44

Asher

—¿Señorita Wells?

—Sí, soy yo. Hola.

—Soy Hillary, de Sharpe International Network.

Me da un vuelco el corazón. Me aparto de la entrada del ayuntamiento, me alejo de los vecinos de Cedar Falls que van a asistir a la reunión.

—Hola, ¿qué tal está?

—Bien, gracias. A lo largo de las últimas semanas, he reflexionado mucho acerca de su propuesta. He repasado los detalles y las comparativas de mercado. He tratado de sopesar si el valor añadido es beneficioso para nuestros clientes...

Lanzo un suspiro nervioso de expectación.

—Y quería informarle de que hemos decidido aceptar su propuesta.

—¿De verdad?

—Sí, de verdad. —Hace una pausa—. Por supuesto, depende de si añade las mejoras que explicó en su presentación: el camino de asfalto, el aparcamiento, el mobiliario para ceremonias y banquetes, y la cocina para el *catering*.

—Sí, por supuesto. —Estoy aturdida, emocionada y asustada a partes iguales. «Madre. Mía»—. Ni siquiera sé que decir ahora mismo.

—Me da la sensación de que será una opción muy atractiva para nuestros huéspedes. Nada es más típico de la clientela rica que pagar por el lujo y, después, querer añadir un pedacito ostentoso rural a la mezcla. Los Campos será perfecto para ello.

—¿Supongo que eso es un cumplido?

Ríe.

—Sí, lo es. Quiero decir que será lujoso, pero, al mismo tiempo, típico de Cedar Falls.

—Entonces, ¿qué tengo que hacer ahora?

—Nuestro equipo legal redactará los contratos en las próximas semanas y seguiremos desde ahí.

—Vale, sí. Le agradezco la oportunidad. No…

—Estoy deseando visitarlo por mí misma. Estoy segura de que… Oh, vaya. Disculpe, tengo que colgar. Debo responder a otra llamada. Hablamos pronto.

Me cuelga antes de que pueda hacerle la pregunta: («¿Lo sabe Ledger?»).

Me dan ganas de dar saltitos de la emoción en mitad de la acera, pero me conformo con una sonrisa de oreja a oreja.

Y, entonces, la realidad me golpea. El préstamo. Mi préstamo. Todavía no me lo han concedido.

Me doy unos golpecitos con el móvil en la barbilla y acepto las buenas noticias, aunque temo las malas.

Ya lidiaré con ese problema a su debido tiempo.

No voy a dejar que nada me robe el buen humor.

Capítulo 45

Ledger

El alcalde Grossman se pasea por el ayuntamiento como un heredero al trono, estrechando manos y riendo igual que un imbécil pretencioso. Es digno de ver, eso seguro. No puedo evitar fijarme en él cuando recorro el auditorio con la mirada. «¿Dónde estás, Ash?».

Dijo que vendría. «¿Dónde está?».

Tootie sí ha venido. Me topo con su mirada desde la otra punta de la sala y me saluda con la mano. Sin embargo, cuando vuelvo a echar un vistazo al desfile que sigue haciendo el alcalde Grossman para que lo contemple todo el mundo, veo más de cerca al hombre al que le da palmaditas en la espalda y le aprieta el hombro. Hay algo en él que no consigo ubicar.

—Oye, ¿quién es ese? —pregunto a la archivera municipal, que, justo en ese momento, camina a mi lado.

—Es el hijo del alcalde —dice mientras pasa de largo para sentarse en su escritorio—. Jason Grossman.

«Jason».

Tootie había dicho el mismo nombre.

Aunque no me suena de nada, hay algo que me escama. ¿Es contratista en el resort, uno de los manifestantes que me molestó la semana pasada? ¿Lo vi en el bar de Hank la primera noche?

Justo cuando el alcalde Grossman toma asiento en el estrado y golpea el mazo para iniciar la sesión, caigo en la cuenta.

Hostia puta.

Le echo otro vistazo a Jason. Vale, ha envejecido un poco, pero nunca he olvidado esa boca engreída y condescendiente. Ni la nariz con el tabique un poco desviado.

Jason. Es el chaval al que le rompí la nariz hace dieciséis años. El capullo que habló mal de Asher y le faltó al respeto.

¿Cómo no me había dado cuenta antes? La estructura ósea, la misma forma de los labios, los ojos pequeños y brillantes. Jason, el niño al que di un puñetazo hace años por faltarle al respeto a Asher, es hijo del alcalde Grossman.

Hijo de puta.

Así que, ¿de eso se trataba todo esto?

¿Las trabas son una especie de venganza cocida a fuego lento, orquestada por un padre cabreado? ¿Esta es su manera retorcida de intentar desquitarse por el bulto en la nariz de su hijo?

A lo mejor debería haberle enseñado modales. Algo de respeto. Aunque supongo que de tal palo, tal astilla.

Dios mío.

¿En serio? ¿Este es el motivo de las ridículas exigencias?

El alcalde llama al orden para que empiece la reunión, pero me pierdo la mitad de la pompa y la solemnidad que utiliza para aparentar, porque estoy demasiado ocupado intentando averiguar qué hacer y cómo actuar. La ira me incita a increparlo delante de todo el mundo. A ver cómo es capaz de explicar a sus ciudadanos que el funcionario electo es un cabrón mezquino y simple.

No obstante, la lógica y la profesionalidad me obligan a contenerme.

Es así de simple y complicado a la vez.

Por mucho que, personalmente, me gustaría informar a todo el pueblo con quién están tratando, tengo la sensación de que ya lo saben. No hay duda de que, alguna vez, se habrá mostrado como es en realidad y, aun así, lo eligieron.

Por otro lado, yo tengo objetivos aquí que tengo que llevar a cabo. Uno en el que hemos invertido muchísimo dinero y no puedo arriesgarme a perder la licencia de ocupación por rebajarme a su nivel. Así que, por mucho que me duela, voy a tener que comportarme con ética.

Pero eso no me impide fulminar con la mirada a Jason hasta que juro que puede sentirlo. Levanta la cabeza y nuestros ojos se encuentran. Lo miro fijamente. No hago ningún gesto más que para darle a entender que lo veo, y que sé a qué viene toda esta gilipollez: posicionar mejor a su padre de cara a la reelección y vengarse.

—Ahora, a por el asunto que nos ocupa —dice el alcalde Grossman, por lo que centro mi atención en él y en los concejales que tiene a cada lado—. El mes pasado, nos reunimos a fin de debatir los cambios necesarios que tanto Sharpe International Network como El Refugio debían hacer para merecer una inspección final y, a su vez, la licencia de ocupación. Cedo la palabra al Señor Sharpe.

Camino hasta el atril, me aclaro la garganta y empiezo:

—He disfrutado mucho de las últimas seis semanas en Cedar Falls. Aunque, en el fondo, soy un urbanita, hay un motivo por el cual mis hermanos y yo queríamos comprar un resort aquí y contribuir no solo al futuro del pueblo, sino también a su éxito en general. —Dedico los siguientes minutos a mentir: sobre el encanto que he encontrado en Cedar Falls y en sus habitantes, que adoran el pueblo. Sobre la posibilidad de una colaboración ventajosa para todos los habitantes. Sobre la filosofía y los objetivos de S.I.N. para el resort, más allá de un margen de beneficios positivo.

—Todo lo que ha expuesto está muy bien —interviene el alcalde cuando termino el discurso—, pero ¿qué hay de las peticiones específicas que hizo el Ayuntamiento?

«Sonríe, Ledger, y prepárate para lamer más culos».

—De acuerdo con lo que solicitó, alcalde Grossman, y en concordancia con nuestra promesa, S.I.N. ha empleado contratistas locales y habitantes de Cedar Falls, y lo seguirá haciendo cuando abramos al público. Asimismo, hemos avanzado muy significativamente en dos áreas que nos gustaría compartir con ustedes. Estamos emocionados por la oportunidad de contribuir a mejorar el pueblo del que ahora formamos parte. Con eso en mente, hemos decidido centrarnos en dos aspectos que dan carácter al pueblo y lo seguirán haciendo en el futuro. Ahora mismo, estamos en plena renovación de la biblioteca de la escuela primaria de Cedar Falls. Será una reforma completa: la ampliaremos en tamaño, contenido y capacidad. Nuestro otro objetivo es la residencia asistida de Cedar Falls. Es necesario cambiar urgentemente el sistema de climatización y ventilación para regular la temperatura y la filtración del aire. Hemos hecho una generosa donación para renovarlo en las próximas semanas con las mínimas molestias posibles para los residentes.

—¿Y están terminados los trabajos?

—No obramos milagros, señor. No podemos completar proyectos de tanta complejidad tan rápido, debido a que los subcontratistas locales también tienen otros compromisos. Pero le aseguro que hemos firmado los contratos, pagado los depósitos y programado las obras, como puede comprobar en la documentación que le hemos proporcionado a usted y a los concejales. Pueden ponerse en contacto con los contratistas para verificarlo, pero creo que hemos hecho las copias necesarias y usted tiene toda la información en las manos.

—Ya veo —murmura con un gesto de la cabeza y me dirige una mirada firme como si no me creyera. Sin embargo, el público se ha quedado callado, no se oyen susurros ni risas como antes, por lo que, con la esperanza de que su opinión esté cambiando a nuestro favor, sigo hablando para no perderlos.

—Además de esas contribuciones, estamos en proceso de contratar comerciantes locales para que ofrezcan bienes y servicios a nuestros huéspedes. Lo que pretendemos es que les guste algo que vean o prueben en el propio resort, ya sean objetos de alguna de nuestras muchas tiendas, obras de arte expuestas por las instalaciones o paquetes de empresas de excursiones locales, y que, después, se aventuren en Cedar Falls a gastar su dinero.

—¿Y qué empresas ha reclutado con esa misión?

El asistente de Hillary, que me ha acompañado a la reunión, hojea las páginas del folleto que han recibido los concejales y señala la que incluye dicha lista.

—La lista está incluida en la información que les hemos entregado, pero nos encantaría que los ciudadanos también la oyeran —respondo—. Venderemos productos de la panadería de Bessie en la cafetería. La tienda de zumos de Jenner también ofrecerá productos allí. El restaurante y la cafetería solo servirán helados fabricados en la lechería de la ciudad. También incluimos una lista de artistas locales, cuyas obras expondremos en varias localizaciones del resort. Además, ofreceremos paquetes exclusivos a nuestros huéspedes, hemos firmado colaboraciones con el Resort de Esquí de Cedar Falls, Aventuras Al Aire Libre Cedar Falls y... —Pierdo el hilo cuando veo que el siguiente nombre en la lista es Los Campos. ¿Qué hace aquí? Levanto la mirada y recorro la sala hasta que encuentro a Asher. Me recibe con una sonrisa alentadora, pero la miro fijamente, confundido.

—Señor Sharpe, ¿hay algún problema?

—No, lo siento. ¿Por dónde iba? Ah, sí. También ofreceremos actividades en recintos como Los Campos y el Club de Montaña.

—Es una lista impresionante —afirma el alcalde mientras vuelvo a mirar a Asher y, desde la otra punta de la sala, le pregunto con la mirada qué está pasando.

Ahora todo tiene sentido. La restauración del granero. Las guirnaldas de luces. El nuevo cartel. Su insomnio y que trabajara hasta muy tarde.

Me atrevería a decir que me siento un poco dolido. Han negociado la colaboración y yo no lo sabía. Hillary sí, y no me informó.

«Asher ha organizado todo esto y no ha confiado en mí lo suficiente como para contármelo. No quería compartirlo conmigo».

Me cuesta lo imposible volver a centrarme en la reunión y no dirigirme a ella, llevármela de aquí y preguntarle qué cojones ha pasado.

—¿Alguien tiene algo que decir a favor o en contra de El Refugio o Sharpe International Network, y que quiera que conste en acta?

«¿De verdad vamos a hacer esto?» ¿Dejar que la gente del pueblo hable o se junte en masa?

Vuelvo a mirar a Asher. No puedo evitarlo. Y ella me devuelve la mirada con la misma confusión que yo y un dolor que no comprendo.

Alguien se aclara la garganta por el micrófono y, con una sacudida de la cabeza, me obligo a prestar atención al trabajo en lugar de a lo personal.

—Señor alcalde, aunque entiendo que habrá más beneficios y turismo, sigo pensando que tanto el señor Sharpe como su empresa van a plantar la semilla de la destrucción en el pueblo. —La mujer mal vestida que ha cogido el micrófono hace un gesto decisivo con la cabeza—. Dice que va llevar a cabo todas esas cosas, pero, una vez consiga el permiso, hará lo que le apetezca. —Se oyen algunos murmullos de aprobación entre el público.

Tiene razón. Una vez consigamos la licencia de ocupación, no estamos obligados a nada, pero no creo que sea buena idea decirlo en este momento.

Miro a mi alrededor y estoy a punto de acercarme al micrófono para defenderme cuando Tootie camina hasta el atril.

—Para que conste, solo quiero decir que Ledger va a hacer lo que ha prometido. Dije una palabrota delante de él y me dijo que no se lo diría a mamá y no lo ha hecho. —Se pone en jarras y se aclara la garganta—. Además, me contrató para que le dijera todo lo que queríamos y necesitábamos para la biblioteca del cole. No se va a echar atrás y defraudarme. —Me mira y sonríe—. Eso es todo.

Cuando regresa a su asiento, la mujer mal vestida vuelve a tomar la palabra.

—Es una niña, son fáciles de manipular.

—Yo la creo —interviene Asher. Cuando todas las miradas recaen sobre ella, se levanta de la silla y se dirige al atril—. El señor Sharpe ha venido hasta aquí para cumplir con sus ridículas peticiones, alcalde Grossman. Ha hecho lo que le ha pedido e incluso más. Ha contribuido a la comunidad. Ha incluido talento local en el proyecto y ha generado ingresos residuales para otros. ¿Qué más quiere de él?

Grossman emite una risa condescendiente que me hace apretar los dientes.

—Claro, ¿qué va a decir si se acuesta con él?

—¿Disculpe? —exclama y levanta un dedo en mi dirección cuando me pongo en pie para defenderla.

—Cielo…

—Asher —lo corrige ella—. Me llamo Asher, no cielo.

El alcalde se aclara la garganta.

—Aunque estoy seguro de que su eh… amigo aprecia su firme apoyo, creo que los miembros del Ayuntamiento no deberían aceptar consejos de negocios de alguien que es incapaz de conseguir un préstamo para mantener a flote su granja.

Cae un silencio profundo entre la multitud, de esos que dan a entender que los asistentes están muy pendientes de los cotilleos que se están revelando.

Sin embargo, lo único que up he oído de lo que ha dicho Grossman es: «incapaz de conseguir un préstamo para mantener a flote su granja».

Cierro los puños. Por el rostro de Asher, afloran un sinfín de emociones, porque el alcalde la ha menospreciado delante de todo el pueblo. La ha humillado, igual que hizo mi padre una vez.

Empiezo a dirigirme a ella para defenderla, para… No sé para qué, pero Asher me detiene con una mirada y gesticula la palabra «no» con la boca. No la defendí hace años, así que ahora lo voy a hacer.

—Si quiere atacarme a mí —digo y subo tanto el tono que no necesito un micrófono. Todas las cabezas se giran a mirarme—, entonces hágalo. Me da igual. Pero no meta a Asher en nuestros asuntos.

—Puedo apañármelas sola, Ledger —responde Asher con voz firme y expresión estoica—. El alcalde Grossman solo quiere ponerme en el lugar en el que cree que deben estar todas las mujercitas. Prefiere mantenerme callada, porque tiene un miedo terrible a que yo pueda ser el resultado de la aventura que tuvo con mi madre hace treinta y tantos años. —Las palabras provocan una ola de murmullos que recorre la multitud, y consiguen que el alcalde enrojezca y que balbucee incoherentemente—. Para que quede claro, aunque fuera mi padre, me negaría a reconocerlo. Ya me han avergonzado lo suficiente a lo largo de mi vida por cosas que se escapaban de mi control... pero eso podría controlarlo. Y lo haría sin dudarlo.

Sin decir nada más, Asher sale del auditorio a zancadas y todo el pueblo se queda mirando la puerta por la que acaba de marcharse.

Me cuesta lo imposible no ir tras ella, quedarme aquí por profesionalidad, terminar el trabajo que he venido a hacer... y no dar prioridad a los asuntos personales. No darle prioridad a Asher.

El alcalde golpea el mazo varias veces para tratar de poner orden en la reunión a pesar de que está pálido como la ceniza. Lo tiene bien merecido el muy cabrón.

—Calma, todo el mundo. Calma. —Se aclara la garganta y se afloja el nudo de la corbata como si le apretara el cuello—. Es evidente que tenemos asuntos más importantes que tratar en vez de lidiar con tonterías innecesarias. ¿Estamos listos para votar si El Refugio ha cumplido o no nuestras peticiones, y si puede llevarse a cabo la inspección final para concederle la licencia de ocupación?

Capítulo 46

Asher

No puedo respirar.

Doy bocanadas enormes de aire y me duele el pecho. Me escuecen los ojos por tratar de contener las lágrimas. Tengo que alejarme del Ayuntamiento y de ese gilipollas todo lo que pueda. El fin del mundo no estaría lo bastante lejos.

Me da igual que se haya mostrado como es en realidad, que me haya humillado y que yo no haya dejado que me pisotee. Son cosas con las que¡ he aprendido a lidiar solo por el hecho de ser Asher Wells.

Lo que me importa es que no he conseguido el préstamo.

«Así que, conduzco».

Por todas las carreteras de montaña.

Por cada tramo de campo.

Ignoro todas las llamadas entrantes y los mensajes que resuenan desde el asiento trasero, donde he lanzado antes el móvil.

Me han rechazado el préstamo. Me han rechazado.

He recibido el correo en mitad de la reunión del Ayuntamiento. «Agradecemos su solicitud, pero lamentamos informarle de que ha sido denegada». Me he quedado aturdida. Estupefacta. Dolida. Y no podía decir o hacer nada para arreglarlo en mitad de la demostración de grandeza de Grossman.

Sin embargo, él sabía que no lo había conseguido. Eso es lo que me ha sorprendido. Él lo ha sabido antes que yo o no lo habría dicho. Maldita vida de pueblucho. Tendría que haberlo pensado mejor. Debería haber imaginado que Grossman se enteraría, porque su nuera es la directora de la sucursal.

Así que, he arremetido contra él. Le he replicado. He intentado cantarle las cuarenta y avergonzarlo tanto como él ha procurado humillarme a mí.

Es lo único que he podido hacer.

Golpeo el volante con la palma de la mano y sucumbo a la necesidad de gritar a pleno pulmón. El viento ahoga el sonido, pero no calma la ira que se apodera de mí.

Cuando he recibido la llamada de Hillary sobre el contrato, ha sido como si me hubieran dado la mejor noticia del mundo, seguida de la peor, puesto que sé que ya no me puedo permitir las mejoras necesarias para cumplir los requisitos del contrato.

Me aparto a un lado de la carretera y miro fijamente cómo pastan unos caballos en el campo hasta que se me nubla la vista. Entonces, meto la marcha y conduzco un poco más, buscando alejarme lo más lejos posible del pueblo.

Lo último que me apetece es ver gente.

Quería que saliera bien.

Necesitaba que saliera bien.

Y vale, sí, la granja ya está reformada y todavía puedo organizar celebraciones, pero prácticamente he alcanzado el límite de la tarjeta de crédito para conseguirlo. Y el contrato depende de esas mejoras. Y, y, y…

Y, por eso, sigo conduciendo.

Capítulo 47

Ledger

—¿Me quieres explicar qué es esto? —le pregunto a Hillary cuando irrumpo en el despacho. Le muestro la lista de colaboradores y señalo el nombre «Los Campos».

Estoy preocupado, furioso y me siento como si estuviera perdiendo la cabeza, porque no encuentro a Asher por ninguna parte. Por ninguna puta parte, y la he buscado durante lo que me ha parecido una eternidad. Es un pueblo pequeño, debería ser capaz de encontrarla.

Pero no he podido.

Y estoy loco de preocupación, joder.

Hillary me devuelve una mirada comedida. No comprueba la lista que tengo en la mano, porque ya sabe a qué me refiero.

—La lista de colaboraciones. Lo pone en el título.

—No jodas. Me refiero al hecho de que Los Campos esté en ella. —Camino de un lado al otro del despacho, incapaz de quedarme quieto.

—Creo que me encargaste que buscara vendedores locales con los que crear paquetes atractivos para nuestros clientes, así que eso es lo que he hecho —responde con cautela, pero el tono incluye petulancia y la forma en la que se niega a dar su brazo a torcer hace que apriete los dientes.

—¿Y no se te ocurrió decirme nada sobre este en concreto?

—La señorita Wells me pidió expresamente que no te lo dijera.

—¿Disculpa? —le grito—. ¿Acaso te has olvidado de quién es el jefe?

—No. —Hace una pausa y espera a que deje de deambular y la mire—. Como he dicho, la señorita Wells me pidió expresamente que no supieras nada de la propuesta. Quería conseguirlo por méritos propios y no porque se esté acostando con el dueño.

Sus palabras le echan más leña a mi mal humor en un instante.

—Claro que sí —murmuro, necesito centrar mi enfado en otra parte, porque sigue ahí y en carne viva, pero ya no va tan dirigido a Asher. Ahora, va contra toda la puta gente de este maldito pueblo. Estaba molesto, enfurecido, por que Asher me ocultara el proyecto; abatido, porque no creyera que podía contármelo, y, para variar, solo está siendo tan terca como siempre e intentando demostrar que no necesita a nadie.

—Es una propuesta de negocios sólida. Bien pensada. Ha investigado. La idea me ha impresionado, y ella, también, pero, lo que es más importante, será una muy buena opción para los huéspedes.

—La propuesta —digo y extiendo la mano para que me la dé. Hillary arquea una ceja—. Por favor.

Rebusca en el archivador y me la entrega. Hojeo las páginas y veo que Hillary tiene razón. Es profesional, concisa, informativa y las imágenes muestran todo lo que promete en el texto. La última página, que cita las mejoras en proceso, hace que lo comprenda todo.

El préstamo.

Lo necesita para terminar la reforma.

Sin él, no conseguirá la colaboración. Y Grossman lo ha anunciado a los cuatro vientos en la reunión del Ayuntamiento.

El muy cabrón.

Joder. Suspiro y lanzo la propuesta al escritorio.

—Ledger. —Cuando la miro, Hillary esboza una sonrisa tenue y me mira con ternura—. Solo porque la quieras…

—No la quiero —gruño. Decirlo en mi cabeza es una cosa, pero en voz alta es otra historia.

Ella se ríe.

—Sí, sí que la quieres. Y eso no te da derecho a entrar aquí, como un caballero de brillante armadura, e intentar sacarla del apuro. Por algo es independiente. Es evidente que la vida le ha dado muchos palos y, aunque no sé qué le ha pasado, me he dado cuenta, porque yo fui como ella. Reivindicar mi autonomía, encontrar algo que fuera solo mío, así recuperé una parte de mí misma. Así me curé. Y eso me llevó a estar sentada aquí, ahora, contigo, en este despacho. Asher no necesita que la arreglen, Ledger. Solo alguien que la coja de la mano si fracasa, que celebre con ella sus triunfos y que la escuche. Se dice mucho más en silencio que en una sala llena de gente que habla sin parar.

Me siento impotente. Es una sensación deprimente para alguien que siempre lo tiene todo bajo control.

—Yo no quiero arreglarla, Hillary. Solo quiero que se dé cuenta de que ya no está sola.

—¿Se lo has dicho? Podrías empezar por ahí.

Asiento.

Asegurarle que ya no está sola es un buen comienzo. Y demostrárselo, también. Pero joder, ¿cómo lo hago si no la encuentro? ¿Cómo voy a hacerle entender que le cubro las espaldas, que puede confiar en mí?

«Por algo es independiente». Asher no necesita que la arreglen. «Solo alguien que la coja de la mano si fracasa, que celebre con ella sus triunfos y que la escuche».

¿Acaso no la he escuchado todo este tiempo? ¿No es lo que mejor se me da cuando hablamos por teléfono, estamos abrazados, hacemos pícnics…?

«Mierda, ¿podría estar allí, en nuestro sitio?».

Es el único lugar donde no he mirado.

Solo uno, y espero por lo que más quiero tener razón.

Las flores silvestres vibran de color y los pájaros cantan con fuerza mientras cruzo la maleza en dirección al viejo sauce.

Se me encoge el corazón cuando la veo allí, sentada contra el tronco del árbol, con la cabeza inclinada hacia el cielo y los ojos cerrados.

Y, si antes había tenido dudas, ahora ya no.

Quiero a Asher Wells.

Estoy enamorado de Asher Wells.

Es evidente.

Sencillo.

Total.

Me quedo allí, mirándola fijamente. Sé que se ha dado cuenta de que estoy aquí, así que me cuesta encontrar qué decir o cómo decirlo. El consejo de Hillary no deja de darme vueltas en la cabeza.

—Gracias por dar la cara por mí, no tenías por qué —suelto al fin. Siento que estoy evitando el tema del que tenemos que hablar, pero necesito un punto de partida.

—Sí, debía hacerlo. —No se mueve, no abre los ojos, solo murmura las cuatro palabras.

—Estoy orgulloso de ti por defenderte, pero, Dios, me habría gustado que dejaras que yo lo hiciese.

—No necesito que nadie me defienda, Ledger. Sé cuidar de mí misma.

—Ya sé que sabes. Joder, ya lo sé, pero ¿tanto te cuesta necesitar mi ayuda de vez en cuando, necesitarme a mí? —Se me quiebra la voz, y ella abre los ojos al fin y me mira con una tormenta que enturbia sus iris grises.

Nos sostenemos la mirada y me da la sensación de que va a ser una de las conversaciones más importantes que he tenido en mi vida. He negociado tratos por valor de cientos de millones de dólares. He abandonado contratos sin inmutarme siquiera. Sin embargo, esta es la primera vez que tengo que luchar por algo personal. A decir verdad, me acojona echarlo todo a perder.

Me acerco a ella y me dejo caer de rodillas justo delante.

—¿Por qué no me contaste los planes que tenías para la granja, la propuesta? Entiendo que quisieras que se te reconociera el mérito, pero… me has excluido completamente de algo que es parte de ti. ¿Por qué no me lo has contado? ¿Por qué me has mentido?

Capítulo 48

Asher

Me mira, los músculos de su mandíbula tensos, sus ojos implorantes.

—No te he mentido.

—Decidiste no contármelo. Es lo mismo.

—No lo es.

—Para mí, sí. ¿No ha habido ya bastantes mentiras entre nosotros, Asher? No quiero más mentiras ni engaños ni omisiones. Por favor.

—Ledger, no pretendía…

—Optaste por decirme que solo estabas reformando la granja en lugar de explicarme que querías crear tu propio negocio. ¿Por qué? ¿Por qué no me lo has contado? ¿Qué te ha hecho pensar que no podías confiar en mí?

Se me forma un nudo en el estómago al ver el dolor que se le graba en las líneas de la cara.

—Sé que no lo entenderás, pero solo… Tenía que hacerlo por mí misma.

—¿Crees que te lo habría impedido, que habría intentado controlarlo? La transformación de Los Campos y tu idea de convertirlo en un lugar turístico son increíbles. Es imposible que pensaras que te diría lo contrario. Así que, ¿qué pasa, Asher? ¿Qué es lo que no me estás contando?

«Me vas a dejar y necesito algo que mitigue el sufrimiento».

Me tiemblan las manos, y abro y cierro la boca. No se me ocurre otra respuesta que no sea esa.

—¿Qué estamos haciendo, Ledger? ¿Engañarnos? ¿Fingir que tu castigo aquí no acaba en un par de semanas y que no volverás a tu antigua vida, y yo, a la mía? —Tuerce el gesto al oír mis palabras—. ¿Es mucho pedir que quiera tener algo en mi vida que tú no hayas tocado? ¿Algo que sea completamente mío para que no me acuerde de ti cada vez que esté cerca, lo vea o piense en ello?

Y ese es el quid de la cuestión, ¿no? Por eso, el proyecto es tan importante para mí. Sé que se irá y, cuando lo haga, todo lo que quede en el pueblo, en mi casa, e incluso los malditos campos de lavanda, me recordarán a él. Y ahora, el inevitable fracaso de mi plan de negocio también estará ligado a él.

—Así que, en lugar de hablar de ello, de nosotros, ¿prefieres esconderte y fingir que lo que hemos vivido, que lo nuestro, no ha pasado?

—¿Esconderme? Creo que mis acciones están más que justificadas si tenemos en cuenta que tus intenciones, tus planes, son bastante evidentes. —Noto cómo me pongo la armadura. Capa tras capa. Me protegerá y mitigará el dolor que está por llegar.

—¿A qué coño te refieres con lo de que mis planes son «bastante evidentes»? —pregunta.

—Solo es un rollo que terminará en unas semanas. Entonces, tu castigo habrá acabado y podrás volver a casa. —Pestañeo para vencer las lágrimas que amenazan con brotar al pronunciar esas palabras—. Eso fue lo que dijiste, ¿no?

—Asher, no. No lo entiendes. —Me apoya las manos en las rodillas y aprieta. Intento no estremecerme con su tacto, porque ahora mismo mi cuerpo me pide que salga huyendo, que me aparte mientras pueda, pero ni yo soy tan fuerte. Ríe con incredulidad, pero siento como si se estuviera burlando de mí y me irrita.

—¿Así que no dijiste eso? —Sé perfectamente que lo hizo.

—No, sí que lo hice. Es solo que… —Se pasa una mano por el pelo—. Mis hermanos no paraban de fastidiarme con lo nuestro. No dejaban el tema y la forma más fácil de quitármelos de encima fue decir algo así. Quería restarle importancia para que nos dejaran en paz… —Me escruta los ojos—. ¿Por qué no me dijiste nada? ¿Por qué no me preguntaste y ya está?

—¿Preguntarte? ¿Para qué? ¿Para parecer una idiota cuando vieras el daño que me habías hecho porque pensaba que éramos más que eso? Después de lo que pasó la última vez…, ¿crees que quería sincerarme contigo y acabar hecha pedazos de nuevo?

Suspira y trato de ignorar la compasión de su mirada. La comprensión.

—Y, en lugar de eso, empezaste a cerrarte en banda… y así te sería más fácil dejarme atrás.

—Esto nunca funcionará —susurro las palabras que me han estado aterrorizando durante días.

—¿Por qué no? ¿Por qué no podemos hacer que funcione?

—Pregúntale a cualquiera. Está claro que tú eres el más importante. Para que funcione, yo sería la que tendría que renunciar a mi vida y largarme.

—¿Y por qué es tan malo? Vives en un pueblo que no te trata con el respeto que mereces, que te echa en cara el pasado de tu madre. Lo de hoy en el Ayuntamiento ha sido un ejemplo muy claro.

—Pero no eres tú quien debe decidirlo —grito y me pongo en pie. Necesito moverme, necesito pensar y necesito pelear—. Y el hecho de que lo asumas sin preguntarme debería bastar para justificar mis dudas. Tú vas primero. Tu trabajo es la prioridad… y, francamente, merezco algo mejor que el segundo lugar por detrás de esas cosas.

—Yo nunca te pondría en segundo lugar.

Suelto una carcajada que es de todo menos divertida.

—Ah, ¿no? ¿Y qué pasa con tu plan de diez años, eh? El plan que nunca te saltas con sus puntos importantes y parámetros fijos. Por desgracia para mí, tener una relación conmigo —«quererme»— no cuenta, porque ha ocurrido antes de lo previsto.

—No seas así, Ash. El plan… —Sacude la cabeza de frustración—. Es solo eso, «un plan». No es inamovible. Si acaso, has hecho que me dé cuenta de que la vida… no puede planearse. Joder, las dos veces que has aparecido en mi vida ha sido de repente, algo completamente inesperado… Y…, joder. Lo estoy explicando fatal. —Su voz tiene matices de remordimiento, de esperanza, y también, de miedo—. Lo único que tienes que saber es que quiero esto, quiero estar contigo.

—Pero según tus propios términos —susurro.

—No puedo dejar mi vida atrás, Asher. —Me sigue mientras camino de un lado al otro.

—Lo entiendo. Sé lo que es eso, porque yo dejé la mía, y mi sueño, para volver y cuidar de mi familia. Mi abuela está aquí, Ledger. Y Los Campos. Es la herencia de mi familia, igual que S.I.N. es la de la tuya. No puedo abandonarlo y tampoco te pediría que tú lo hicieras. Es mi forma de dejar huella por mí misma. Eres rico y te admiran en tu ámbito, y es evidente que piensas que eres más importante que yo porque básicamente eres el dueño del mundo, pero…

—Eso no es cierto…

—Pues es lo que siento. Lo que no entiendes es que, por primera vez en muchísimo tiempo, me considero relevante. Llena de futuro y… —Levanto la cabeza al cielo y cierro los ojos. Es demasiado. La emoción, el miedo, la esperanza. He estado esperando que todo se derrumbara. Si no es ahora, ¿cuándo?—. Necesito tiempo, Ledger. Para pensar, para…

—Debería ser la decisión más fácil de tu vida, Ash. Escogerme a mí debería ser lo más sencillo que has hecho nunca. —Se le quiebra la voz y casi me vengo abajo.

—Pero no debería tener que renunciar a mi vida para que formaras parte de ella.

Agacha la cabeza y suspira.

—¿Y ya está? ¿No vas a intentarlo? ¿No vas a luchar por nosotros?

—Yo no he dicho eso. —El pánico empieza a abrirse paso en mi garganta.

—No ha hecho falta.

—Ledger, no sé qué hacer. No sé… No sé cómo sentirme.

¿Por qué todas las cosas que deseo parecen estar siempre lejos de mi alcance? Sentirme aceptada, mi carrera, mis sueños para Los Campos. Ledger.

Lo único que he conseguido y a lo que me he podido aferrar es a mi identidad. A quien soy. Y me ha llevado tiempo conseguirlo, superar el dolor de la pérdida del abuelo y volver a encontrar la mujer que era. Me niego a renunciar a ella solo por tenerlo a él.

Parpadeo para contener las lágrimas y me obligo a mirarle a los ojos. Solo entonces vuelve a hablar.

—A lo mejor nos hace falta tiempo para pensar. Una semana. No lo sé. Quizá necesitamos tiempo para que tú te aclares y para que yo… No lo sé.

Pierdo la batalla y las lágrimas se me escapan y corren por las mejillas. Asiento, aunque sigo sin estar segura de lo que quiero de verdad.

—Puede ser.

Da unos pasos hacia mí.

—Un día te dije que solo me habían roto el corazón una vez. Fuiste tú, Asher. Y te juro por Dios que creo que lo estás volviendo a hacer. —Me agarra el rostro con las manos y me da el beso más dulce del mundo en los labios—. Te quiero, Asher Wells. Creo que siempre te he querido.

Esas palabras deberían llenarme el corazón, y, sin embargo, lo único que consiguen es rompérmelo un poquito más.

Porque no estoy segura de si el amor basta para superar los obstáculos a los que nos enfrentamos.

Y, sin volver a mediar palabra o mirarme, Ledger Sharpe se marcha del claro, y temo que también, de mi vida.

Capítulo 49

Ledger

—Lo has conseguido, Ledge. Podemos abrir de manera oficial El Refugio el mes que viene —dice Callahan—. No sé cómo has conseguido convencer al cabrón de Grossman, pero lo has hecho.

—Felicidades, tío —añade Ford—. ¿Lo ves? Después de todo, eras el hombre indicado para el trabajo.

—Aunque, como vuelvas a casa con un par de botas de *cowboy* y vaqueros, prepárate, porque no voy a dejar de tocarte las narices. —La risa de Callahan sale a todo volumen por el altavoz.

—¿Botas de *cowboy*? ¿Yo? —Río por la nariz y después suspiro. Oír las voces de mis hermanos debería alegrarme, no formarme un nudo en la garganta. Me la aclaro para intentar deshacerme de él, pero sigue ahí.

—¿Qué haces todavía allí? ¿No sé suponía que ibas a ir, conseguirlo y salir pitando? —pregunta Ford—. A los dos nos sorprendió que no estuvieras tan desesperado por volver que cogieras el primer vuelo de vuelta a casa para contarnos las buenas noticias en persona.

—No… Tengo que atar algunos cabos sueltos antes de irme. —El rostro de Asher me viene a la mente, seguido de una punzada en el pecho—. Solo un par de cosas.

—Con eso, se refiere a que quiere meterse en la cama de Asher una última vez —contesta Callahan.

—Qué gracioso —murmuro entre dientes. Las palabras me han afectado más de lo que nunca sabrán—. Mira, tengo que reunirme con Hillary para un asunto.

—Lo que tú digas —ríe Callahan.

—He dicho que tengo que irme —replico.

—Vaya, tranquilo, tío —dice Callahan—. ¿Seguro que va todo bien, Ledge?

—Sí, de puta madre. —Cuelgo antes de que puedan decir una palabra más.

Me reclino sobre la silla del escritorio, cierro los ojos y exhalo despacio.

«Ha huido».

¿No es eso lo que me carcome? Me ofrecí a darnos tiempo cuando sabía que yo no lo necesitaba, joder. Pero lo hice porque parecía un conejillo asustado... y ha huido.

Y lo sé porque me he pasado por Los Campos hoy para ver si podíamos hablar. Arreglar lo que haga falta.

«Asher no necesita que la arreglen, Ledger».

Repito la escena de antes en mi mente.

El eco vacío de la casa cuando he llamado a la puerta.

La ola de pánico que he sentido cuando no ha abierto. Cuando nadie ha contestado.

—No está en casa. —Me sobresalto al oír las palabras de George a mis espaldas.

—¿Dónde está?

—Se largó. Hizo la maleta, me pidió que cuidara de la granja y se fue.

—¿Dijo cuánto tiempo estaría fuera?

—No.

—¿Dijo algo más?

—Solo que, si conseguimos ponerlo en marcha —señala la zona del granero—, le encantaría contratar a mi mujer para que la ayude con algunos de los eventos. —Debo mirarlo de forma rara, porque continúa sin que le pregunte—. Tiene miedo de perder el empleo por El Refugio.

—¿El Refugio? ¿Por qué?

Se encoge de hombros y me mira como si me evaluara, es evidente que sigue sin estar seguro de qué pensar de mí.

—Es una gran operación, por lo que supone que los turistas se irán de su hotel al suyo.

—En plena temporada turística, habrá negocio para ambos.

Hace un gesto comedido con la cabeza.

—Pero son el resto de temporadas las que dejan a la gente sin trabajo.

Estoy acostumbrado a hacer frente a la gente, a lidiar con las repercusiones de las decisiones que tomo. Esta no me gusta, y no es fácil de solucionar.

—Ya veremos qué ocurre. Asher tiene mi número si es necesario.

—Es muy generoso por su parte, pero no necesitamos limosnas ni favores.

Nuestras miradas se encuentran y en la suya se aprecia el conflicto entre el orgullo y la preocupación.

—Entendido, la oferta seguirá en pie.

—Tomo nota.

Vuelvo la vista hacia la casa y el columpio del porche, que se ve muy vacío sin Asher acurrucada en él.

—Ha ayudado a Asher con todos los cambios que ha hecho aquí. Tiene muy buen aspecto.

—Pues sí.

«No me va a conceder ni una, ¿no?».

—Creo que es una decisión de negocios muy inteligente por su parte. Conseguirá una fuente de ingresos extra. Le dará una nueva vida a este lugar y atraerá a mucha gente que nunca se habría fijado en él.

—¿Hay algún motivo por el cual esté en su porche, hablando de su negocio conmigo…, señor?

«Ni una».

Me aclaro la garganta y me sincero con él.

—¿Por qué se ha ido, George? ¿Por qué ha huido? ¿Por qué no se ha quedado a luchar por este lugar? —«Por mí».

—¿Quién dice que no está luchando?

—No está aquí, ¿no? —pregunto.

—Esa chica ha luchado toda su vida. El desprecio y las opiniones que ha soportado en este pueblo destrozarían a la mayoría de personas. Pero a ella no.

—Lo sé, pero…

—No, no lo sabe. Con el debido respeto, no sabe una mierda sobre lo que ha tenido que aguantar Asher año tras año. Y sí, ha trabajado sin descanso para dejar de vivir bajo la sombra de la deshonra y el abandono de su madre. —Echa un vistazo a los campos, a las ondas que forma la lavanda—. Está consiguiendo algo aquí, con determinación, tenacidad y coraje. ¿Se sentiría orgulloso su abuelo? Sin lugar a dudas. Aunque ella también ha logrado sentirse orgullosa de sí misma por primera vez en mucho tiempo… Y, cuando algo que deseas de verdad fracasa, a veces, necesitas un poco de tiempo para aceptar el golpe. Para descubrir cómo vas a vivir sin haberlo conseguido.

—Entonces, ¿qué me quiere decir, que va a volver? —Estoy más desesperado por conocer la respuesta a esa pregunta que cualquier otra cosa. Así que tardo un segundo en oírlo. No solo tiene miedo de perder el sueño que ha creado aquí… También de perderme a mí.

Madre mía.

No debería descubrir cómo vivir sin conseguirlo.

«Joder, Asher. Estoy aquí. Te estoy esperando. Vuelve».

—Pues claro que va a volver. —Resopla con desdén—. Asher Wells no se rinde. Supongo que estará buscando otra manera de hacer que funcione. Se estará tomando su tiempo para aceptar la realidad y seguir adelante.

«Aceptar la realidad y seguir adelante». ¿Lo he hecho yo? ¿He seguido adelante después de lo que hizo mi padre?

Mucho después de que George me haya explicado el razonamiento de Asher y se haya ido a casa, sigo sentado en el columpio del porche, oyendo como cruje, y tratando de responder a la pregunta.

Mi padre se inventó una mentira que, de una manera u otra, me ha afectado durante los últimos quince años. Alimentó mi miedo a decepcionarle, a no estar a la altura del potencial que vio en mí al «salvarme» aquella noche con su engaño. He pasado de un objetivo a otro para hacerle feliz. Para que se sintiera orgulloso de mí. Para estar a la altura de los estándares de Maxton Sharpe... Y, ¿de qué me ha servido? ¿Para posponer mi felicidad solo por intentar conseguir su aprobación? ¿Para estar a punto de perder a la mujer a la que quiero por segunda vez?

«Papá ya no está, Ledger». ¿No ha llegado el momento de dejar a un lado sus objetivos y buscar otros que te hagan feliz, de dejar de estar bajo su sombra?

«Mi abuela está aquí, Ledger. Y Los Campos. Es la herencia de mi familia, igual que S.I.N. es la de la tuya. No puedo abandonarlo y tampoco te pediría que tú lo hicieras. Es mi forma de dejar huella por mí misma. Eres rico y te admiran en tu ámbito, y es evidente que piensas que eres más importante que yo porque básicamente eres el dueño del mundo...».

¿Cómo iba a pedirle que renunciara a sus objetivos? ¿Cómo conseguimos que funcione y que los dos podamos cumplir nuestros sueños individuales y los nuevos que queramos crear juntos?

Joder.

Joder, joder.

No cree que sea posible, no cree que yo sea capaz.

Le dije que la quería.

Y se ha ido igualmente.

Capítulo 50

Asher

—Ha pasado más de una semana. Esta vez, has llevado lo de conducir para despejar la cabeza y no hablar con nadie a otro nivel, ¿no? —pregunta Nita.

Sonrío y vuelvo a acomodarme en la silla del balcón de la habitación del hotel. A lo lejos, se puede ver el Parque Nacional de los Glaciares y es hipnotizante. Y eso que lo he mirado muchísimo durante la última semana.

—Ya me conoces —bromeo.

—¿Qué te pasa? Te ha hecho daño, ¿verdad? ¿Tengo que ir a darle una paliza?

—No, no es por él.

—Entonces, ¿qué te ocurre?

—Es por mí.

—Cariño, vas a tener que ser más específica.

—Es difícil de explicar. Él es todo lo que siempre he deseado, Nita. Amable, cariñoso y atento. Pero, a lo mejor, solo ha sido un producto de mi imaginación, siempre me gustó pensar qué habría pasado si no nos hubiéramos distanciado, aunque, ahora que está aquí de verdad, no sé qué hacer.

—Sabes que te quiero, ¿no?

—Sí.

—Así que, cuando te diga que estás como una cabra y que tienes que ir a por él, ¿me seguirás queriendo?

Río, y después me quedo callada.

—¿Asher?

—Sí, te lo prometo.

—Uf. Así que, has salido a conducir para despejar la mente. ¿Ya tienes las respuestas que buscabas?

—No. Sí. Algunas.

—Bueno, por lo menos, es un comienzo.

Capítulo 51

Ledger

Jugueteo con las esquinas de la nota. El logo de Los Campos está estampado en la parte de arriba del papel de color lavanda, pero lo único en lo que me fijo es en la notita garabateada con la caligrafía de Asher y en el segundo pedazo de papel que tengo en la otra mano.

Ledger:

Pediste que no hubiera más engaños ni omisiones. He incluido en el sobre lo que encontré mientras ordenaba las cosas del abuelo. No te lo dije en su momento, porque no quise hacerte más daño y porque el pasado no puede arreglarse..., pero mereces saberlo. Lo siento.

Asher

La dejo caer y me centro en el cheque. Está escrito con la inconfundible caligrafía de mi padre y no es más que su intento de sobornar a su abuelo para que la mantuviera alejada de mí.

No tener escrúpulos en los negocios es una cosa.

Pero no tenerlos cuando se trata de tus propios hijos, es imperdonable.

Aunque ahora sé que se disculpó por haber hecho esto, por sus acciones, nada disminuye la punzada que me provoca el hecho de ver el cheque.

Mi ídolo.

El mayor ejemplo de cómo no debo ser.

No estoy seguro de cuánto tiempo paso mirando fijamente el cheque, pero, cuando suena el teléfono y veo que es Ford quien me llama, todo —la fuga de Asher, las acciones de mi padre, errores que no pueden repararse— me golpea con más fuerza que nunca.

Estoy a punto de no contestar, pero lo hago.

—Hola.

—¿Qué pasa? —Ford solo tiene que decir dos palabras para hacer que cierre los ojos y respire hondo.

—Nada, ¿por qué? —miento.

—No nos mientas. Callahan también está aquí.

—Hola —interviene Callahan—. Algo va mal, lo hemos sentido. —«Maldito vudú de trillizos»—. ¿Qué es lo que no nos estás contando, Ledge?

Miro el cheque y me planteo otra vez la decisión de no contarles lo de papá. Sus engaños y mentiras.

E incluso ahora, me mantengo firme. Por fin nos estamos curando, por fin salimos de la oscuridad en la que nos sumimos cuando falleció. Sigo sin verme capaz de arruinar la imagen que tienen de él.

Si hay algo que mi padre me enseñó, y a lo que he decidido aferrarme, es a soportar una carga por el bien de los demás.

Solo espero que Asher me deje hacer lo mismo por ella.

«Asher».

Joder, la echo de menos.

—¿Ledge? —pregunta Callahan.

—Se ha ido. —Por fin rompo el silencio y me sienta de puta madre poder contárselo a alguien—. Se ha ido y no sé qué cojones hacer.

—¿Y eso no es bueno? —pregunta Ford—. Dado que es un rollo y todo eso —añade en tono de burla.

—¿Crees que por un momento nos creímos que solo teníais un rollo? —interviene Callahan—. Le pusiste ojitos toda la noche. Ni siquiera apartaste la mirada de ella para mirar el escote de Cindy Dempsey, y créeme, estaba tan a la vista que ni Sutton podía quitarle los ojos de encima.

Sonrío. Y me sienta de maravilla hacerlo por primera vez en toda la semana. Puede que Callahan y yo hayamos tenido nuestras diferencias en el pasado, pero es raro que nos hayamos intercambiado los papeles ahora. Que sea él quien cuide de mí.

—Mierda, estás muy pillado, ¿no? —pregunta Ford.

—Le dije que la quería... y se fue igualmente —murmuro.

—Y, entonces, ¿qué cojones haces sentado en tu despacho? —grita Callahan—. Búscala, lucha por ella. Hazle una oferta que no pueda rechazar.

Río por la nariz ante la idea... pero, aun así, ¿no es lo que quiero, estar con ella para siempre?

—Joder. —La palabra se me escapa como un suspiro y mis dos hermanos rompen a reír.

—¡Ding. Ding. Ding! —dice Ford—. Creo que se le acaba de encender la bombilla. Me debes cien dólares, Cal.

—¿A qué cojones te refieres? —pregunto.

—Apostamos cuánto tardarías en pedirle que se casara contigo. Él dijo que tres meses, yo uno.

—De verdad —murmuro, pero no puedo evitar sonreír todavía más cuando se me empieza a ocurrir una idea, y la esperanza empieza a abrirse hueco en mi corazón—. Sois...

—Por favor, que sepas que me está costando lo que no está escrito morderme la lengua y no tomarte el pelo con todo este asunto —advierte Callahan, y yo me río—. Me estoy compadeciendo de ti, hermano, pero que sepas que ya te llegará. Ni de coña voy a dejar que el señor «no me voy a enamorar» lo haga y salga impune de la situación.

—Gracias por la advertencia.

—Oye, ¿Ledge?

—¿Qué?

—Ve a por la Chica de la Lavanda. Has esperado quince años, no creo que debas hacerlo ni un minuto más —dice Ford. O Callahan. No sé cuál de los dos, pero qué coño importa.

Tengo cosas más importantes en mente.

Capítulo 52

Asher

—¿Asher?

—Sí, hola —respondo, aunque ya sé que es Hillary porque tengo su contacto guardado.

—Soy Hillary.

Me invade el temor. ¿Sabe ya que no me han concedido el préstamo, que no puedo cumplir lo que prometí? Seguramente ya le haya llegado el rumor del pueblo.

—Hola, ¿cómo está?

—Bien, genial. Mire, un posible cliente llegará al pueblo en una hora. Es un huésped muy importante de los resorts de S.I.N. Está muy interesado en visitar Los Campos, porque busca un sitio en el que celebrar reuniones trimestrales y demás. ¿Sería posible que se lo enseñara?

—Eh, sí. Pero no estoy en el pueblo...

—¿Cuándo puede llegar? ¿A qué hora? Solo estará aquí hoy y le interesa mucho reunirse con usted y ver si todo encaja.

—Pero no está todo terminado —respondo. Miro el reloj y no puedo dejar de darle vueltas a la cabeza. Son las cuatro de la tarde. ¿Esta noche? ¿Cómo narices lo voy a hacer?

—No pasa nada. Se lo he explicado y no hay problema. ¿Dónde está? ¿A qué hora llegaría? ¿A las siete? ¿Ocho? Mejor a las ocho, así puede encender las luces y crear ambiente.

—A las ocho. —Tomo la decisión en milisegundos—. Me va bien a esa hora. Llamaré a George y le pediré que prepare todo lo que tenemos para que esté perfecto cuando llegue el cliente.

—Muy bien. Gracias por hacerlo, sé que es muy precipitado.

—No, gracias a usted.

Cuando cuelgo, me da un subidón de adrenalina. Es curioso que ya hubiera tomado la decisión y hecho las maletas hace un rato.

Es la hora.

Es el momento de volver a casa.

Capítulo 53

Asher

Tráfico.

¿Quién me iba a decir a mí que habría tráfico de camino a casa? Pero, en efecto, lo había. Circulo al doble del límite de velocidad por la carretera que lleva a mi casa. Por suerte, no hay nadie más en ella, porque quedan diez minutos para las ocho y lo último que quiero es fastidiarla y llegar tarde.

Cuando doblo la esquina y Los Campos aparece delante de mí, tardo un segundo en creerme que es mío. Las luces que iluminan los árboles. Los focos que alumbran el granero. La silueta oscura de la colina de detrás.

Es mío.

Me invade un orgullo que no había sentido antes.

Encontraré la manera de que funcione. No tengo otra opción.

Pero, cuando voy a acceder a la entrada, ya está asfaltada. Y no es solo un trozo de carretera en el camino de entrada de gravilla, sino todo el camino.

¿Cómo lo ha conseguido George?

Sé que habíamos hablado del tema, pero fue cuando pensaba que me concederían el préstamo.

«Mierda». No me lo puedo permitir. Ni el camino de entrada ni toda la sección de la izquierda, un aparcamiento pequeño en el que solo hay un coche aparcado. Madre mía.

Madre.

Mía.

¿Cómo voy a pagar todo esto?

Avanzo hasta la casa y las ruedas chirrían al frenar. Tengo que encontrar a George. Tengo que preguntarle por qué ha hecho todo esto, tengo que… ¿Pueden quitar el asfalto y volvérselo a llevar?

Bajo a toda prisa por el camino que lleva al granero y al prado. Han puesto adoquines aquí también. Losas de piedra pegadas al camino con cemento.

Es exactamente lo que venía especificado en los presupuestos que le enseñé, pero nunca le dije que lo pusiera todo en marcha. Nunca.

Amenazan con escapárseme lágrimas de pánico absoluto mientras me muevo por la noche, cada vez más oscura. Tengo que superarlo. Debo calmarme. No puedo parecer una lunática cuando conozca al posible cliente habitual.

Justo cuando llego al claro, empiezo a oír música. Y no solo eso, sino lo que parecen instrumentos de cuerda. Es reconfortante y conozco la canción, pero no su nombre.

Hasta que no doblo la esquina del granero y me encuentro cara a cara con Ledger, no entiendo qué está pasando.

Está de pie, bajo el gran roble, con una sonrisa leve en los labios y las luces le dibujan destellos en el pelo.

—¿Ledger? —Miro a nuestro alrededor para ver dónde está Hillary, pero me sobresalto cuando veo que el granero está completamente amueblado con mesas y sillas y…—. ¿Dónde está Hillary?

—Hillary no va a venir —responde y se acerca a mí.

—Pero se supone que…

—Se supone que tienes que reunirte conmigo. Aquí. En el escenario que has creado. En el lugar donde nos enamoramos por primera vez, hace años y ahora.

—¿Qué has hecho, Ledger? —Sacudo la cabeza y empiezo a retroceder—. No puedo aceptarlo.

—Sí que puedes. —Alarga el brazo y me coge de la mano—. Me dijiste que querías arreglar este sitio porque era el único

323

que yo no había tocado. Era el único lugar en el que podías olvidarme. No quiero que me olvides. No quiero que vivas un día más sin mí. Así que, ya lo he tocado, Asher. He hecho que seamos compañeros en esta aventura… Y espero que lo seamos en la vida. Lo he tocado porque no quiero que pase otro día en el que no sintamos la presencia del otro.

—Ledger —pronuncio su nombre en un susurro de incredulidad.

—Y he pensado que, si iba a cobrar el cheque de mi padre, lo emplearía en algo que podamos hacer juntos. Que sea un nuevo comienzo para los dos.

Quiero mirar a todas partes y solo a él al mismo tiempo. Es algo que el tiempo no ha cambiado.

—Me he quedado sin palabras.

—Encontraremos una solución para que lo nuestro funcione. A lo mejor, podrías venir conmigo a Nueva York durante parte del año mientras George y Angel llevan Los Campos. Y, después, podríamos venir y pasar los veranos aquí, igual que hacía yo antes. Siempre has dicho que George era como de la familia para tus abuelos, así que seguiría siendo un negocio familiar. Si eso no funciona, repartiremos el tiempo de manera más equitativa. Puedes ir a la universidad en Nueva York si quieres. Cumplir tu sueño. Dejar huella. Ser quien quieras ser…, siempre y cuando estés conmigo mientras lo haces.

Miro a mi alrededor y estoy estupefacta.

Nadie me ha hecho sentir tan querida como él.

—No sé qué decir.

—Di que sí, Asher. Di que harás esto conmigo, que estarás conmigo. Que confiarás en mí. —Se arrodilla y, cuando bajo la mirada, lo único que veo es el amor en sus ojos. Entonces, abre una caja con un anillo en su interior. Es precioso y brillante. Ni siquiera lo observo durante el rato suficiente como para saber qué es, porque solo quiero mirarlo a él.

Es todo lo que quiero.

Ledger. Mi Chico de Luz de Luna.

Lo amo. Creo que siempre lo he amado. Le beso los labios.

—Con una última condición —murmuro.

Se echa hacia atrás y me mira con una chispa de diversión en la mirada.

—¿Cuál?

—Que me querrás siempre.

Epílogo

Ledger

Un año después

Esto es lo que quiso.

Le ofrecí viajar a cualquier parte del mundo. El avión privado. Aventuras. Relajación. Cualquier cosa que pudiera desear, o que se le ocurriera, para celebrar su cumpleaños y esto es lo que eligió.

Tampoco esperaba menos de ella.

Es Asher, ¿no? Y este es uno de los motivos principales por los que cada día me enamoro más de ella. El número de ceros que tengamos en la cuenta del banco le da igual.

Pero esto no.

Su familia.

Su historia.

Su conexión con este lugar, que el tiempo nunca podrá romper.

Y ahí está, debajo de las guirnaldas de luces, con la lavanda a sus espaldas y rodeada por sus amigos.

Joder, es preciosa. De trato fácil, pero complicada. «Y toda mía». ¿Cómo ha ocurrido? «¿Cómo he tenido tanta suerte?».

—Es su deseo de cumpleaños. Lo único que quería es que usted estuviera aquí —le susurro a la abuela al oído. Apenas responde, solo hace un pequeño movimiento con los dedos y levanta de forma casi imperceptible una de las comisuras del labio, pero, con su deterioro cada vez mayor, es más de lo que nadie podría desear—. Gracias por ello.

Le aprieto los hombros con suavidad y miro a los dos cuidadores privados a los que he contratado para que la traigan hasta aquí y les hago un gesto de apreciación con la cabeza.

La música que resuena por los altavoces cambia y todos los ocupantes de la pista de baile vitorean con aprobación. Se colocan en línea y empiezan a hacer los mismos pasos y a bailar al unísono.

Nita no puede dejar de sonreír mientras intenta enseñarle los movimientos a su hijo, sin duda avergonzándolo a más no poder. Hank se cuela entre las filas y sirve las bebidas a pesar de lo mucho que he insistido en que hoy no trabaje ni se ocupe de la barra. Carson Allen se tropieza con sus propios pies, pero no le importa, porque está demasiado ocupado flirteando con su acompañante. Y después está Tootie, con un vestido rosa neón y las trenzas torcidas, arrasando, de forma descarada, con todos los dulces de la mesa de postres.

Oigo la risa de Asher y vuelvo a centrar toda mi atención en ella. Me acerco al borde del granero para verla mejor mientras baila con nuestros amigos.

La felicidad nunca le ha sentado mejor a nadie. Me gusta creer que he tenido algo que ver con el hecho de que haya llegado a ese punto, pero, por otra parte, la mujer es de armas tomar. Es artífice de su propia felicidad.

Levanta la cabeza y busca entre los asistentes. Al verme, se detiene en mitad de un paso de baile. Nuestras miradas se encuentran. Los ojos le brillan con el fuego que reserva solo para mí. Y, cuando sonríe, sé que no he tomado una decisión mejor en mi vida que luchar por ella.

Noto que mis dos hermanos me flanquean.

Callahan silba.

—¿Quieres que distraigamos a la gente?

—¿A qué te refieres? —Le doy un sorbo a la cerveza.

—Cuando una mujer te mira así, solo puede significar una cosa —Ford ríe—. Te desea. Ahora mismo. Puede que quiera echar un polvo rápido en el altillo del granero mientras los demás nos quedamos aquí sin darnos cuenta.

—No digas gilipolleces. —No hay manera de que dejen de meterse conmigo.

—¿Gilipolleces? —Callahan ríe por la nariz y señala a Sutton, que mece a mi sobrinita adorable, vestida con un mono de color amarillo chillón—. Es la misma mirada que me lanzó Sutton y que provocó «eso».

—Y no la cambiarías por nada en el mundo —digo y miro a Callahan. Sigue observando a Sutton y a su hija con una expresión que nunca pensé que vería en su cara: de amor y adoración total y absolutos.

—Tienes razón, no lo haría —murmura.

—Y vosotros ¿cuándo pensáis tener hijos… o no entra en el plan de diez años aprobado por Ledger? —pregunta Ford. Se gana con creces que le rodeé el cuello con el brazo y tire de él.

—Porque sigues teniendo un plan de diez años, ¿no? —interviene Callahan mientras sigo observando a Asher en silencio.

—Para algunas cosas, sí —murmuro, todavía hipnotizado por mi mujer—. Para otras, no tanto.

—Joder. —Ford se tambalea hacia atrás en broma—. ¿Lo he oído bien?

Asiento y sonrío.

Así es.

El caos ha invadido mi vida… Y lo he recibido con los brazos abiertos. Ha estado presente en las veces que hemos decidido, en el último momento, viajar a Cedar Falls para desconectar. O en las que hemos salido espontáneamente a medianoche a tomar un helado y pasear por Battery Park. O cuando Asher me recibe en la puerta tras un largo día de trabajo para mí, y estudio, para ella, solo en tacones y braguitas de encaje… Y cuando hacemos el amor en la terraza exterior de nuestro ático.

La espontaneidad era un concepto que nunca había conocido hasta que llegó Asher. Nunca la había apreciado. Una boda íntima que planeó en solo unas semanas. Grupos de estudio en nuestra sala de estar. Hacer novillos en el trabajo con tal de pasar unas horas más con ella. Olvidarme de cambiar mis objetivos porque me parecen bien los actuales.

Lanzar los planes por la borda.

Es lo que me ha enseñado Asher.

Sigue haciéndolo y, sinceramente, no podría ser más feliz.

Me ha ayudado a encontrar la felicidad —una felicidad auténtica— por primera vez en toda mi vida adulta. No la he conseguido por cerrar un trato de millones de dólares ni por la mención en la revista *Forbes* hace unos meses... Sino por ella.

En pocas palabras, es todo por ella.

—Ay, no —murmura Ford, que me saca de mis pensamientos y me devuelve a la fiesta.

—¿Qué? —Levanto la mirada y veo que Asher se acerca.

—Es hora de distraer a la gente para que Ledge pueda mantenerse ocupado en el altillo —dice Callahan.

—Lo que digáis. —Cuando los miro, ya se han puesto en marcha y ríen a carcajadas.

Y, después, la tengo delante con esa sonrisa encantadora que me posa sobre los labios.

—¿Te lo estás pasando bien? —me pregunta.

—Sí, ¿y tú?

—Sí. Es perfecto. —Vuelve a posar los labios sobre los míos—. Gracias por organizarme una fiesta de cumpleaños. Por traer a la abuela. Por... ser como eres.

«¿Es posible enamorarse cada día más de una persona?».

—Me alegro. No es como holgazanear en una playa de las Seychelles, pero... —bromeo.

—Pero es justo lo que necesitaba para cargar las pilas después de los exámenes finales y la temporada tan concurrida que ha tenido Los Campos...

—Y después del sexo tan increíble.

—Sí —ríe—. Eso también.

Suelto una carcajada.

—Supongo que, ahora, debería contarte que mis hermanos han salido huyendo porque están convencidos de que venías para pedirme que echáramos un polvo rápido en el altillo.

Arquea una ceja y esboza una sonrisa traviesa.

—Ah, ¿sí?

—Pues sí. —Asiento. Me desafía con la mirada y me sube las esperanzas por las nubes.

—Mmm. —Frunce los labios y mira a nuestro alrededor—. Es normal que los anfitriones desaparezcan de vez en cuando para revisar los suministros y asegurarse de que no les falte nada a los invitados.

—Ah, ¿sí? —Dejo la cerveza, me guardo las manos en los bolsillos y doy unos pasos hacia la puerta abierta del granero.

—Como lo oyes. —Se acurruca contra mí—. Es de vital importancia que sepamos cuántas servilletas tenemos. —Y, después, susurra contra mis labios—: Nos vemos arriba en cinco minutos.

Cuando se aleja de mí con un balanceo extra de las caderas, solo un pensamiento me ocupa la mente.

Me alegro de que me escogiera a mí.

Muchísimo.

Sobre la autora

K. Bromberg, autora superventas en el *New York Times*, escribe novelas románticas contemporáneas que contienen una mezcla de dulzura, emoción, un montón de erotismo y un poquito de realidad. Le gusta incluir a heroínas fuertes y a héroes dañados a los que nos encanta odiar, pero que no podemos evitar amar.

Tiene tres hijos y trama sus novelas entre los viajes al colegio, los entrenamientos y sus intentos por descubrir cómo criar a adolescentes (¡necesita más vino!). Por lo general, lo navega todo acompañada de su portátil y soñando despierta con el protagonista de la novela que escriba en ese momento.

Desde que le dio por publicar su primera novela en 2013, Kristy ha vendido más de dos millones de ejemplares de sus libros en veinte países y ha aparecido más de treinta veces en las listas del *New York Times*, *USA Today* y *Wall Street Journal*. La trilogía *Driven* (*Driven: Guiados por el deseo*, *Driven: Cegados por la pasión* y *Driven: Vencidos por el amor*) se ha llevado a la gran pantalla y está disponible en plataformas de *streaming* como Passionflix y Amazon, entre otras.

Puedes descubrir más sobre Kristy y sus novelas, o hablar con ella, en cualquiera de sus redes sociales. La forma más sencilla de estar al tanto de sus nuevas publicaciones o próximas novelas es suscribirse a su boletín o seguirla en BookBub.

Chic Editorial te agradece la atención dedicada a
La última condición, de K. Bromberg.
Esperamos que hayas disfrutado de la lectura
y te invitamos a visitarnos
en www.chiceditorial.com,
donde encontrarás más información
sobre nuestras publicaciones.

Si lo deseas, también puedes seguirnos
a través de Facebook, Twitter o Instagram
utilizando tu teléfono móvil
para leer los siguientes códigos QR: